萌心学园之

纹身女孩的秘密
Tattoo
The
Girl
Secret

《萌小姐》编辑部 编

文心出版社

图书在版编目（CIP）数据

萌心学园之纹身女孩的秘密 /《萌小姐》编辑部编.
— 郑州：文心出版社，2015.2
（蔷薇少女社·萌小姐）
ISBN 978-7-5510-1003-0

Ⅰ.①萌… Ⅱ.①萌… Ⅲ.①短篇小说—小说集—中国—当代 Ⅳ.①I247.7

中国版本图书馆CIP数据核字(2015)第017833号

萌心学园之纹身女孩的秘密

选题策划	简 舒
责任编辑	吴月梅
责任校对	张瑞芳
装帧设计	贾璐瑜 张 衔
封面插图	释 迦
出 版 社	文心出版社
地　　址	郑州市经五路66号 （邮政编码 450002）
发行单位	全国新华书店
承印单位	郑州市毛庄印刷厂
开　　本	690毫米×980毫米　1/16
字　　数	230千字
印　　张	13
版　　次	2015年4月第1版
印　　次	2015年4月第1次印刷
书　　号	ISBN 978-7-5510-1003-0
定　　价	19.80元

每个女孩都有不同的颜色

文◎张小倩

寒风袭来，每个女孩都会有不同的反应。娇羞如薇薇曼，会把脖子尽可能地缩进衣领里，用轻柔到几乎听不见的音量埋怨："好冷，都快把我冻僵了。"反观热情开朗、性格欢脱的蘑小葵，就会哈哈大笑着冲入寒风，摆出梁山好汉的气魄大吼："痛快！"边说边拉扯衣领，一副要与寒风争高下的样子。

当然，蘑小葵的这种傻样只维持了十几秒，就拜倒在寒风大人的三叉戟下。只见她吸溜着鼻涕浑身发抖，一摇三晃地转过身问小倩："小倩，我受到了寒风君的虐待，明天是否可以请假？"答案不言而喻，必须是"不能"。

天寒地冻，又拖着病体，蘑小葵的脸臭指数可想而知。不过这种负面状态只维持了数分钟，蘑小葵就进入了爱心爆棚、面色红润的 24K 纯少女状态。（潇王爷：女汉纸蘑小葵一秒钟变少女……那画面太美我不敢看。）

忙碌的编辑部里，不论是性格温婉的薇薇曼，还是爱好同汪星人、喵星人大战三百回合的蘑小葵，抑或是最爱扮酷耍帅的潇王爷，外加我这种不熟的时候看上去高冷不可攀，熟悉了之后才会发现就是个蛇精病简称闷骚型的女生……都在同一个空间，为了同一本《萌心学园之纹身女孩的秘密》努力着。

我们是不同类型的人，却在做共同的、自己喜欢又能给萌萌的淑女们带来幸福感的事，这种状态美妙得无法用言语来表达，只能将我们全部的爱灌注在这本书里。

暖萌的故事，萌萌的绘本，蠢萌的手办，萌系的画风……每一个女孩都有不同的外形和姿态，而每一个女孩也都有一颗喜爱温暖事物的柔软的心。爱萌萌的一切，不是为了装可爱，更不是为了哗众取宠，只是我们的小萌妞儿，善于发现并深爱着这个世界的一切美好。

唯美幻想，暖心向上，清新气质，魅力成长

目录

1　小魔女的移行魔法 ················· 韩倚风

【PART01 梦想天使街】
2　九十九条纸鱼作证 ················· 绯帘夜
7　外星生物莉莉娜 ··················· 张小倩
15　替身石的使用说明书 ··············· 舞若夕
20　跳动的水珠 ······················ 提拉诺

【PART02 幻海小说汇】
29　没有翅膀，仍有远方 ··············· 悬想
33　赠你一副花样容颜 ················· 张小倩
40　鳗鱼先生的十二堂冥想课 ··········· 文森周
48　满月有个狐妈妈 ··················· 提拉诺

【PART03 精灵许愿罐】
57　梦想五天为期 ····················· 茫尔
63　驯狮少女 ························ 乐不思蜀
70　我就是剑道女王 ··················· 叙西畔
78　少年兽出逃 ······················· 舞若夕

【PARY04 星光魔法城】
85　谢谢你爱我如生命 ················· 赵梓沫
90　胖子其实很爱你 ··················· 樊依涵
95　腹黑公主与傲娇王子 ··············· 叙西畔
105　藏在点心盒里的奇迹 ·············· 程琳

【PART05 成长协奏曲】
109 葵花少年 .... 莲沐初光
116 我的同桌是狗仔 .... 茫尔
120 纹身女孩的秘密 .... 影子快跑
125 莫小安的第四指 .... 西雨客

【PART06 奇妙摩天轮】
131 旧物里的时光机 .... 喵掌柜
139 人偶会说话 .... 戚悦
146 狐狸之窗 .... 浅璎
153 彩虹少年与梦 .... 戚悦

【PART07 萌动奇趣屋】
163 明日歌·苏菲的来信 .... 有狐其潇
170 时光缭乱 .... 绯帘夜
176 吃谎言的小妖怪 .... 浅璎
182 余音 .... 洛卡

"起床了，起床了，再不起床太阳公公就要晒屁股了。"妈妈的声音从厨房远远传来，空气中弥漫着煎蛋的香味。

可是就连这香味也没能勾引我钻出被窝。好困啊，困得我连眼睛都睁不开，我情不自禁地又向被窝里缩了缩，继续美美地睡了起来。

小魔女的移形魔法

文／韩倚风
绘／释迦

"快起床吧,等下小伙伴们就要来找你一起上学了。"爸爸隔着棉被轻轻拍了拍我的屁股,见我不动弹,干脆伸手直接把我拉了起来。

"唉,"我揉着眼睛叹了口气,"为什么每天都要起这么早?"

爸爸刮了刮我的鼻子:"不按时起床就会迟到啊。"

"如果我会哈利·波特的魔法就好了,唰地一下就能赶到学校,省下在路上的时间,每天就能多睡一会儿了。"我一边磨磨蹭蹭地往身上套衣服,一边异想天开地说。

爸爸哈哈笑了:"哈利·波特的魔法也是在霍格沃茨才能学到的。别抱怨了,快刷牙洗脸吃早餐去,不然真的要迟到了。"

果然,小伙伴们来喊我上学的时候,我刚来得及狼吞虎咽地吃下一个煎蛋,连牛奶都没顾上喝,就拎起书包跑出家门。时间不早了,我们加快脚步连奔带跑,结果踩着上课铃声冲进了教室。

好险!

为什么我不会魔法呢?如果会魔法的话,我就不用再这么匆匆忙忙,把时间都浪费在上下学的路上。我真想每天早晨能多睡一会儿,放学时也能早点儿赶回家看动画片。

晚上躺在床上,我仍然默默地念叨着这个问题。忽然"啪"的一声轻响,一个打扮怪异的女人凭空出现在我的房间里,吓得我张口就打算叫爸爸妈妈。

然而她随手一挥手上的木杖,我就再也出不了声。

那是魔杖!天哪,我真的遇上了一个魔女!

小魔女微笑着对我说:"我听见了你的愿望,孩子。很凑巧,最近我为了改变人类社会对我们巫师界的错误认识,决定每天用魔法帮助一个人。你就是今天的幸运儿,来吧,让我帮你实现愿望。"

我高兴极了,急忙用心记住小魔女教给我的魔法口诀,然后在她的指导下从卧室成功移形到了卫生间。

太棒了！我又移形到了爸爸妈妈的卧室，把他们吓了一跳。等听我说清楚了事情的来龙去脉，妈妈有些担心地问："这不会有危险吧？"

"不会不会，这是最简单安全的魔法。而且用这种方式上学放学，一点也不必担心会碰上交通意外，或者是呼吸太多的污浊空气，不是挺适合孩子的吗？"

小魔女的解释打消了爸爸妈妈的疑虑，但她望着我又补充了一句："别太依赖它哦，孩子，偶尔能跟小伙伴们一起上学放学其实也很不错呢。"

小魔女消失了。这天晚上我把闹钟向后调了一个小时,睡得格外香甜。

　　第二天小伙伴们来找我上学的时候,我刚刚睁开眼。听妈妈说,他们知道我以后不再跟他们一起上学后有些吃惊,似乎挺失落的。

　　管他呢,从今天开始,我终于能多睡一会儿了,再也不用起早贪黑地跟他们一起挤公交车了。

　　吃完早餐,我默念咒语,还不到三秒钟,已经从家里转移到了自己的座位上。同学们正在聊天打闹,没有人留意到我的突然出现,只有小峰背着书包经过我身边时吃了一惊,他正是以前跟我一起上下学的小伙伴之一。

"我们去找你的时候,你不是刚起床吗?怎么现在跑到了我们的前面?"

"嘘……"我悄悄把遇见小魔女的事情告诉了他。

他听得两眼放光,无比羡慕:"你真小气,有这么好的魔法竟然不告诉我,亏我们还是好朋友。"

他的话让我有些惭愧,于是决定把咒语教给小峰。结果一传十,十传百,还不到一星期,学校里的每个孩子都学会了这个魔法。从那以后,再也没有学生一起走在上下学的路上了,大家都在上课铃提前不到一分钟的时候移形到教室,下课后老师刚出教室门,一屋子的学生就立马移形,各回各家了。

我的生日快到了。爸爸妈妈打算给我开一个生日派对，让我邀请一些好朋友来家里玩。我去邀请小峰，小峰奇怪地看了我一会儿，问："你的生日派对，为什么要邀请我？"

　　"你不是我的好朋友吗？"

　　"我们算是好朋友？"他皱着眉头说，"可是我都不记得上一次跟你聊天是什么时候的事了。如果你是我好朋友的话，你知道最近我在看哪部动画片，在玩什么游戏吗？"

　　我哑口无言。仔细回想起来，自从用魔法上下学后，我们每个人都开始独来独往起来。以前上学放学的路上我们会一起谈天说地，谁身边发生了什么好玩的事情都会立即拿出来分享，经常为某个话题讨论得热火朝天。而现在呢？除了课间休息的十分钟，我们基本找不到聊天的机会，而且因为时间太短，一个话题往往还没开始就已经结束了。

我惆怅地叹了口气。小峰耸了耸肩,"嗖"地消失了。

我还想试着邀请别人,可是环顾教室,我发现大家早就移形回家了,教室里只剩下了我自己。

忽然之间,我后悔自己学会了这个魔法。它虽然为我省下了许多在路上的时间,可同时也减少了我跟小伙伴们相处的时间,害得我们之间的友情也在慢慢消失。

"小魔女,小魔女,请你收回这个魔法,让我和伙伴们能像以前一样快乐。"我在心中祈求着。

小魔女听见了我的心声,再次现身,微笑地看着我:"你不想要移形的能力了吗?从此以后,你每天仍然要提前一小时起床,急匆匆地出门,跟大家一起挤公交车挤得全身是汗,如果不小心迟到还会被老师批评……而且,放学后你也来不及赶回家看动画片了哦。你确定不会后悔吗?"

我点了点头:"如果这些能换回我和小伙伴们在一起的快乐时光,能换回我们的珍贵友情,那我一点儿也不后悔。"她笑着挥了挥魔杖:"聪明的孩子,那就如你所愿吧。"说完,她就消失在了我的面前。

奇迹也随着她消失。

从那以后,移形的咒语就失效了。第一天简直是场大灾难,因为学校里的每个学生都迟到了好长时间。大家不得不走路或乘公交车上学,这让许多孩子沮丧了一阵子。但不久以后,他们开始在上学放学的途中兴奋地跟伙伴们聊起天,重新找回了差点儿失去的快乐时光,于是逐渐忘记了那个咒语。

在我的生日派对上,来了好多替我庆祝的小伙伴。不知是谁变了一个戏法,"啪"的一声,房间里顿时充满了五颜六色的肥皂泡,每一个都映出房间中某一个人的笑脸,神奇地在空中飘浮了很久。

大家都奇怪极了,因为我们并没有邀请小丑或魔术师来现场搞气氛呀。

只有我,望着其中一个肥皂泡轻轻地点了点头。那上面,正映出小魔女那张开朗的笑脸,她顽皮地向我眨眨眼,消失了。

【PART01 梦想天使街】

小天使是被天使长米迦勒踹下人间的。下坠的过程中，他眼睁睁看着自己的天使翅膀开始萎缩，洁白的羽毛根根凋落。

小天使挣扎、反抗，陷入无边黑暗。

忽然，小天使重新看到了光亮，他大喊一声："我要回到天使街！"然而回应他的只是一声响亮的"哇……"

婴儿的啼哭，代表着一个孩童的诞生，意味着一个天使的迷途。小天使失忆了，小婴儿出生了。没人知道小婴儿是否还能想起自己曾经是天使，没人知道小天使究竟能否重回天使街……

绯帘夜： 有时候，我们认为的真相，其实只是自己的幻想；我们追求的目标，原来只是虚无的泡沫。但我们并不能因此而放弃梦想与追求，只有努力过才会发现，原来幸福一直在你我的身边。

九十九条纸鱼作证

文◎绯帘夜

1.

巫小夏刚进家门，就被一个枕头准确无误地砸到了脑门上。

"巫小夏你又干什么坏事了？"巫妈妈坐在沙发上，漂亮的脸气得都扭曲了，"为什么容老师约我明天去学校谈一谈？"

巫小夏心中窃喜，嘴上却故意抱怨着："哎呀，当班主任的就喜欢大惊小怪，我不就试卷忘了给你签字嘛！"

她殷勤地帮妈妈捶着肩膀，很没诚意地发誓："我保证，下次绝对不会这样了。"

"忘了？你考得好的时候可从来没忘记过，这次到底考了多少分？"

巫小夏掐着手指比画："离及格差那么一点点，真的，就一点点。"

"又没及格！"巫妈妈的眉毛竖了起来，"巫小夏我警告你，再不好好学习，我们就回海里去！"

这下可戳中了巫小夏的死穴，她退后两步，低头道："妈妈，我不想回去。"她同样清楚自己妈妈的软肋在哪里，于是伸手慢慢把裤脚卷起到膝盖以上，乍看上去小腿上有一大块青色的胎记，细看才会发现那不是胎记，而是一片片闪着微光的鱼鳞。"我宁可每天穿着长裤，也不想回去被别的鲛人嘲笑。"

巫妈妈别过头，似乎是想起了什么心酸的往事，她轻轻叹了口气："你先写作业吧，晚饭一会儿就好。"

小美人鱼的故事并不是无中生有。生活在海角秘境中的鲛人一族，模样却跟童话故事里的有些小小的出入。

他们刚生下来的时候确实是人身鱼尾，而且只能生活在大海里。但随着年龄的增长，鱼尾就会慢慢进化成跟人类一样的双腿，也可以在陆地上生活了。

不幸的是，巫小夏在成长过程中似乎出了什么岔子，腿上的鳞片迟迟没有褪去。巫妈妈说她是先天不足，但八卦的鲛人偷偷在背后议论，说巫小夏很可能是人类跟鲛人的混血，因为血统不够纯正才会这样，结果被脾气火爆的巫妈妈狠狠骂了一通。

见女儿因为这件事每天闷闷不乐，巫妈妈干脆把家搬到了最近的一个海滨城市。这里没有人知道她们的真实身份，也没有同学会嘲笑巫小夏。

2

坐在书桌前的巫小夏，脸上哪还有刚刚的黯然，眼睛都笑成了两弯月牙。她抓过一张粉色的纸片，写道："爸爸又找借口约妈妈见面啦。"顺便画了个开心的笑脸。

巫小夏把纸片折成一条鱼的形状，郑重地放进床前一个玻璃瓶子里。玻璃瓶中已经有了好几十条五颜六色的纸鱼。巫小夏摸出最大的那条，小心地平铺在桌上。

纸上的铅笔痕迹已经有些模糊："那个人，可能就是我的爸爸？"文字的周围画满了大大小小的问号。

巫妈妈很少跟女儿提起她爸爸，只有一次说爸爸在她出生前就因为意外去世了，对细节却缄默不言。巫小夏原本深信不疑，可慢慢地她发现自己跟同龄的鲛人不一样，再加上鲛人间的那些流言蜚语，她认为自己很可能真的是一个混血儿。

这并不是巫小夏的胡思乱想，她不止一次在夜里醒来时，看见妈妈神情悲伤地久久凝望着远方。鲛人跟人类之间相隔的，或许并不只是一望无际的大海。

后来，巫妈妈带她搬进了人类居住的城市，办理入学手续时见到了她的班主任容老师，两人同时愣住了。

短暂的沉默过后，容老师开口问道："你怎么来了？好久不见。"巫小夏感觉到妈妈拉着她的手一下子攥紧了，还用了跟平时说话时截然不同的温柔语气："真没想到还会再遇见你。"

巫小夏的眼睛瞪得圆圆的，印象中的妈妈一直十分强悍，怎么见到容老师就跟换了个人似的，语气柔软得像快要融化的冰淇淋。难道，容老师就是她的爸爸？

可惜大人们没有给她更多遐想的空间，妈妈拉着巫小夏急匆匆地走了。她一直回头看着容老师站在原地的身影，高高瘦瘦的，看起来有一点点忧郁。嗯，完全符合自己对爸爸的全部想象。

玻璃瓶里的每一条纸鱼里，都记录着关于容老师的点点滴滴，似乎是一种特殊的证明。巫小夏把玻璃瓶贴在脸颊上，心中满是对未来的美好憧憬："快了，快了，等收集满一百条，我就会有爸爸了。"

3

因为昨天做了美梦，巫小夏的心情特别好，连蹦带跳地出了家门。小区门口的保安叔叔笑着朝她打招呼："早上好，小夏，今天是不是有什么好事情呀？"

"早啊，保安叔叔。"巫小夏笑眯眯地回答，"班主任请我妈妈今天过去呢。"保安叔叔有些困惑，这年头的孩子真让人搞不懂，请家长什么时候变成好事情了？

他摸了摸脑袋，冲着巫小夏的背影喊道："等等，鞋带开啦！"或许是错觉，巫小夏蹲下时，保安看见她的脚踝上有一大片青黑色的东西，等他揉揉眼睛再看，巫小夏已经走远了。

课间，巫小夏的同桌简简大惊小怪地跟她咬耳朵："你惨了，我刚刚在办公室看见你妈妈了！"

"她旁边是不是容老师？你听见他们说什么了吗？"巫小夏眼睛一亮，急急追问道。

"我哪敢偷听。"简简奇怪地看了兴奋过度的巫小夏一眼，抱怨起来，"同级的几个班主任就属他管得最严了，听说每天都在学校里备课备到很晚呢。"

"管得严不也是为我们好吗？"巫小夏帮容老师辩解道。

"你倒是看得开。"简简没好气地说，"看他总是一副不苟言笑的样子，怪不得找不到女朋友，都快四十岁了还没结婚。"

巫小夏看着办公室的方向，自言自语："我知道他为什么不结婚。"

"你知道？"简简八卦地凑上来，死缠烂打非要她说个明白。

"容老师以前肯定有一个和他非常相爱的女朋友，因为种种原因，两人不能在一起。他女朋友离开之后，他就再也没有笑过，而且一直在等他的爱人回来……"

"噗哈哈哈哈。"简简笑趴了，"你是小说看多了吧。"巫小夏没吭声，她并不指望简简会明白这段鲛人跟人类之间可歌可泣的爱情故事。

她想起刚进校时，自己不肯穿学校发的夏季短款校服，是容老师跑去制作校服的厂家，从满是灰尘的仓库里翻出了一套合身的长款校服；一开始她跟不上学校的教学进度，也是容老师耐心地帮她补课；甚至有好几次，她无意中发现容老师落在自己身上的目光中带着愧疚和忧伤……巫小夏决心一定要尽最大的努力，让爸爸妈妈重新在一起，哪怕要她永远不能返回海角秘境，永远只能穿着长裤生活在陆地上。

"妈妈。"巫小夏扑在妈妈身上，撒娇道，"今天有位重要的客人要来，麻烦你多做一些好吃的哦。"巫妈妈正忙着炒菜，随口问道，"你请了什么重要的客人啊？"

巫小夏抿唇一笑，白天在学校时，她邀请容老师来家里做客，容老师犹豫了一下还是答应了。

她哼着歌，把床头的玻璃瓶放在餐桌上，里面已经有九十九条大大小小的纸鱼。待会儿，她准备当着大人们的面说出自己是容老师女儿的事实，如果他们不承认，自己就一条条读出纸上的记录，那些都是只有爸爸才会为女儿做的事情。而第一百条纸鱼，就作为一家三口团聚的证明。

离约定的时间已经过去了十分钟，容老师还没出现，巫小夏看了第二十次表，小声嘀咕道："容老师不会找不到这里吧。"

PART 01
梦想天使街

巫妈妈的听觉十分敏锐，不敢相信地问："你说的重要客人就是容老师？"

巫小夏点点头，有些不好意思地说："妈妈，其实我早就知道了，容老师他……"

"他不是你爸爸！"巫妈妈毫不留情地打断了她的话。巫小夏激动起来，大嚷道："你骗人，容老师就是我爸爸！"

"啪"的一声，从未碰过她一根手指头的妈妈竟然打了她一巴掌，妈妈眼中泛起泪光："你爸爸早就不在了！"

她捂住脸颊，眼中流露出难以置信的表情，转身夺门而出。巫小夏坐在楼下的花坛边生闷气，突然有什么东西重重地击在她的后脑勺处，她眼前一黑晕了过去。

巫妈妈坐在餐桌边，把玻璃瓶里的纸鱼小心地拆开，每张都看了一遍，脸上的神情又是惊讶，又是难过。门铃响了，她急忙奔去开门，没想到站在门口的不是巫小夏，而是容老师。

"对不起，学校有事耽搁了。"容老师举着一束百合花，嘴角扬起微笑的弧度。

"你在楼下没看到她吗？"巫妈妈焦急起来，"她每次跟我吵架后都会坐在楼下的花坛边，过一会儿气消了就回家了。"

容老师诧异地摇了摇头。

5

"小夏，小夏，快回家吧。"巫妈妈跟容老师找遍了小区的每个角落，都没有看见巫小夏的身影。

"都是我不好，应该早点跟她说清楚她爸爸的事情。"眼泪顺着巫妈妈的脸颊滴在地上。

容老师沉默了一会儿，低声说道："对不起……但你放心，我一定帮你找回小夏。"

他们来到保安室查看监控录像，值班的保安是个絮絮叨叨的老头子，一边调监控，一边唠叨："现在的年轻人啊，真吃不了苦，来了几天就不干了，还要我这个老头子值夜班。"

监控里只显示巫小夏捂着脸冲出大楼，但由于摄像头有死角，没能拍摄到花坛那边的情况，此外，就没有了任何关于她的影像。

"一定是出事了！"巫妈妈六神无主，急得在保安室里团团转。容老师还比较冷静，指着小区门口某个画面问："这个人是干什么的？脸被口罩遮得严严实实，推着个小推车，上面还放了一个大袋子。"

"可能是哪家搞装修的往外运建筑垃圾吧，小区里经常有。"保安又仔细看了看回放，一拍大腿叫道，"这人的背影有点像那个刚从这儿辞职的小伙子。"

"我们报警吧。"容老师有种不祥的预感。

接到报案后，警察迅速赶来，通过查看那段时间的监控录像，初步锁定了几个进出小区的可疑人物，分头展开调查。

保安说的那个刚辞职的年轻人成为重点怀疑对象，不过他的手机已经关机，要通过技术部门才能定位到对方的大致位置。

等待的每一秒钟都很漫长，巫妈妈同时还在担心另一个问题，如果被警察发现巫小夏的与众不同，会不会……仿佛是知道她心中所想，容老师轻轻握住她微的手，如同多年前那样，把温暖跟力量传递给她。

6

巫小夏醒来时，发现自己躺在医院的病床上，后脑勺隐隐作痛，晕乎乎的。巫妈妈推门进来，疲惫的脸上露出喜色："你终于醒了。"她扑过来，亲了亲女儿的脸颊："原谅妈妈好吗？我不应该打你的。"

容老师注视着巫小夏的眼睛，认真地说："小夏，我和你妈妈有一件重要的事情告诉你。我，其实就是你的爸爸。以后我一定会好好照顾你们母女俩的。"

可是，巫小夏并没有像他们想象的那样欢天喜地。她轻轻地笑了笑："谢谢你们说了这个善意的谎言。"

"小夏……"巫妈妈怔住了，"你不是一直都希望容老师是你爸爸吗？"

巫小夏坐起来，慢慢卷起自己的裤腿，白皙无瑕的腿上哪里还有鳞片的痕迹。她说："我也是刚刚发现，腿上的鳞片都已经褪掉了，所以我根本不是鲛人跟人类的混血，而是像妈妈说的那样，因为先天不足，进化得比同龄的鲛人慢而已。"

"对不起，小夏，我这个当老师的不应该骗你。你爸爸他是一个非常非常好的鲛人。"尘封许久的往事在容老师的叙述中渐渐清晰起来。

十几年前，容老师跟未婚妻去海边度假，遇到了从海角秘境偷跑出来的巫爸爸和巫妈妈。他并不知道他们是鲛人一族，只是因为彼此聊得来，成为了好朋友。

可惜天有不测风云，他们在海边玩耍时不幸碰上了罕见的海啸，巫爸爸救下了容老师，却在救他未婚妻的时候，两人一起被巨大的海浪卷走了。当时还怀着身孕的巫妈妈哭晕了过去，容老师看见滚落满地的珍珠，才知道他们是传说中的鲛人。

在巨大的打击下，巫妈妈生了一场大病，多亏容老师强忍着失去爱人的悲痛照料她，巫妈妈才挺了过来。病好后，巫妈妈返回海角秘境，生下巫小夏。因为鲛人一族对人类的印象很差，所以巫妈妈隐瞒了巫爸爸出事的事实，只说是碰上了意外。

而巫小夏这次遇险，也是因为被那个年轻保安看见腿上的鱼鳞，认出她是鲛人。当然警方并没有相信他的供词，而是以绑架未成年人的罪名逮捕了他。

"虽然我不是你的亲生爸爸，但可以当你的人类爸爸。"容老师摸了摸巫小夏的头，"不管你是生活在人类世界还是海角秘境中，你都是我最亲爱的女儿。"

巫小夏抿着唇不吭声，直到妈妈笑着点了点头，她才扑进容老师的怀中，大叫道："太好了，我终于有爸爸了。"

简舒：有一种爱，从不轻言。就像张慧柔从事秘密研究的父母对她一般，他们以自己独有的方式爱着张慧柔。多亏了莉莉娜和她的伙伴，张慧柔才明白了她一直被爱着。那样的爱，熨帖暖心、沉默厚重，一直都在。

外星生物莉莉娜

文◎张小倩

1

银色的月光穿过枝叶的间隙泻在地上，有风吹过，斑驳月影在灰白色的水泥地上不断摇晃。

手机那头，八卦男助理严云再三警告我尽快回家，我笑着对他说："你不坦白我不服从。"声称要在附近大肆闲晃。

严云咬牙切齿地骂我一句"死丫头"，随后转换口气，轻声却又坚决地对我说："实验体外逃，从路线分析就在你家附近。"

听到"实验体"三个字我眼前一亮，嘴角刚刚漾起一个笑容，就收到严云异常生冷的警告声："实验体非常凶残，不要试图靠近，如果偶遇，速速撤退。"

接下来，严云又跟我普及了实验体的外貌特点、性格习性。我再三保证乖乖回家，上满七七四十九道门锁，两耳不闻窗外事，一心只看肥皂剧，他才满意地"嗯"了一声挂断电话。

放下手机，我兴奋得不住颤抖。我不顾一切地在附近街道奔波寻找，待听到玻璃瓶撞击地面发出的清脆声和略显尖锐的惊叫声时，我确信，我找到了那个所谓的实验体。

逼仄的小巷里，两只锈迹斑斑的铁皮垃圾桶靠墙而立，废纸、饭盒、果核凌乱地散落在旁，包装可乐的玻璃瓶还在缓慢旋转。一身黑色连体裤，外貌看上去如同五六岁幼女的实验体正弓着身体一脸戒备地紧盯着我。

好像小野猫啊！

我望着她，忽然想起曾经收养过的一只名叫莉莉娜的小黑猫。

我微笑，蹲下身体，尽可能表现得温良无害。我试着喊她"莉莉娜"，得到"咕噜咕噜"如同小猫鼾睡时的轻响。

"饿了吗？吃这个吧，很好吃的。"我轻手轻脚地打开背包，拿出火腿肠剥好递给她，生怕一个看似过激的举动就会刺激到她，引来杀身之祸。

她看看火腿肠又抬头看看我，金色的眸子亮得让人心醉，让人心碎。

"莉莉娜。"我笑着，用唤爱猫般宠溺的声音喊她。她一步步靠近，一个飞扑叼走我手中的火腿肠蹲在一旁啃咬。

她是真的饿了，三两口就吃完了一根火腿肠，然后转头可怜巴巴地看着我，圆溜溜的大眼睛让人想不心软都难。

没多久，一整包玉米肠吃完了，莉莉娜蹲在我身边，张开樱桃般小巧红润的嘴巴问我："还有吗？"

软糯的声音，带着甜甜的味道在舌根炸开，好像吃了最美味的糕点一般。

我把包里的东西都倒在地上，一样样翻给她看，遗憾地说："没有了。不过你可以跟我回家，家里有很多好吃的。"

"家？"莉莉娜歪头思索，一副难以理解的模样。

"家就是有床，有枕头，可以睡觉休息的地方。"我手舞足蹈，尽量把家描绘成温柔乡，可我越说莉莉娜越害怕，最后甚至在小巷中来回奔跑跳跃。

我惊呆了。从没想过居然有人能以这种高速，这种四肢奔跑的形态在小巷中来回翻腾。

我就那样痴站着看莉莉娜发疯，直到她累了，停在倒下的垃圾桶旁呼呼喘着粗气。

"我不会伤害你的，跟我回家好吗？"我张开手，眼睛直视莉莉娜。

莉莉娜一个助跑跳跃，飞扑到我怀里，

她把脑袋埋在我的胸口，我嗅到了隔夜饭的馊味，也嗅到了"信任"的气息。

偌大的三室一厅，因为有了莉莉娜显得狭小而温暖。莉莉娜像猫一样怕水怕洗澡，见到浴缸里的水就大呼小叫，上蹿下跳。为了让她待在浴缸，我用玉米肠食诱，用能漂浮的小鸭子玩具诱惑，用武力强行拖拽，最后实在没办法，只能脱掉衣服躺在浴缸里，表现出一副"很好很舒服"的表情规劝她。

透过蒙雾的浴室镜子，我看到了自己微微泛红的脸，看到了莉莉娜一步步慢慢向我踱来。

"进来吧！"我一把抓住浴缸边观望的莉莉娜，笑着把她全身按入浴缸里，笑着看她从大惊失色胡乱扑腾到最后归于平静。

我紧搂着莉莉娜，赤裸的皮肤紧贴着她的皮肤，我听到她剧烈的心跳声，听到她轻声问我："如果我不是地球人，你还会这样对我吗？"

2

有人说：孩子越优秀就越不是自己的。我觉得这句话不够完整，应该再补一句"父母越优秀越不是自己的"。

我的父母非常优秀，有优秀的大脑，优秀的思想，优秀的技术，优秀的工作。可这些优秀，注定他们无法成为优秀，甚至无法成为正常的父母。

我很小的时候，就抱着保姆奶声奶气地喊妈妈。可保姆禁止我这样喊，她指着极少回来的陌生男女对我说："喊爸爸妈妈，快喊啊！"

保姆抱着我，在陌生男女看不见的角度拧我的后背，我吃痛大哭，看到陌生男女嫌恶的脸。

男人从保姆怀里接过我，就那样随意晃动两下交给女人，女人也随意晃动两下，又传给保姆。

男人说："孩子交给你，我们很放心，生活费和工资都已经打在你的卡里，有什么事记得给我打电话。"

说完，男人女人就走了。他们每个月都来晃动我一次，说一模一样的话，直到我能够独立，有了健全的思想，知道男人叫张宇凡，女人叫冯鑫之后，他们开始半年回家一次。

那时，我只有八岁。

八岁的我从来没有真正喊过爸爸妈妈。八岁的我，开始过着一个人的生活。

今年我十五岁，只给张宇凡打过一次电话。那次我对他说："张宇凡，给我开张密码为今天日期的银行卡，以后生活费直接打给我就行，我不需要什么保姆。"

张宇凡毫不犹豫地答应，补充说："你记一下我助理的电话，有些入学手续、家长会等乱七八糟的麻烦事，还是少不了成年人协助的。"

张宇凡快速说了一连串号码，然后匆匆挂断电话，听着"嘟嘟嘟"的忙音，我开口想说再见，最终咽了回去。

张宇凡的助理叫严云，是个常年戴金丝边眼镜的年轻男人。他虽然姓严，却不是个严肃的人，反而像个八婆一样什么事都跟我说。

比如张宇凡和冯鑫在做关于外星生物的研究，比如电视、报纸报道过的某某女子声称被外星人绑架做实验，最后被"专家"证实为妄想症，只是为了吸引其他人的注意力。

"哪有这么多妄想症。"严云经常坐在我家沙发上一边吃冰淇淋一边说，"这种鬼话也就忽悠不明真相的小老百姓，事实上，我一直觉得连老百姓都糊弄不住。"

"所以你们正在研究那些被绑架过的女人吗？"我问。

"当然不是。"严云笑着眨眼，摆出一副故弄玄虚的表情勾引我继续询问。

我拒不上当，好整以暇地看他挤眉弄眼，他最终忍不住秘密地压低声音对我说："我告诉你你可千万不要告诉别人。"烂俗的开头，适用任何八卦秘密。

我点头保证，他放缓语速轻声说道："那些女人并不具备研究价值，相反她们还会被催眠师洗脑，淡忘曾经发生过的一切。但是，她们的孩子会被送入实验室进行秘密研究。"

"孩子？什么意思？"我颇为不解，

却直觉地认定背后的隐情让人不忍直视。

严云微笑，抬手揉乱我的头发，只说那不是现在的我需要明白的事情，只告诉我："那些孩子不是人类，是外星生物。"

🕛

"就算你是外星人，我也一样养你。"我笑着，用看似漫不经心的口气回答。

莉莉娜陷入沉默，我像没发现什么异常一般自顾自地讲着学校的种种趣事。暖雾渐散，丝丝寒气在浴室里四处流窜。我快速将莉莉娜擦洗干净，给她套上了原本穿在人形玩偶身上的小熊装。鹅黄色的玩偶连体裤，面料是柔软的灯芯绒。

我把帽子扣在莉莉娜脑袋上，她看上去就像童装广告上的卖萌幼女。

"太可爱了。"我情不自禁地亲了莉莉娜两口，她嫩白的脸颊霎地泛红。

"这是谁的衣服？"她红着脸讷讷地问，金色的眸子里少了几分锐利多了一抹柔和。

"我妹妹的衣服。"我指着那个被扒光了的人形玩偶说，"那个是我妹妹，虽然是个假的。不过，我现在有真的妹妹了，你愿意做我妹妹吗？"

莉莉娜愣住了，呆呆地看着我。

我指着鼻子对她说："我叫张慧柔，你叫莉莉娜，我是你的姐姐，是莉莉娜的姐姐。"

"莉莉……娜？"莉莉娜轻声低喃，又重复念了好多遍，看得出来，她很喜欢自己的名字。

玩闹累了，我们倒在床上相对入眠。

莉莉娜害怕黑暗，因此我调低了床头灯的亮度。昏黄的灯光下，莉莉娜婴孩般蜷曲身体，小手紧紧拽着我的衣角，我试着翻身，衣角从她手中滑走，她就蓦然惊醒，眼眸闪亮，没有半分睡意。

"别怕，我就是一个姿势睡累了翻个身。"莉莉娜点头，往我身边靠了靠，再次紧拽着我的衣角沉沉睡去。

她的头发是天生的自来卷，不会显得蓬松凌乱，反而显得俏皮可爱。她的睫毛既长又翘，像停歇休息的蝴蝶，随时准备展翅远航。我望着她，心情平静安详得仿佛一潭沉寂已久的湖水。

我要带她逃走，绝不让她再次落入张宇凡和冯鑫手里。

这一刻，我真的开始痛恨我的父母。

🕝

第二天一大清早，严云的电话又来了。莉莉娜正在卫生间洗漱，我压低声音接通了电话。

"我已经跟学校请过病假了，你今天不要去上学。"严云开门见山直接说明原因，"昨晚勘察小组没有发现那个外星生物的踪迹，不过可以确定就在你家附近。"

我望着卫生间的方向，看到莉莉娜挂着满嘴牙膏沫笑嘻嘻地向我跑来。我对她做了个安静的手势，她就站在原地乖乖仰头看着我。

"嗯，我知道了。"我挂断电话，抱起莉莉娜道："我们一起流浪吧，天涯海角，四处为家。"

我只拿了一串钥匙就出门了。我先单独走出小区，在附近的超市等了两分钟就看到了不知从何处蹿出来的莉莉娜。她还穿着小熊玩偶装，一脸得意地对我说："放心，没人发现我是从你家出来的。"

她笑得灿烂，殊不知超市里的人都在瞪大眼睛看她。

我点头，无视众人的目光，牵着她在超市买了衣服、背包和一切流浪所需品。我们一路经过学校，经过游乐场，经过动物园——这个路线是莉莉娜提出的，她说她想知道正常的孩子都去哪些地方。

我们抬头仰望长颈鹿，莉莉娜问："你以前经常来这里吗？"

"不，除了学校，我从没来过游乐场和动物园。"

"为什么？"

"因为学校是必须去的地方，而游乐场和动物园，是需要家人和同伴陪伴来的地方。很可惜，我没有家人，而同伴，刚刚有你。"

电话又响了，还是严云打来的。我之所以一直没扔掉电话这种方便定位的高科技产品，很大一部分原因是，在我内心深处，期盼着张宇凡和冯鑫能念及我的安危给我打电话。

可是没有，这世界上唯一在乎我的只有严云，而他仅仅是张宇凡的助手而已。

我扔掉电话，以一个完美的抛物线落入黑熊身边。黑熊很愤怒，一掌拍碎了手机，然后手机不响了，仿佛世界都清净了。

我和莉莉娜一路向北流浪，因为莉莉娜说北面有同伴。

一路上，我们只走偏僻逼仄的小巷，每走一次大路就换一次外套。我们的外套都是双面的，这样就能干扰大路上的摄像头的搜索。

路上，莉莉娜对我说了很多在实验室的事。她说那里就是地狱，所有像她这样的人都被关在特制的铁笼子里，像小白鼠一样被迫做着各种实验。

"为什么人类觉得我们可能不怕水淹呢？全身捆绑，扔在密闭大水缸里一小时，两小时，最后甚至加重到整整一天。也许我们的防护体质可以使我们不会轻易死去，可我们同样难受。"

莉莉娜拉我到小旅馆的穿衣镜前，她仔细地上下打量，问我："你看，咱们看起来一模一样。"

"是，我们一样。"我无意识地跟着重复，忽然做出一个大胆的决定："莉莉娜，我可以加入你们吗？"

"不行。"莉莉娜毫不犹豫地拒绝。

5

我笑了,笑得眼泪都流下来了。如果连父母都无法亲近,还有谁是可以亲近的呢?抱着这种想法,我一直都拒绝亲近任何人。我唯一试着亲近的莉莉娜,我以为和我一样缺少爱的莉莉娜,此刻却拒绝了我。

莉莉娜在北边都有同伴,而我却什么都没有。

"别哭,不要哭。"莉莉娜紧张地握着我的手,她学着我安慰她的样子轻抚我的后背,"就像不是所有地球人都会接纳我们一样,我们这种人,也很少接纳地球人。你是我唯一的地球伙伴,我不希望你受到任何伤害。"

其实我能猜到原因,但我仍执拗地需要一个解释。莉莉娜给了我一个解释,于是空缺的情感像是补全了一样,心瞬间平静满足。

不论怎样,在这个世界上,我还有一个朋友,我不是孤苦一人。不论我的朋友是地球人还是外星人。

蓦地,莉莉娜脸色大变,我只看到寒光一闪,没等我反应过来,只觉得眼前一黑,昏了过去,最后听到的话是:"不要!"

再次醒来,身边充斥着一脸戾气的陌生人。他们有男有女,有老有少,他们唯一的相同点就是眼中那股抹不去的杀气。

我知道,这些人是莉莉娜的"同伴"。而莉莉娜此刻,正被挂在废弃仓库的房梁上,锁在传说中的特制铁笼子里。

"放我出去!"莉莉娜大喊,"她是好人,她是我的朋友,不许伤害她,你们不许伤害她。"

尖锐的金属碰撞声传来,从我的角度只能看到摇晃的铁笼和零星迸发出的金色火花。

我望着莉莉娜的方向,想让她冷静,可我的嘴巴被布条紧紧堵着,泛着机油味的破烂布条一直压在舌根后端,使我无法发声,甚至使我有种隐隐的呕吐感。

"不错嘛,居然拉拢到了最强兵器。"坐在大集装箱上的男人冷冷看着我。其他人看到他出现,情绪有些缓和,稍微低垂眉眼,一副以男人马首是瞻的模样。

他是头领。莉莉娜曾经对我说过,这个男人叫野狼。

野狼从集装箱上跳下来,拿出手机给张宇凡打电话。他狡黠地笑道:"张教授,好久不见,你这么聪明的人,听我声音就知道发生什么事了吧。"

"不要跟我讲什么条件,更不要试图威胁我。给你五分钟时间,是选你女儿还是选你们口中的实验体,好好跟冯教授商量一下吧?"

"哦,对了,最后跟你说一声,你女儿看起来也是个实验用的好材料呢。"

野狼哈哈笑着挂断电话，潇洒地离开仓库。

一瞬间的失神后，我陷入彻底的、巨大到让人窒息的绝望深谷。我太了解张宇凡和冯鑫了，他们根本不在乎我，他们也许会为我留下几滴鳄鱼眼泪，也许挂断电话就去做个清除局部记忆的脑科手术彻底忘记我。

我的父母，研究了一辈子"外星生物"，最后自己的后代，却被外星生物研究了。这就是命运。

我绝望地闭上眼睛，不知过了多久，双手双脚被人慢慢松开。

"离开，快点离开。"面无表情的中年男子拽着我往外走，只可惜刚走了几步，就被从天而降的野狼一拳击倒。

野狼看着我，表扬道："不错，没出现瘫倒在地、尿裤子、神情呆滞等不良过激反应，可以好好照顾你的父母。"

6

我愣在当场，看到野狼大手一挥示意藏在暗处的同伴们聚集过来。野狼激动地振臂高呼，仰天大喊一声："我们自由了！"

"别高兴得太早。"熟悉的声音从身后传来。我连忙回头，果然看到戴着金丝边眼镜的严云。

"接应船只已经准备就绪，你们必须立刻动身，用不了多久，教授就会把其他人也运送过去。"严云推了推眼镜，笑得无比狡黠。野狼亲昵地拍了拍他的肩膀，一副哥俩好的仗义模样。

我目瞪口呆，严云转头看着我咧嘴一笑说："你上当了。"

原来，一切都是张宇凡和冯鑫导演的好戏。他们偷偷放出了莉莉娜，让严云特意打电话告知我实验体外逃的消息。他们知道，以我的个性一定不会乖乖回家，反而会去寻找莉莉娜，想要知道张宇凡研究的实验体是怎样的存在。

张宇凡知道莉莉娜不会无缘无故攻击人类，算准我无法抛弃楚楚可怜的莉莉娜。他拖延了一整天才上报莉莉娜失踪的消息，故意让严云透露勘察小组正在我家附近排查，迫使我带着莉莉娜逃亡。

实际上，从我们走出家门之时严云就在不远不近地跟着。不仅如此，就连我被野狼绑架也是他们一早设定好的计划。他们以我为饵让张宇凡"光明正大"地违抗上级命令放出其他外星实验体，又以我为契机挖出藏在野狼身边的卧底，让野狼等人能够顺利潜逃。

"张宇凡和冯鑫会怎样？"违抗上级命令，私放绝密级外星实验体，哪怕你再有迫不得已的理由，也会受到严重的惩罚。

我冷冷地盯着严云，第一次希望张宇凡和冯鑫继续对我保持冷酷无情的态度。

严云笑了，笑容里有藏不住的苦涩，

他揉乱我的头发，反问我："还记得书店的钥匙吗？"

我点头。那串钥匙此刻正安静地躺在我的上衣口袋里，虽然我不曾去过那间书店，但我一直留着那串钥匙，连出门流浪逃亡也只想带着它。因为，那是张宇凡和冯鑫送我的生日礼物，十五年来唯一的礼物。

"那就好。"严云欣慰地笑，"你爸妈真的很爱你，只是他们太傻，不懂怎样表达。"

接下来，不论我怎样询问严云，他都不再回话。他和野狼开始有条不紊地组织人员撤退，把昏迷不醒的卧底扔进船舱。

夕阳西下，云彩被染成艳丽夺目的红。莉莉娜站在我面前，卷发随风摆动。她握紧双拳一言不发，直到野狼呼喊她才仰头对我高喊一声："我不知道他们的计划，我从来没有骗过你。"说罢，头也不回地跑了。

我伸手去抓，只抓到她的残影。我犹记得她最后倔强的小脸，犹记得她饱含泪花的金色眼眸，犹记得她最后那声轻微得像生怕打碎梦境般的低喃——再见了，姐姐。

7

一年后，我十六岁，有一对开书店的父亲母亲。他们的智商水准，平均线偏下，于是总是一脸微笑地看向每一位买书的客人。他们勤劳努力、热情朴实，温暖的笑容深深打动着每一个顾客。

我们的书店不大但很温馨，墙上挂满了我从出生到现在各个时期的照片，要是有人不小心碰掉了一张，父亲就会立刻捡起来在身上仔细擦拭，认真检查有没有破损。而母亲，会急忙冲上二楼拿来工具催促父亲重新挂好。

"爸爸妈妈，我上学去了。"经过一年，我已能无障碍地开口喊出爸爸妈妈。

张宇凡和冯鑫仍旧一脸傻笑，目送我出门，走出老远反身还能看见他们在店门口摆手。

一年前，由于张宇凡和冯鑫放出了地下实验室里所有的实验体，受到了上级严厉的处分，接受了洗脑手术，洗掉了一切关于实验室的记忆。而那个手术，破坏了他们的大脑神经，导致他们的智商下降到平均线以下。

优秀的父母失去了所有的骄傲回到我的身边，自此，他们不再优秀，他们成了专属我的父母。

如果放弃所有才能回到家人身边，那么不用犹豫，不用彷徨，我会义无反顾地放弃一切。

我握着张宇凡和冯鑫联名写下的这张纸条，把它贴身存放。看着这张纸条，我就明白，我是被爱着的，一直都是。

而莉莉娜，总有一天，你也会发现，你也是被爱着的。

舞若夕：小时候常在想，如果有一个和我一样的人就好了，她替我上课写作业，我自己出去玩儿。但我后来细想：如果上学的那个人不是我，那和同学一起玩儿的时候，我根本不认识他们！其实想要个替身是因为想偷懒，可是如果替身真的和我一模一样，那她应该也一样想偷懒吧！如果真的有个替身，会怎么样呢？

替身石的使用说明书

文◎舞若夕

1

骆佳颜回到家的时候已经是日暮黄昏，她拖着沉重的身躯走进门。果不其然，爸爸妈妈坐在沙发上表情严肃得仿佛世界末日已经来临了一样："颜颜，你这次期中考的成绩是你们班第二十三名，怎么又退步了两名？！"

她不想回答，确切地说她也不知道应该怎么回答，便径直走去餐桌准备吃饭，平时松软可口的米饭仿佛都有了苦涩的味道。爸爸追过来："骆佳颜！大人问你话呢！"妈妈像是察觉出她今天情绪也很糟糕，忙在一旁拉住爸爸："颜颜，你先吃饭吧，吃完饭去写作业，不用洗碗啦！"

她鼻头一酸，险些掉下泪来。其实考砸了她不是不难过，也不是不着急。再有两个多月就期末考，考试成绩将直接决定升上初三之后是留在实验班还是去普通班。不知道是不是所有人都像她一样矛盾：既打心眼儿里厌恶这种凭成绩将学生划分成三六九等的制度，却又随波逐流地在这种制度下努力着。

今天做数学练习题又花了将近一小时，她使劲儿揉揉眼睛，晃了晃脑袋，看到左手腕上的表针已经过了十一点。可是物理老师还要求在网上查资料写一篇实验报告……她扫一眼桌上堆成小山的练习册，对着天花板翻了个白眼。

唉，真是命途多舛。她一边胡思乱想一边无奈地打开电脑，要是故事里的田螺姑娘真的存在，那她现在只要尽情地和床亲密接触就好了，反正明天一大早起来就会发现她已经做好了一切。可是骆佳颜已经十四岁了，早过了相信童话故事的年龄。查资料时，骆佳颜突然看到一个弹出的网页：你想拥有替身吗？替你做你厌恶的一切，替你取得你想要的。点击"是"立刻领取一块替身石！

搞什么啊，拿块石头就能玩分身？骆佳颜摇摇头：难道真的会有人相信这个？

可是，不知是点错还是故意，鬼使神差地，她点了"是"。

2

"叮咚！"

门铃声响起的时候骆佳颜心里"咯噔"了一下，今天是周日，爸妈去参加朋友的婚礼，只有她一个人在家，所以她才敢偷空上网聊会儿天。她透过"猫眼"向外看，是个快递员。"我爸妈都不在家。"

"哦，请问骆佳颜在吗，有她的快递。"

我的？她皱起眉头。快递单上没有地址，只有一个陌生名字，难道是小姨托人寄过来的衣服？

她万万没有想到，箱子里竟然会是一块小石头。那石头乍一看和普通石头无异，仔细端详才能发现，它闪耀着淡紫色诡异的光芒，仿佛在对你眨眼睛。其实这倒还好，可当骆佳颜看到石头下面的那本厚得可以和字典媲美的书时，立刻吓得惊声尖叫，将手里的石头也扔回了箱子里。

那本书封皮上赫然写着：替身石的使用说明书。这时距离她上次打开那个网页，已经过去十天了。开什么玩笑，就算那个网站真的有石头，但是她没有填写任何资料，怎么可能就快递到自己家来了呢？

天知道骆佳颜是花了多长时间才说服自己鼓起勇气重新捡起那块石头，并且壮着胆打开"字典"形说明书。

她一看便入了迷。

这本书把关于替身石的来历作用和使用方法都介绍得非常详细，甚至将起源追溯到了古埃及时期。据说当时的埃及人就是靠这种石头日夜不停地工作，所以才创造出了那些令人叹为观止、匪夷所思的金字塔等建筑。

骆佳颜把使用方法反复读了好几遍，总觉得啼笑皆非：如果是真的，这也太让人无法接受了，可是如果这只是一个玩笑的话，那么开这个玩笑的人，未免也太花心思了。说明书写的很简单，握紧替身石后，默念三次咒语，自己的替身就会立刻出现，完全听自己命令和差遣。

真的这么简单？骆佳颜深呼吸再深呼吸：要不然，试试看？

3

"嗯，先做完语文作业再写数学好了，对了，还有一份英语报纸要读。"骆佳颜坐在床上颐指气使，看到坐在书桌前奋笔疾书的女孩背影，她唇边荡漾起笑意：啊，这样的生活真好啊，她向往好久了。

这时响起了敲门声，她嘴唇动了动，开门迎上妈妈满是笑意的脸。

"颜颜，今天你的班主任打电话过来表扬你了，她说你这几次作业完成得特别好。不过别太累着自己了，这几天我看你熄灯都很晚。"骆佳颜接过妈妈递过来的牛奶，乖巧地点点头："知道了，妈，我今天会早点儿睡。"

PART 01
梦想天使街

天知道已经有多久，妈妈都没有跟她说过"别太累"这样的句子了，以前总是会嫌她不够努力不够认真。也许是以前自己真的有点儿懒？替身刚来到家里的前三天，每天晚上为了补自己原先欠下的课程和作业，都熬夜到凌晨两点。

对替身的健康问题，她是觉得无所谓的。骆佳颜认真地研究过说明书：替身是如同机器人一般的存在，不会累也不会困。

为了避免替身和真身两者同时出现，替身石的制造者使二者都可以随时隐身，替身也可以随时被召唤到别处。

替身石的制造者真的是个细心的人啊！骆佳颜不禁对这个人充满好奇。自从收到石头之后她寻遍网络，却再也没有找到原先的那个网站，而快递单上的名字竟然也凭空消失了。

骆佳颜握紧了拳头，她试着拨通使用说明书最后一页上的电话，听到那头低沉的男声传来，她愣了愣才慌忙开始自我介绍："我叫骆佳颜，我……"说到这里却不知道该如何继续，她想，万一打错了怎么办？

"哦，我知道，大概半个多月前，你在网上订了替身石。"骆佳颜惊讶地忘记答话，只是忙不迭地点头，半晌才想起来自己打电话的目的。

她支支吾吾了半天才总算表达清楚："你到底是谁？为什么会把替身石给我？是怎么找到我的？"电话那头的人显然对这些问题毫不意外，他轻描淡写道："既然网页会弹到你的电脑上，就证明你是被选定的人，连替身石都可以制造，找到你更是小事一桩。如果你对我本人很好奇，可以亲自过来看看。"

他留给骆佳颜的地址，竟然就在离她学校不远的地方。

骆佳颜久久地皱着眉头，心里的好奇如潮水般向她涌来，她对"自己"说："嗯……明天你替我去上课吧。"

24

骆佳颜万万没有想到，替身石的制造者竟然是个比自己大不了几岁的男孩子，他笑起来脸上有浅浅的酒窝："你好，我叫孙鲁南。"

"隐身术对你没用？"她吐吐舌头，为了不和去上课的替身产生冲突，她念动咒语将自己隐身，谁晓得刚走到这家小店门口就被孙鲁南看到。

她坐在椅子上，看孙鲁南被大大小小的石头环绕着，他细心打磨，敲击得铿锵有力，不一会儿就满头大汗。骆佳颜掏出纸巾递给他。看着这些泛着五彩光芒的石头，轻声问："孙鲁南，你天天都做这些吗，应该很累吧？"

只见对面的男孩子点头如捣蒜："一块替身石从发现、开凿、打磨，到能够使用，需要很长时间，也很费力气。幸好像你这样被选中的人不多，不然你现在见到的就不是我，而是已经牺牲在锻造石头前线的烈士陵墓了！"

他虽开着玩笑，手里动作却丝毫未停："过两天要将这个石头送给邻市的一个男孩子。"这块石头是蓝色的，比骆佳颜那块稍微小一点。骆佳颜又看了一会儿，终于开口问道："每天重复这么枯燥无聊的事情，你为什么不给自己找一个替身呢？"

听到这话，孙鲁南轻轻起身去拉开窗帘，原本有些阴暗的小屋里瞬间亮堂起来："拍武打枪战之类的电影，很多镜头都会让训练有素的替身演员上场。但即便如此，仍然会有很多主演，宁愿冒着受伤的危险，也要自己去拍。我觉得也许是因为他们认为，如果用了替身演员，自己虽然不用冒险，但是同样错过了很多体验，拍电影的过程，就会不完满。这就是我不用替身的原因。骆佳颜，你能明白吗？"

其实不太能。骆佳颜抠抠头，她只知道有件事挺讽刺：制造替身石给大家，让大家拥有替身来帮忙做事情的孙鲁南自己，竟然是不用替身的。

见她这样孙鲁南又笑起来："你以后也许就会明白了。"

骆佳颜觉得眼前一黑，再回过神来的时候，发现自己站在学校对面的空地上，那个叫孙鲁南的男孩，那个满是替身石的小店，像是从来不曾存在过一般。

5

使用说明书越来越薄了，但凡是骆佳颜已经熟读过的介绍，已经背下来的咒语，都连同尾页那个电话号码，一起消失了。原来的"字典"现在已经只剩下几页纸。

距离期末考试，还有整整一个月的光景。使用隐身术上瘾了的骆佳颜，这些天几乎天天跑电影院看免费电影，无聊的时候会去爸爸的单位看他忙得焦头烂额却还是被领导批评。骆佳颜在旁边生闷气：那个在家里威风凛凛的老爸到哪里去了？

对了，前两天她还去了省重点高中，那是爸妈一直想让自己上的学校。她看到有不少哥哥姐姐在早上很早的时候就已经开始摇头晃脑地背诵课文，什么"之乎者也"，什么"what why how"。

下午放学后她无聊地挑了张空桌子坐下——反正没人能看见她，不用在乎形象。不远处有个戴着黑框眼镜的女孩子忽然叫了起来，吓骆佳颜一跳，她瞪一眼那女孩，只见她眉眼里写满欢喜："这道数学题我总算做出来啦！"

骆佳颜愣在原地：这种喜悦感，似乎已经久违了。那天她坐在那间万人向往的高中的教学楼里，坐了很久很久。回家之后对替身说："嗯，明天我自己去上课。"

已经有好一阵子没来学校了，今天一来当然觉得神清气爽，一切都倍感亲切，骆佳颜热情地和班里每个人打招呼，却发现大家都用奇怪的眼神看着她，还是死党陈悦悦先开口："佳颜，你可是好久没主动跟我说过话了。"

啊，她忘了，替身毕竟只是替身，没办法帮自己处理人情世故。

第一节课是她最怕的数学课，但是数学老师一看见她就慈祥地笑起来，在全班同学面前表扬骆佳颜："这次的单元测试骆佳颜同学考了满分，大家鼓掌！"骆佳颜在一片掌声中偷偷红了脸，生平第一次，她因为被表扬而难过不已。有什么好高兴的，表扬的又不是这个成天好吃懒做的自己。

所以在老师让她给大家讲解最后一道题的时候，她没有召唤替身来讲解，而是垂下头，轻声说："对不起，老师，我不会做。"

"哦……没关系没关系，骆佳颜同学可能是一下子忘记了，这道题的确难度很大。不过骆佳颜，我看你脸色不太好，要不要先回去休息？"

骆佳颜连忙点头，她怕自己再多待一会儿，眼泪就会流出来。她会不顾一切地当着全班同学的面说出关于替身石的事。

6

骆佳颜很难过，她发现自己竟然离不开一块石头，她现在的学习和生活，几乎都是替身在做。她从未想过在用替身为自己服务的同时，竟然也是个逐渐失去自己的过程。她现在终于明白，为何当时孙鲁南会那样说。她气急败坏地去翻说明书，在最后一页看到这样一句话：要始终记得，替身不过是你自己。

骆佳颜瞬间豁然开朗：替身不过是自己，在一个多月前，这个替身和自己的水平完全一样，她也做不出题目，也背不会课文，之所以能在一个多月里进步神速，并非因为她是超级天才，而是因为她不断努力。那么，既然她可以做到，骆佳颜自己，当然也能做到！

她于是将每晚的牛奶换成了咖啡，将看小说的时间用来预习复习，甚至连等公交的短暂时间，都用来背单词。

此番一个月。期末考试成绩公布的时候她万分忐忑，班主任念到她的名字："骆佳颜，第七名。"还有些失望地摇摇头："唉，你这一个月状态不如上个月好呢，要不然肯定是前三名。"

她却真的如释重负，长长舒了一口气，舒心地笑了起来。下课之后骆佳颜凭记忆去了那块空地，那里仍然是一片静寂。她本想把石头放在这里，算是物归原主吧，可是搜遍书包也没有找到那块替身石，念召唤咒语也都没有任何反应。

她甚至开始怀疑自己是不是做了一场冗长的梦。

虽然没有找到石头，但是总算找到了说明书。只是一张小纸条而已，上面安静地躺着六个字：恭喜，你做到了！

蘑小葵： 每一个生命体都是值得尊重的，哪怕是水精泪泪，也是一个不容忽视的存在。也许泪泪的另类会给麦麦带来麻烦，但它对麦麦的爱并不比任何人少。终有一天，我们会发现那些"不易被察觉的爱"，只希望那时的我们不会留下遗憾。

跳动的水珠

文◎提拉诺

楔子

麦麦看着它在阳台的角落肆无忌惮地"骚首弄姿"已经很久了——

"喂！你真的当所有人都看不见？"麦麦终于忍不住在地上那摊水模仿成她的一件内裤时朝它喊了出来："既然是妖怪，不想被别人看见就请你低调些好吗？"

哪有一摊会自动摆出内裤形状的水啊！如果再不及时阻止，以它这么高的兴致，接下来悲剧会发生在她的内衣上吧。

"装死也没用，地上那么干燥，你怎么躲我都看得见你。"麦麦蹲在它的面前，伸出手一抓，手却径直穿过它的身体。

"笨蛋，我是水，你怎么抓得住啊！"水珠得意地笑起来。

什么嘛，明明就是一摊水，偏要有一张萌到不行的脸。看得见的线条勾勒出它圆圆的眼睛、小小的鼻子和嘴巴，整个看起来就像是动画片里才有的生物。麦麦气鼓鼓地站起来，威胁道："再这样的话我就用盆把你装起来，倒进厕所冲下去哦。"

那摊水老老实实换了一张谄媚的脸："我只是太无聊了嘛。而且……只有你可以看见我，你还不理我。"

"那你到底来这里是做什么的？还有，你到底是什么啊？"麦麦知道，这样的家伙会出现在人类的住处，必定是有原因的。

"不做什么啊。我是水精，名字是泪泪！可不是什么坏妖怪喔！"自称是泪泪的那摊水撇撇嘴，显得很委屈，"我迷路了……"

"……"麦麦站起来，看着它没好气地说，"那你就自生自灭吧！"

"啊——"泪泪在阳台上哀嚎起来，"你怎么可以就这样走了！"

麦麦回到书桌前戴起耳机听英语录音，把那家伙没完没了的抱怨阻隔在外。

1

也不是故意见死不救。只是自己真的不想再和妖怪有什么牵扯了。

很小的时候，麦麦就能看见会跳舞的花朵，躲在地下，悄悄从土地里钻出来，

PART 01
梦想天使苗

恶作剧般拉掉人们鞋带的地精。那时候麦麦不知道自己的眼睛是特别的,说出来这些景象后,受到了怎样的待遇可想而知。

就像十岁时的那场意外,如果不是麦麦坚持说看到了倒在路上的生物,原本和母亲走得好好的她,不会挣脱了母亲的手冲向马路,更不会造成随之而来的悲剧。

那场事故之后,在她哭泣着握着母亲的手,看着母亲面目祥和地躺在病床上时,父亲的责怪终于爆发。父亲指着才十岁的麦麦说:"都是因为你这个怪物!"

为了救她,母亲变成了植物人。而与父亲的关系,也就变得越来越差了。

麦麦甩甩头,想也不想就拿起桌子上的牛奶大口喝起来,也不在乎口感,直到盒子已经被清空的时候,她才反应过来,低头仔细审视着牛奶盒子上的那一排字。

"我……"脏话还没骂出口,麦麦突然感觉胃里一阵翻江倒海的绞痛。她立刻就往厕所跑,刚进厕所就"哇"地一下吐了起来。麦麦胃里火辣辣地疼,整个人虚脱得靠在厕所门上,腿软得没办法动。

就在这个时候,原本缩在角落里的那摊水屁颠屁颠流了过来,它滑到麦麦脚边,认真而严肃地问她:"麦麦,你生病了吗?"

"干吗叫得那么亲热,我跟你又不熟!"麦麦吼了一声,更觉得一阵头晕目眩。自称泪泪的水精看到麦麦摇摇欲坠的,赶紧滑到她脚边,想扶着她。可是根本没用,麦麦的脚穿过了泪泪的身体,甚至让麦麦脚下一滑,一屁股跌坐在地上。麦麦顿时痛得眼泪直流。

看着麦麦吃痛的样子,泪泪更加紧张起来,很是自责。它忽然想到什么,在太阳的照射下,眼睛发着光,它开始顺着麦麦的脚一直往上爬。

麦麦不明所以地大叫起来:"啊啊啊啊!你干什么你!我跟你说!我爷爷是茅山道士,会抓妖怪的,你不要乱来啊!"

可是泪泪不管不顾,努力向上爬。麦麦试图用手阻止,但是根本没有办法,不一会儿工夫,泪泪来到了麦麦的嘴边。它认真地说:"麦麦,你是我的朋友,我不会让你出事的。"说完就滑进麦麦的嘴里。

本来以为是很普通的水,却带着一丝咸咸的味道,就像是眼泪一样。麦麦只觉一阵冰凉顺着脖子往下滑,虽然很害怕,但是这阵奇异的冰凉,却抚平了刚才呕吐时胃里的火烧火燎,让她舒服了一些。

不多会儿工夫,那阵冰凉似乎渗透了全身每个角落。

麦麦叫起来:"啊啊啊啊!你该不会要占用我的身体吧?"

话音刚落,那阵冰凉又开始在胃中汇拢,向上移动,最后顺着喉咙回到嘴里,慢慢滑了出来,重新滑到了麦麦的脚边。

泪泪气喘吁吁,看起来很累。麦麦瞪着它大叫:"你到底干什么了?!"

泪泪边喘气边开心地说:"还好遇到我这么聪明的妖怪,你想想看,要是没遇上我……"

"说重点！"

"……其实我就是到你身体里，把那些伤害你的物质吸收过来，锁在我的身体里面，然后再带出来。"泪泪兴奋地嘿嘿笑着，"我是不是很聪明？"

"……"麦麦一时间哑口无言，不过身体确实好多了。

②

虽然没有很正式煽情地感谢泪泪，但麦麦还是找了一个干净漂亮的杯子，把泪泪装进去，放在了自己的书桌上。

泪泪从杯子里探出头来，两只透明的手扒在杯子边缘开心地问道："麦麦，我是你的朋友对吗？"

麦麦瞪它一眼，嚷道："少啰唆啦你！"

泪泪丝毫没有在意麦麦的不友好态度，笑得眉眼弯弯。麦麦自觉尴尬，赶紧转移话题，问道："哎，你跟丢了家人，独自待在这里都不会害怕吗？"

泪泪笑着摇摇头说："我有你嘛！"

麦麦原本想大吼"我和你没关系"，但终究不忍心说出口。她无可奈何地看着泪泪，问道："那你怎么回去找你亲人？"

泪泪很苦恼地说道："其实我也不知道，听说大家都是一起从云上落下来，最后再等着被太阳蒸发时一起回到云上。可是我第一次看见你，就像是被命运指引一般，一定要来见你！但是我却不知道怎么回家了……"

"还说自己是聪明的妖怪，连怎么回家都不知道！你现在去太阳底下晒晒难道不能回去吗？反正都是水嘛，一蒸发不就可以回去了？"

泪泪颇为烦恼地转着眼睛思考了一会儿，又重新缩回杯子里说："我也不知道，第一次见到你，我就觉得身体很重，像是遇到了我想见的人，很想要陪在你身边，这种强烈的愿望在我的身体里扎了根，就算是太阳也没办法把我带走。"

麦麦根本没听懂这是什么意思，扯着嗓子大喊："自己迷路还好意思怪别人啊你！"

话没有说完，寝室门就被打开了，舍长和另外一个舍友诧异地打量麦麦，又四处张望了一下。舍长皱着眉头走到麦麦面前，问道："你在和谁说话呢？"

麦麦一慌张，悄悄从口袋里抽出手机笑道："没有啦，刚才在和别人打电话来着……"

舍长看着麦麦手里的手机，还是有些狐疑地打量着麦麦，但是也没再说什么，只是"哦"了一声。

麦麦看见舍友各忙各的去了，对着泪泪做出口型："都是你啦！"

妖怪的声音普通人类是听不见的，泪泪有些愧疚地回答："对不起啦，下次不会给你添麻烦的！哎，我真没用，还说做你朋友，但是总是给你惹麻烦……"

泪泪小声嘟囔，麦麦没有说话，看着它自责的样子浅浅地笑着。

朋友，她并不想否认呢。

泪泪精神十足地在瓶子里转来转去，看到什么新鲜的事物都会大喊大叫。

麦麦彻底无语。早上起来泪泪非得让麦麦把它装进瓶子带去教室，麦麦一瞬间心软，直到现在才发现这根本就是个错误。

麦麦找准机会对着瓶子里的泪泪低声说："不要乱晃，你就老老实实做一摊水不行吗？"

话音刚落，麦麦的同桌回到位置上，伸手就要去拿麦麦的水瓶："麦麦我今天没带水，借你的喝一口……"

"哎哎哎哎！"麦麦一把抢回水瓶，紧紧抱在怀里，"不行啦，我感冒了，会传染的。"天啊，被同桌一喝肯定会起疑心。虽然泪泪的身体就像普通的水，但始终还是连在一起的，要是同桌发现这瓶水根本分不断就惨了。

"我不介意啦。"同桌面带笑容，安抚似地拍拍麦麦的肩，"所以麦麦你就给我喝一口嘛！我真的好渴啊！"说完，同桌的手又伸了过去。

"不行的！"麦麦把瓶子放在身后，紧张得满头大汗。由于太担心泪泪会曝光，连声音都有些颤抖，语气也变得强硬起来。

同桌脸上的笑容慢慢凝固，伸出去的手停在半空。麦麦试图解释，可同桌已经转过身坐回自己的位置。直到下课，同桌的情绪才稍微好一些，两人互相说了再见。

麦麦看着瓶子里做出无辜表情的泪泪，埋怨道："都是你惹的祸！"

刚走了几步的同桌又转过身，看着麦麦身边已经没别人，有些奇怪地问道："麦麦，你在和我说话？"

麦麦嘿嘿干笑说："没有啦，我就随便自言自语而已。"

回到宿舍的时候，麦麦气呼呼地指着泪泪说："都和你说不要那么活跃了！如果被别人发现不就惨了！"

泪泪透明的手摇了摇，辩解道："不会啦，别人不会想到水是妖怪的，是麦麦你太敏感了。"

麦麦咬着下唇没有说话，泪泪倒是自顾自地从瓶子里爬了出来，在麦麦的作业本上爬来爬去。由于泪泪可以控制自己的身体，因此麦麦的本子一点儿都没有湿。

就在泪泪玩得正开心时，宿舍的门突然开了，舍长拿着饭盒走进来。她看到麦麦又皱起眉头，问道："麦麦，你又在和谁说话？"

"没、没有啊……我在唱歌啦。"

舍长点点头，转头看见泪泪正在麦麦的作业本上，不禁抽出麦麦的本子大喊起来："有水！水洒出来了！"

麦麦立刻接过本子，舍长抽出纸巾要擦，麦麦一把抢过纸巾，吼道："舍长，我来就好了！你去吃饭吧！"

可能是声音有些大，舍长怔住了，没有说话，将视线停在了麦麦的作业本上。

麦麦把本子又往身后藏了藏，尴尬笑道："还好舍长你发现得早，本子没怎么湿，真是多亏你了。"

舍长面露疑惑，终究没再说什么。

91

除了总是被别人发现自己正对着一瓶水说话，偶尔会受到别人的质疑之外，麦麦还是很庆幸自己能有这样一个可爱的妖怪朋友的。

麦麦很粗心，不管牛奶饮料有没有过期，拿起来就喝；一瓶没喝完的矿泉水放了半个月，也能突然想到就拿起来喝。偏偏她没那么坚强的肠胃，每次她不舒服，汨汨比她还急，不顾一切去帮她。

一来二去，汨汨就决定以后麦麦吃的喝的都要它先检查过滤一遍才行。麦麦看着它认真的模样有些好笑，疑惑地问道："汨汨，你怎么知道什么是有害的，什么是无害的？"

汨汨颇为得意地说："嘿嘿，我可是水精，关于水的事没人比我更清楚。"

运动会开始的时候，正值南方的秋老虎来袭，热得燥人。麦麦满头大汗，倒是瓶子里的汨汨怡然自得。

"很热？"汨汨把视线从场上的人群里缩回来，盯着麦麦的脸。

"当然啦！这么热的天气，还要给班级合作跑加油。"麦麦用手摸了摸额头上的汗珠，眼睛眯成一条线。起点处正在准备的二十个同学已经就位，大家腿上都绑着绳子，就等着哨声响起。

尖锐的哨声划破天际，麦麦扯着喉咙喊叫起来。眼看着一路都很顺利，就在快到终点的时候，麦麦分明看到跑道中间，一个褐色的小家伙从地里钻了出来。小家伙回头冲着麦麦狡黠一笑，伸手抱住了正从它身边经过的一个人的脚。

那人当即一个趔趄，整个队伍从中间开始依次倒下去。两边的男生没有意识到发生了什么，甚至还拖着走了好几米。

还没有到达终点，大家都已经伤痕累累。而小家伙似乎对自己的恶作剧十分得意，手舞足蹈地站在跑道的边缘跳起来。

麦麦这才意识到事情的严重性，而站在中间被拖得最惨的就是麦麦的同桌，她的脸和膝盖都有擦伤。

麦麦赶紧跑上前去，校医药室的老师扶着麦麦的同桌坐直，向身边的人命令道："她中暑了，快给我水！只要是喝的都可以！快！"

老师的目光落在麦麦手中的瓶子上，她大声喊道："同学，快把你的水给我。"

麦麦瞬间僵住了，根本不知道应该怎

么办。同桌脸颊通红，看起来很难受的样子，就像搁浅的鱼，她微张着嘴向麦麦求助。

可是……麦麦的手始终没有办法伸出去，她不能让大家发现泪泪的存在！

好在没过一会儿，别的同学已经把水送了过去。麦麦有些歉疚地看着同桌，而同桌已经将目光转向别处。

麦麦抿着嘴没有说话，看着同桌晃晃悠悠站起来，麦麦赶紧上前想去搀扶她，却被大力甩开。麦麦知道，她和同桌已经无法再做朋友了。

5

面对质疑，麦麦始终咬牙没有多做解释。麦麦握着瓶子站在操场的边缘，那里全是正在处理伤口的同学。

舍长冷笑一声，阴阳怪气地讥讽道："还是你的同桌呢，连瓶水都不愿给。早就听说了你是奇怪的人，校运会的时候我朋友来找我，她和你一个小学，真是多亏了她，我才看清楚你是个怎样的人。"

——是个什么样的人呢？

小学时麦麦看到受伤的花妖会悉心照料，看到可爱的地精会和它们交谈，有时候看到面目丑陋的妖怪也会在全班安静的时忽然尖叫起来。渐渐地，她被认定是个不正常的孩子。即使回到家，她哭着和父母说自己所看见的场景，也只会得到父母摇摇头不断叹气的结果。

"我才不是奇怪的人。"麦麦低下头喃喃自语。

这时，朱红色的塑胶跑道上突兀生出一块凸起，刚才作乱的小地精笑嘻嘻地爬出来，挥舞着手大喊道："麦麦——麦麦——"

小地精重复地叫着这个名字，像是在炫耀它的成果一般。

麦麦再也忍不住冲它大声喊出来："够了——都是你们！都是因为你们，我才会变成这样！我根本不想认识你们，也不想看到你们！都滚出我的世界，滚出去！"

"麦麦……"小地精显然被这样的麦麦吓到了，颤抖着缩回了土里。而麦麦转过头才意识到，身边的同学正带着错愕的表情看着她。

麦麦耳边再次响起充满嘲讽的声音。

"好奇怪啊她，对着空白的地方乱吼乱叫，就像是见了鬼一样……"

"神经病吧……"

"我以前就听说她不正常，总是说自己看见了什么东西……"

……

闲言碎语汇聚成一张密不透风的网，麦麦想要堵住耳朵，然而抬起手才发现泪泪还在瓶子里。

"我真的受够了。"麦麦说完，将瓶子朝地上用力一砸，飞快地跑开了。

在母亲变成植物人那天，麦麦下定决心再也不和妖怪们牵扯到一起，然而因为泪泪，麦麦食言了。

麦麦失魂落魄地推开病房的门，母亲还是安详地躺在病床上，就像睡着了一样。麦麦坐在病床边，抓住母亲的手，流着眼泪轻声说道："对不起……是我错了，妈妈，你快点醒来吧。"

回答麦麦的只有一室静谧。

母亲呼吸平稳地安睡着，麦麦把头埋在母亲的手臂上呢喃道："妈妈，你为什么都不理我……"

低声抽泣片刻，麦麦起身同母亲告别，发现母亲的眼角竟一滴一滴滑落出眼泪。

晶莹的泪珠在昏暗的病房里发出璀璨的光芒，让麦麦诧异的是，那些光从枕头边缘浮起来，然后升到了空中，从病房的窗口出去一直向上升去，最后消失不见。

不知道为什么，麦麦突然想到泪泪对她说的话。

"第一次见到你，我就觉得像是遇到了我想要守护的人，很想陪在你的身边。仿佛谁的思念在我的身体里扎了根，就算是太阳也没法把我带走。"

突然，病房的门打开了，护士小姐走进来帮母亲检查输液情况。她看到母亲脸上有泪，不禁叹口气说："你的母亲一定在想你，虽然身体不能动，却把思念寄托在眼泪里，我经常看到你母亲流眼泪。"

直到护士离开，麦麦都无法说出一句完整的话。

过了许久，麦麦忽然冲出病房。

6

当麦麦回到操场时，运动会早就结束了。被麦麦扔在操场边的瓶子空空如也，没有了泪泪的身影。

"泪泪！"麦麦试着呼喊一声。回答她的是一片静寂。回去了吗？下午天气这么热，也许泪泪被蒸发重新回到天上了吧？麦麦拖着疲惫的步子走回宿舍，宿舍里空无一人，她才想起晚上有班级组织的活动，大家应该都去班里了。狭窄的宿舍忽然变得空旷起来，麦麦低着头朝床边走去，突然发现阳台那里一直有光在闪烁。

"泪泪！"麦麦激动地跑过去，果然看到泪泪。

泪泪的脸上带着浅浅的笑容，麦麦道歉："对不起，下午我不应该扔下你的。"

"没关系。"泪泪笑道，"其实……我是在等你回来向你道别，我得走了。"

"可是——"

泪泪没有给麦麦挽留的机会，继续说道："麦麦，有人在召唤我回去了。而且我知道，你不会再孤单了。相信我，这是我唯一能为你做的事。很开心我总算找到了能够为你做的事情了。"

说完，泪泪的身体开始发出晶莹的亮光，让麦麦想起医院里母亲流出来的眼泪。

就在泪泪身体开始向天空升去的时候，麦麦伸出手试图拦住它，只是泪泪的

PART 01
梦想天使街

身体还是从麦麦的指缝间滑了过去。

麦麦难过极了，在心中默念道："泪泪，先不要走，我还有很多问题想要问呢。先不要走，如果你也走了，还会有谁陪着我呢？"让麦麦没想到的是，泪泪升到半空时，那团光亮突然碎裂成无数个光点向四周散去，一摊水从半空落了下来，正好落在麦麦宿舍楼前面的空地上。

麦麦赶紧下楼，来到空地喊着泪泪的名字："泪泪！泪泪你在吗？"没有人回答，那团光亮重新回到天上，消失不见。

麦麦是从梦中惊醒的。她睁开眼时，舍长正拿着她的手机大声说道："麦麦，麦麦快醒醒！你爸爸的电话——哎呀，挂了。等会儿应该还会打来的，你记得接啊。"

麦麦揉了揉眼睛，不明白舍长怎么会忽然和自己亲近起来。她小心翼翼地问道："舍长你……不觉得我是个奇怪的人吗？"

"啊？你在说什么啊？昨天运动会太累了吧？"舍长一副不明所以的样子，没心没肺地笑着。

另外两个舍友也哈哈笑了起来，应和道："麦麦什么活动都没参加，估计是全场都去当拉拉队，累傻了吧！"

大家都忘记昨天的事了吗？

与此同时，麦麦的手机再次响了起来——"麦麦快来医院！你妈妈醒了！"

直到很久以后，麦麦才终于明白，带着母亲的思念来到自己身边的泪泪，用自己的生命，修改了所有人的记忆。

母亲出院的冬天，麦麦的宿舍楼前开出了一朵美丽的花。麦麦下课时恰好经过，花朵开得正艳，在冬日的暖阳下，有晶莹剔透的水珠折射出光亮。麦麦眼前一亮，赶紧跑上前，果然看到那个可爱的水精。

"泪泪！？是泪泪吗？"

"泪泪？"小水精很疑惑，有着透明线条的眉毛皱了起来，"你也认识泪泪吗？啊，你就是麦麦——"

麦麦点头，虽然有些失落，但还是对水精笑了起来，"是的，我是麦麦。你有见过泪泪吗？它……回去了吗？"

"麦麦，泪泪就在这里啊。"水精幻化出了一只手，指着那朵花说，"泪泪没和你说过吗？它是你妈妈的眼泪凝聚而成的，一旦想起自己的身份就回不去天上，只能留在地上了。但泪泪为了修改所有人的记忆，消耗了元气，不能再成为小水精了。最后，它因舍不得你，用最后的元气，在你身边开出了这朵花，希望你能看到。"

麦麦鼻尖发酸，一直没能来得及问出口的疑问，终于得到了解答。麦麦忽然笑了起来，和那个新来的水精道别，决定等花朵的花期过了，把它摘回去做成标本，那样泪泪就可以一辈子陪着自己了。

尽管它的花期短暂，但是它也曾经美丽过、绽放过，装饰过这个世界。就像泪泪，虽然在她身边的日子不长，它最终随着花瓣归于尘土，可它依旧代替了母亲那温柔的手——抚平了麦麦所有的伤痛。

【PART02 幻海小说汇】
小婴儿长大了，变成了小孩童。
大大的眼睛，胖嘟嘟的脸蛋儿，像天使一样可爱。
可他忘记了自己曾经就是天使。他抬头望着天空，那么远，却又那么近，觉得心里空落落的。
迷茫的小孩童不知不觉中走到了一家堆满书籍的小书馆。化身成书馆老板的米迦勒对他笑道："孩子，你想看书吗？"
那一瞬间，空落落的心被填满了。小孩童本能地知道，他需要这些书，这里有他想要找寻的答案。

绘/勇者白兽

悬想： 最近感觉自己只是在不断地赶路，越追逐越疲惫，所以十分怀念以前不急不缓地追寻梦想、享受生活的时光。于是我通过这个故事，来表达内心的渴望。希望看懂这个故事的每位读者，都能重新审视自己的生活，感受到生命的温柔，而不是冷漠。

没有翅膀，仍有远方

文◎悬想

生活在加速

暑假第一天，尹辰希被如芒刺背的痛惊醒，他觉得后背如火烧般灼热，甚至感觉有什么东西钻了出来。

尹辰希跌跌撞撞跑到卫生间的镜子前，惊呆了，一对雪白的翅膀不停地上下拍打着……

"这是——翅膀？！"尹辰希惊呆了。使劲掐了自己好几下，才肯定自己不是在做梦……

"辰希？辰希！"是妈妈的声音。尹辰希慌了，要是让她看到自己居然长出翅膀来，会不会把自己当做怪物？

然而，在卫生间的他无处可躲，只能绝望地听着妈妈的脚步声越来越近……

"妈妈，你怎么也……也有翅膀？！"

让尹辰希震惊的是妈妈的背后居然也有一对翅膀。

妈妈一脸诧异地问道："我们本来就有翅膀啊！你这孩子，别找借口偷懒磨蹭，快点儿来吃饭，然后快去你报的兴趣班上课！"

被自己的妈妈催促，这还是尹辰希第一次遇到。众人给他的称号是"时间狂"，他房间里的闹钟特意被调快十五分钟。

他还常常看不惯别人不会抓紧时间做更多的事，这别人里也包括他的家人。

换言之，从来只有他嫌弃别人磨蹭的份儿，他还从来没被嫌弃过呢！

容不得尹辰希多想，之后的一切仿佛影片正在快进一般，他在催促下迅速解决了早餐，背上书包，就被赶出了门。他的父母似乎一刻都不想让他多在家中停留。

出了门后的景象也让尹辰希惊异，人

人都有一双翅膀，他们都在半空中以极快的速度飞行着。

　　大家行色匆匆，神情麻木，盯着前方的目的地。他还是习惯于走路，所以他在地上走着，时不时会接收到半空中人们鄙夷的眼光，似乎在嘲笑他慢得和蜗牛一样。

　　然而，尹辰希真的觉得没必要赶时间，因为时间分明没有像人们的生活节奏一样在加速，它还是有条不紊地前行着……那么人们到底在追赶什么呢？

神秘的敲钟人

　　兴趣班的教室里安静得诡异，踏进教室的尹辰希能够清楚地听到自己的脚步声。

　　这也是他从未见过的景象，他报的这个兴趣班是美术，班里多半的同学每年暑假都会来，他还是相对了解他们的。若是换做从前的课间，可是热闹得不行，大家肯定都在闲聊暑假生活的趣事，只有他一人会抓紧时间埋头作画。

　　然而今天，情况却截然相反。他努力想找一两个熟稔的同学聊聊这到底是怎么回事，却发现他们都在专心作画，连头都不抬一下。

　　"艾瑞？"再三犹豫，他还是推了推自己的同桌。

　　一向爱聊天的艾瑞没有改变姿势，继续着手里的动作，冷漠地问了句："什么事？"连语速都比从前快很多。

　　"我就是想问问，你们怎么突然这么……这么努力画画？"尹辰希难以适应艾瑞的漠然，艰难地和他搭话，"还有啊，你们知道为什么会突然长出翅膀吗？你们都不觉得奇怪吗？"

　　艾瑞终于抬起头，奇怪地看了他一秒钟，接着低头继续画画，惜字如金地说："因为时间有限，要高效利用时间。翅膀？为什么奇怪，我们一直都有啊！"

　　尹辰希还想问个清楚："可是……"

　　"不要找我说些废话了，我已经因此浪费了两分钟。"艾瑞果断结束了话题，不再理他。

　　整个世界都变得疯狂，让尹辰希感到陌生，他几乎可以断定，所有人的记忆都被篡改了！他们都以为那翅膀是与生俱来的，他们也都坚信生活需要这样毫无乐趣地掐秒来度过！

　　接下来的一整天，所有事情都在加速中完成着。

　　尹辰希发觉身边的人已经机械到多余的话绝不多说，多余的动作绝不多做，屡次想要和他们聊天的尹辰希都被他们用极为严厉的眼神制止了，仿佛聊天是一件可耻的事情。

　　回到家，他的父母也不再像从前一样，在饭桌上你一言我一语地询问他一天的经历，而是沉默地保持着同一个频率夹菜吃饭，然后迅速收拾碗筷，结束晚餐。

"不，生活不应该是这样的……"他简直要被这样压抑的氛围逼疯，忍不住冲出了家门。人与人之间怎么可以这么冷漠？

在马路上漫无目的闲逛着，他渐渐冷静下来，觉得自己必须做点什么来改变现状，要怎么样才能让生活变回原来的模样？

"咚——咚——"

不远处钟楼传来洪亮的钟声，灵光一闪，尹辰希用力拍了拍自己的脑袋："对了！唯一没变的就是时间，这撞钟的人始终没有改变自己敲钟的节奏！他至少是个和我一样的人！"

尹辰希一路向钟楼狂奔，又一口气爬上了钟楼的最顶端，在大钟面前停了下来。尹辰希弯下腰，双手撑着膝盖喘起粗气来。

"看来我要等的好孩子就是你了。"眼前，年迈的敲钟人神秘地微笑着。

控制时间的闹钟

"你等我？"尹辰希指了指自己，"你是谁？"他发现这个敲钟人没有翅膀。

"自我介绍一下，我是时间的守护者。你可以叫我——爱德华。"敲钟人点点头，"我察觉到这个世界的时间不慎错位，所以我一直守在这里，等那个能察觉到一切的人。"

尹辰希不解地瞪大了眼睛："时间错位？"

"是的。好孩子，你是不是发觉只有你一个人认为那翅膀本不属于自己……"

在爱德华的解释下，尹辰希大致了解了这奇异的情况。

按照这位时间守护者的说法，尹辰希所在的城市在昨晚由于一次时空的不匀速进行，导致时间错位到了另外一个计量法中。

原本人们的计量法是用双腿行走的常速，而突然长出的翅膀代表着新的计量法，所以时间在人们心目中开始做加速运动。

"所以，即使你努力保持时间不变，人们还是会觉得时间过得很快，所以他们永远都匆匆忙忙，疲于奔命？"尹辰希问他。

"差不多是这个意思。"爱德华点点头，仿佛很满意他的领悟能力。

尹辰希紧接着问："那有什么办法可以让时间归位呢？使用原来的计量法？"

"这就是我等你的目的了。需要把控制这个城市时间的时钟倒退到昨天和今天的交界处。"爱德华扶了扶他的金丝框眼镜，镜片反射出夕阳的光芒。

"控制这个城市时间的时钟？"他要怎么找到这个时钟？

爱德华和蔼一笑："好孩子，不必着急，这个时钟不难找，远在天边近在眼前，就是你房间的时钟。如果不是因为你的时钟有控制这个城市时间的力量,你应该就无法察觉到这一切的不寻常。"

"只要这样就可以了吗?"尹辰希一听,激动地问。

爱德华再次点头,鼓励他说:"是的,去吧。把时钟调好后,睡上一觉一切就恢复原状了。"

"谢谢你——"

看到希望的尹辰希连忙告别了爱德华,再次跑回来,冲进自己的房间。

他拿起时钟,想都没想,就将闹钟一口气倒拨到了十二点。

之后,他看了看窗外的天色,竟然骤然暗了下来。他的脑袋也有些昏昏沉沉的,不自觉地斜躺在了床上。

"好孩子,祝贺你找回遗失的生活……"

意识模糊之间,他听到了爱德华那苍老深沉的声音。遗失的……生活吗?

找回的生活

清晨的鸟鸣吵醒了尹辰希,他睁开眼的第一件事,就是摸了摸自己的后背。

他惊喜地发现,翅膀果然没有了!

走出房间,他的父母和以往一样,笑着和他打招呼:"辰希,起床啦?暑假第一天多睡一会儿嘛!不用这么着急的,距离兴趣班的上课时间还早呢!"

他们的翅膀也没了,时间倒退了回去。

"嗯!我不着急的,就是想多陪你们聊聊。"他的回答换来父母诧异又欣慰的目光。

接下来的一天里,尹辰希身边的人都察觉到了他的变化——更有人情味了,更肯花时间和人相处了。

课间,他不再埋头苦干,而是和同学们聊天。

课后,他不再急急忙忙回家学习,而是抽出适当的时间和伙伴们一起做做户外运动,锻炼身体。

到了晚上,他不再需要父母询问,就自顾自地绘声绘色讲起一天的趣事来……

尹辰希过了很不一样的一天,回到房间时还是带着满足的笑意的。

他来到书桌前,发现时钟走得很准,也没有再将它调快十五分钟。

经过这一次离奇的经历,他想通了,人生有两种过法,一种是生存,一种是生活。

人生的精彩在于生活,这种生活状态是时间走得不急不缓,而脚步刚好能跟上。在这种生活状态下,完全没有必要用翅膀来代替双腿,加速向前,冷漠对待人生。

没有翅膀,仍有远方,追逐之余,不会妨驻足片刻,温柔地看看这世界,同时也会被这世界温柔以待。

简舒：如果你用善意对待这个世界，这个世界也会回报你相应的温柔。但当这份善意会伤害到自己的时候，我们该如何抉择？安暖的愿望很小，她只想爸爸妈妈能陪伴在自己身边就行，她不理解父母的选择。不过人总会长大，她终究会明白，帮助他人就是守护自己。

赠你一副花样容颜

文◎张小倩

1

周日的午后，就像仅剩一口的哈根达斯，幸运的是还剩下一口，不幸的是只剩下一口。更加不幸的是，不论你吃或是不吃，它都会随着时间化成一滩水默默流走。

我就是在这种纠结的状况下听到了敲门声，于是我冲着书房大吼一句："老头子，你去开门。"没有半点回应之后，我确定我家老头子又看书看入迷了。

哎，这样也好，沉迷于看书总比沉迷于画皮好。我自我安慰着，吃掉最后一口哈根达斯，趿拉着拖鞋打开了房门。

门外是个裹得好像阿拉伯人一样的女人，她周身上下都裹着一层黑布，只露出灿若星辰般的美丽眼睛。

"请问这里是安先生的家吗？"她轻声询问，声音清亮空灵，只是听到她的声音，我就喜欢上了她。

"是安逸豪吗？"我主动报上父亲的姓名，这并不符合我的性格。

"是。"女人点头，一双眸子蒙上水雾，好像星河汇聚，有特殊的朦胧美感。

我请她进屋，把她安置到沙发上后就去书房喊爸爸。爸爸确实正在看书，一本我不喜欢的古籍。他抬头，听说有人找他，一点也不着急，只是推了推眼镜冷淡地说："你先帮忙招呼着，我把这一段看完了就去。"

女人端坐在沙发上，虽然没有露脸，但那挺拔的身姿，优雅恬静的姿态还是让人如沐春风，让人肆意幻想着她的美。

"稍等，我家老头子比较二，从来分不清什么是主要的事什么是次要的事。"我泡了杯花茶给她，用了我最喜欢的珐琅彩瓷杯。

我最爱的杯子，泡上我最爱的花茶，她只端在手里摇晃了一下，就有一种现场观看《唐顿庄园》的美感。

我激动得几乎尖叫，她是我最喜欢的那种优雅大方，一看就知道是出身很好的谦虚女子。

"对不起，我喝水不太方便。"她轻声道歉，眼睛里传达着抵挡不住的善意。

趁着我家老头子看书的空当，我扯着

"不能让客人寂寞"这张虎皮大旗开始跟她套近乎。当我听说她是一名歌剧演员时，激动得嘴巴张成"O"形，然而当我得知她居然跟我同龄，只有十五岁时，已经不顾形象地把后槽牙都露出来了。

我一拍桌子，义愤填膺地大喊："这不公平！"

"什么不公平？"安逸豪，也就是我家老头子终于从书房出来了。他的头发异常凌乱，分明已经又快到该睡觉的时间了，可他的发型还保持在早上刚起床时的模样。

"爸，你要对我负责。你看人家十五岁这样，"我比了个前凸后翘的手势，又指了指自己，比了个一顺到底的手势说，"结果我十五岁这样。这一定是你的错。"

老爸被我逗得哈哈大笑，一脸宠溺地揉着我的头发，调侃我严重挑食，勿怪旁人之后，打量着眼前的少女问："你找我有什么事？"

2

我没有一刻比此时更加期待时光倒流。不用倒流很久，只要一小时就够了。只要一小时，我就会选择对敲门的少女说："对不起，我不知道你所说的安先生是谁。"然后我会优雅礼貌地关上大门，把电视音量调到最大，哪怕所有电视台串通一气集体播放《神笔马良》，我也绝不关掉。

我恨一小时之前的自己，恨三年前的妈妈，恨此刻的爸爸，恨老天给予的所谓天职。

那根本不是上天给予的礼物，就算是，也是名为礼物的诅咒。

"妈妈，你画画真美。"幼时的我，引以为豪的就是拥有画家双亲。那时我总是追在妈妈身后，拿着一本素描本让妈妈画上蓝天、白云、花草、树木以及各种鸟兽。

每当妈妈接过我的蜡笔，白色的纸上不一会儿就会涌出勃勃生机，只消片刻，世界上最美好的一切就会出现在我的素描本上。

那时，我会睁大眼睛看神仙一样看着妈妈，我会由衷地称赞说："妈妈，你真是好厉害啊。"我会把"好"字拖得很长，尽可能长大嘴巴，好像嘴巴张得越开，就越能表现出好的等级似的。

"暖暖喜欢就好。"妈妈笑着捏我的脸，两只手指来回摩挲。

是什么时候，我第一次对妈妈说了狠话，我对她说："不许你再画画了，永远不许！"我像个炸毛的小猫一样握紧双拳瞪着她，她那时躺在病床上，脸上没有血色，白得几乎和床单被子融为一体。

也是在那时，我忽然害怕失去妈妈，没来由地害怕。

"暖暖别哭，妈妈不会再画了。"妈妈还是捏我的脸，没有了以往的力度，不过依旧温柔地微笑。

我就是被那温柔的微笑欺骗了，一直到最后一次看到她画画，画了一张平凡但却温柔的少年的脸。她把那张脸从画布里撕下来，敷面膜一样敷在床上少年的脸上，于是少年不再是被高度烫伤的残疾人，变成了他最初也是最美的模样。

"暖暖，我爱你。"妈妈这样跟我说了最后一句话，就永远离开我了。

爱究竟是什么？我不懂，我只知道，如果爱我，就请在我身边好好陪我。

女孩取掉了身上的黑色罩衣，露出了严重烧伤的脸，她自我介绍说叫尤薇，就不再废话，再次穿戴整齐。

她只报出了姓名，确实她也只用报上姓名，其他的，我们都会懂。

尤薇，本市最有名的企业家的掌上明珠，父亲是实业企业家也是慈善家，母亲是曾经风靡一时的歌舞剧女主角。而尤薇本人，女承母业，自幼就是音乐神童。十三岁开始出演歌舞剧，十四岁担任女主角，却在十四岁只过了一半的年龄，遭遇了几率不大的瓦斯爆炸。

那是剧团小厨房的瓦斯爆掉了，除了加班练功去厨房拿水的尤薇，没有一个人在剧团。于是尤薇也就成了唯一的受害者，全身皮肤百分之四十烧伤，更要命的是，大部分烧伤居然都集中在了脸上。

"我很同情你。"我抢先打破僵局，挡在父亲面前瞪着我曾经的偶像，恶狠狠地说，"但我们不会帮你的。"

尤薇颤了一下，黑色罩衣随着她的身子一起摇晃，像被风吹过的柳枝。

"可我需要安先生的帮助，除了安先生能救我，谁都不能救我。"尤薇哭了，眼泪夺眶而出，我深爱着的银河，被我夺走了所有光彩。

"我们就是不能帮你，我们也有自己的苦衷。对不起，你该走了。"我知道我不该这般狠心，我知道我应该善良。可是，任何威胁到安逸豪生命的存在，我都必须排除。那是我爸爸，是我唯一的亲人，是我最爱的人。

我推搡着尤薇，毫不客气地让她离开，尤薇也没了大家闺秀的矜持，铆足了劲跟我对着干。我们像小太妹一样互相推搡，互不相让，我大嚷着："安逸豪，你给我进屋看书去，不准出来，不准答应，不准……"

第三个不准还没说完，安逸豪已经掉链子了。他站在我身后，冷静而又决绝地说："准备材料需要一周时间，你一周之后再来吧。"

安逸豪说完转身回到书房，留下我浑身僵直地立在当场，失去了跟尤薇对峙的力气，也不敢冲进爸爸的书房让他收回承诺。尤薇感激涕零地走了，临走前还假模假样地对我鞠躬说："谢谢。"

我想说我不要谢谢，我想说我只要爸爸妈妈，我想说："求求你们不要再来找我的爸爸妈妈帮忙，他们都很傻很天真，即使知道画皮有违人伦会被减寿，仍旧会为他人画皮。"

4

我哭昏过去的时候，居然做了个很甜的梦。梦里妈妈还活着，很有精神地在庭院晾晒衣服。那天的阳光是温暖的金黄色，妈妈逆光站着，对太阳说："你今天状态真棒。"

我那时上小学了吧，第一次穿校服觉得无比新鲜，于是回家了也不愿脱掉，拽着校服上的徽章来回研究，听到妈妈的话时"噗"的一声笑了出来。

"你居然跟太阳说话，太阳能听得懂吗？"我只是打趣，没有要让妈妈回话的意思。但妈妈回话了，她看着我，笑得一脸坦然。

"当然，万事万物都有灵性的，哪怕听不懂，也能感受到浓浓的善意。当你夸奖太阳的时候，太阳就会变得温柔，减少紫外线让你不会被晒伤。当你夸奖一杯水的时候，水分子就会发生变化，变得更加甜美细小，更适合肠胃吸收，也更加甘甜爽口。"妈妈一脸认真地胡诌，于是假话都变成了真话。

"真的吗？"我还是怀疑，毕竟这些都是学校没教过的知识。

"当然是真的。"妈妈笑着，捏了我的脸说，"你要相信我哦，我可是你妈妈，如果连爸爸妈妈都不相信，你还能相信谁呢？"

我点头。从那时开始，我学会了向万事万物道谢，执拗地认定正是因为我的"道谢"，才使花儿更香了，草儿更绿了。

"妈妈，妈妈。"我喃喃呓语着惊醒，只有冰冷的地板和漆黑的屋子等着我。

我的身上没有出现毛毯，我也没有被抱上沙发或者床。这证明爸爸这次格外固执，已经认定了要为尤薇画脸，不是我的死乞白赖以及苦肉计就能打动他的。所以我不再彷徨，不再犹豫，我决定放弃游说爸爸，从尤薇身上下手。

我已经失去了妈妈，决不能再失去爸爸。年少时的我没能阻止妈妈"大发善心"导致她"寿命殆尽"，但现在的我一定能阻止爸爸走上妈妈的不归路。

于是第二天我没有上课，拿着一张本市地图边问边走地来到了我最向往的贵族中学——雅治中学。

我等了一个多小时，雅治中学终于放学了。我只是随便拦下一个不太臭屁，还愿意多看我一眼的公子哥，就打听到了尤薇的消息。

"她不在学校，自从剧团出事之后她就没再来过学校。"公子哥呵呵笑着，没有半分有爱同学的样子。

许是他的这种态度刺激到了我，我开始据理力争地为尤薇争辩："你怎么能用这种态度说尤薇，她出了那么大的事，你不惋惜也就算了，为什么要用这种语气说她。"

公子哥挑眉，一脸不忿地说："我怎么啦，我有说错什么吗？她不就觉得自己长得漂亮，唱歌好听，家里有钱就扮冷艳高贵吗？！这次怎么样，还不是毁了。报应，这就是报应。"

公子哥分明长得不错，不是俊帅却也算清秀，然而此刻却显得格外丑陋，像只吃不到葡萄还说葡萄酸的猴子。

"心中涌出的善意会让人变美，反之就会让人变丑。其实你应该同情那些充满恶意的人，那证明他们从来没有接受过其他人的善意。"不知为何，此时此刻我竟然想起了妈妈的这句话，于是我不再跟公子哥纠缠，决定去尤薇家里堵她。

5

我在尤薇家那栋童话里才会出现的洛可可式别墅前蹲到腿软，连他家宠物狗长什么样，胡须有多长，一看到园丁就摇尾巴，一看到保姆就转头屁股对着她这种怪癖都知道了，尤薇居然还没回家。

园艺师傅修剪了草坪之后来跟我搭讪，他笑着问我："来找尤薇的？"

我不知园艺师傅是怎样判断出来的，只是不断点头，说道："是。师傅您怎么知道？"

我以为园艺师傅也有特别的天赋，比如会看相，或者会读心术什么的，然而没有，园艺师傅非常淡然地说："这有什么难猜的，很多像你这么大的小闺女都在这里蹲过的。不过……"

园艺师傅的脸色突然黯淡下来，叹了口气说："不过那都是以前的事了，自从尤薇出事之后，就很少有她的粉丝来这里等她了。"

原来把我当粉丝了。我无言以对，虽然我不久前还真的就是尤薇的粉丝，甚至给她写了长达数十页的鼓励信。

"尤薇不在家吗？她现在在哪儿？"我很好奇。一个严重烧伤的病人，不在学校不在家里，还能去哪儿？

"在剧院。"园艺师傅自豪地说着，好像尤薇不是他老板的闺女，而是他的闺女一样。

"什么？"我彻底傻眼，复读机一般重复询问道，"她在剧院？"

"是。尤薇这个时间就在剧院，或者说，她大部分时间都在剧院，她在练舞、练歌，时刻准备着下部歌舞剧的演出。"园艺师傅微笑赞叹，"尤薇非常坚强，是我见过的最坚强的女孩。她跟我说她坚强的动力来自粉丝的支持，她被一封长达数十页的鼓励信感动了。"

我的大脑一片空白，有种搬起石头砸

自己脚上的无力感。

我向园艺师傅打听到了剧团的确切位置，临走前听到园艺师傅对我摆手说："尤薇这些天心情特别好，你记得带上签名板，她肯定会给你写上长长的话的。"

"呵呵，是嘛，那真是太好了。"我面无表情地微笑，与园艺师傅告别。

尤薇心情很好，是因为可以恢复容貌的关系吗？那如果我对她说："求求你放弃让我爸爸给你画脸吧。"她又是否会答应呢？

6

"求求你，放弃让我爸爸给你画脸吧。"

我终究，还是这样对尤薇说了。虽然我来的时候感动于她精灵般的舞姿，甚至为她的不断跌倒，爬起，带着紧绷的特制面具感到揪心的疼，但我还是这样说了。

"为什么？"她这样问我。也许是看到我眼中的泪花了吧，她知道我不是在无理取闹。

我将我家的秘密告诉了她，对她说我那个乐于助人的妈妈，对她说我们家的人有特殊的能力，只要用特定的材料画画，就能把画中的物品变成真实的东西。古籍上记载，我们这样的家庭被称之为"神笔之家"，而现在究竟还有多少"神笔之家"，我也不甚明白。

我告诉她，从画里拿出实物是有违人伦的，所以作画之人会遭到天谴，减短寿命。我的妈妈就是在一次次为人画脸中消耗了生命，最后离我而去。而我的爸爸，他也为很多人画过脸，他和我都知道一个事实……

"也许一次、两次或者三次之后，他就会死了。"我不住哭泣，断断续续讲了好久好久，终于说完了这个故事。

"也许还有两次机会。"尤薇握紧双拳，指节隐隐发白。

"也可能只有一次，"我哭着摇头，"我赌不起，我不能赌。"

尤薇沉默许久，久到我觉得世界末日也不过如此，世界仿佛陷入了永久的黑暗，第二天的太阳永远不会升起一般。就在我以为真的要到世界末日时，尤薇开口说："我……拒绝画脸。"

我激动地一把抱着尤薇，不断对她道谢，感谢她的大恩大德，拉着她就往家里跑。我对爸爸说："尤薇有话对你说。"

然后尤薇说了承诺过我的话，却被他拒绝了。爸爸说："我必须给你画脸，容不得你拒绝。"

六天有多长呢？真的好像一辈子那么长。那六天那么长，却过得那么快，甚至在我的脑海中没留下什么明晰的记忆。

我只记得爸爸给尤薇画了一张脸，我看着他一笔一画地照着尤薇以前的照片临摹描绘。我看着他从画布里把画好的脸拿出来，看着他拿出来的瞬间，满头黑发变得花白一片。

"爸爸，你没事吧。"我紧张地扶着他，生怕他像妈妈一样只对我说了一句"我爱你"就悄然离开。

"没事。"他的嘴唇有些发白，但还活着。他像敷面膜一样为尤薇盖上新的脸，于是轻柔的白光涌现，只一刹那，尤薇就又变回了往昔美丽大方的模样。

父亲递给尤薇一把小镜子，尤薇看了一眼，哭成泪人。

7

父亲的身体变得更加虚弱，但是幸好他还在我身边。尤薇寄来了两张最好位置的歌剧票，邀请我们去看她的表演，我原本不想去的，但爸爸想去，现在他体弱多病，他就是老大。

于是我们去了，提前进入剧场，坐在最好的位置，我们的右手边就是尤薇的爸爸，那个身体发福的本市企业家与慈善家。

爸爸似乎和他是旧识，熟稔地打着招呼，说着我似乎听得懂又似乎听不懂的话。

尤薇那场演出精彩绝伦，她的歌声穿透整个剧场，直逼听众脑海深处。这是一出励志向上主题的歌舞剧，看过的人都觉得身上满满的都是力量，连爸爸的脸色都变好了，病态灰白的脸上竟然隐隐透着红润。剧场里响起观众震天的掌声，我也发自肺腑地为尤薇叫好。

"她也是这种体质呢。"爸爸笑着对尤爸爸说话。尤爸爸点头，说："是啊，就像她妈妈一样。"

那晚我又听到一个故事。原来，就像我们家是"神笔之家"一样，尤薇和她的妈妈是"神音之家"。她们的歌声可以给人源源不断的力量，作为代价也会折阳寿。

尤薇的妈妈，就是在我妈妈生我难产大出血时为妈妈唱歌的天使阿姨。她给了妈妈无尽的动力，让妈妈生下了我，却留下襁褓中的尤薇离开人世。

所以爸爸执意要为尤薇画脸。所以尤薇，也选择了接受"神音之家"的使命。

回到家时，我久久不能平静。我望着爸爸问："如果，我是问如果，明天又有一位需要画脸的人来请求帮助，你会帮她吗？"

"会的。"爸爸非常肯定地回答。

我笑了，长舒一口气道："爸爸，教我画画吧，以后有这种工作了交给我来处理。"

"不行！我不能眼睁睁看着你走向死亡。"

"我也同样不能。所以，我要为你分担，我要在帮助他人的时候守护自己的家人。"

尤薇，你说爸爸会让我接受"神笔之家"的使命吗？会的吧，就像我爸爸也接受了我的选择一样。我写下最后一段话，自问自答，将所有的一切，寄给了正在等信的尤薇。

潇王爷：天才，在拥有惊人天赋的同时，却也有着不为人知的压力。享受"天才"这个身份带来的荣耀的时候，就要承受天才带来的迷惑。鳗鱼先生的出现，让这群天才少年们拨开云雾，更加明确了自己前进的方向。你的身边，有没有像鳗鱼先生一样的人呢？

鳗鱼先生的十二堂冥想课

文◎文森周

1

秋天第一片黄叶从枝头飘落的时候，秋菱来启德中学刚好满三个月。

她从日记本里扯下一张纸，用清秀的字体给哥哥秋珉写信："傍晚时分，走在铺满落叶的林荫道上，脚尖仿佛踏着风，整个都觉得轻飘飘的。可是哥哥，我真的没想到实验班是这个样子。"

启德中学实验班人称"天才班"，名声在外，创立二十多年，每届限招二十四人。

直到刚刚过去的那个夏天，这个来自小镇的女生突兀地出现，施施然打破这个不成文的规矩，成为第二十五名学生。

"嗨，你做了什么？"

秋菱清楚记得转学的第一天，一个扎马尾的女生经过身旁时想起什么似的弯下腰寻问。

秋菱有些为难，不太确定对方的意思。她咬咬下唇，有些迟疑道："我……发现了几颗星星。"

每年，由个人观测者发现的近地小行星在全球范围内并不少见，其中亦不乏一些青少年天文爱好者，然而这毕竟是艰难且极需运气的一项工作，多数个人观测者穷其一生都鲜有收获，未满十六岁的秋菱居然已经拥有了"几颗"。

女生点点头，自矜地笑，并没有露出哪怕一丝惊讶的神色。

后来，秋菱和女生成了同桌，知道了她的名字——谈鹭雅。

秋菱听过这个名字，两届世界中学生精英辩论赛最佳辩手，英文流利到欧美选手都被逼问得张口结舌。

秋菱有些失神地看着谈鹭雅的马尾在眼前轻盈地舞动，实验班果然藏龙卧虎。

"不要浪费时间去尝试和任何人成为朋友。"某天下午，谈鹭雅突然扭头看着秋菱，"这间教室里的每个人心里都只有一个字，'赢'。"

秋菱明白，"天才少年"和"天才"之间并不是一个绝对的等号，太多曾经的天才在十八岁之后渐渐泯然众人。

习惯了云端的生活，跌落凡间的痛苦便更加令人难以承受，他们只能一刻不停地埋头向前，生怕被梦想甩在身后。就像谈鹭雅，秋菱知道她梦想着成为一名女外交官。

"哥哥，这里的每一个人好像都拥有一个宏大的梦想，除了我。"秋菱摇摇头，将信叠好装进书包。

原本已经要走出教室的谈鹭雅注意到黑板旁的墙壁上换了新课表："周三下午最后一节不都是自习吗？怎么突然加了一节什么冥想课？"

秋菱也有些意外："主讲老师是谁？"

谈鹭雅扭头扫了一眼，又确认了一遍，仿佛不敢相信自己的眼睛："鳗鱼……鳗鱼先生？"

②

"一顶白色礼帽，纤尘不染，墨镜遮住大半张脸，却掩盖不了仿佛时刻挂在嘴角的那抹嘲讽。个子不高，很瘦，不时咳嗽两声，很轻，不知是身体原因，还是个人习惯。"

秋菱在给哥哥的信中将鳗鱼先生的外貌描述了一番，匆匆将信塞进抽屉。

"从今天起，每周三下午最后一节课都是我的时间。任何人不要在我的课堂上做其他事，否则……"鳗鱼先生突然顿了一下，锐利的目光穿透墨镜，停在第三排中间那个男生身上。

那是孔一舟，上届全国青少年机器人大赛个人组冠军。

从进入实验班第一天开始，秋菱就发现他大部分时间都埋头在稿纸堆里，据说是为明年年初的世界大赛做准备。

全校师生都知道实验班存在的真正意义，没有老师会在意这帮"天才"有没有听自己讲课。

况且从前年开始，实验班整体迁到图书馆顶层的一间大教室，远离其他教学班级，成了名副其实的"在云端的一群人"。

鳗鱼先生微微抬了抬下巴，毫不留情地说："你，去外面站半个小时，把门带上。"

众人一愣，接着便炸开了锅。在名校启德中学，罚站之类的手段很少会被采用，更何况是用来对付这帮"天之骄子"。

"有不同意见的，"鳗鱼先生抬手指向门外，"可以去陪他。"

班长梁博坐不住了："老师，您大概还不清楚，我们和一般学生情况不太一样……"

"多条胳膊，还是少条腿？"鳗鱼先生毫不掩饰嘴角的轻蔑，"坐下，你挡着后面的同学了。"

"老师！"梁博有些气恼，强撑着继续说道，"我们多数走的都是特招的路子，一个国家级大赛冠军已经够我们直升科大少年班了。实话实说，就算我们集体翘掉这门课，您也拿我们没有办法。"

鳗鱼先生沉默了片刻，突然抬头看着梁博："你们俩可以出去做伴儿了。还有，我想到一个好主意，按照学校规定，任何一门课的老师都有权对其教过的学生进行德行、操守方面的评定，评语直接记入档案。你猜，我的评语对你们申请特招会不会大有帮助？"

"您不敢！"梁博看起来有些震惊，色厉内荏地摇摇头。

没有老师会傻到在这种无关痛痒的日常评价上给本校学生使绊子，更何况是实验班的学生。

"你可以试试看。"鳗鱼先生不耐烦地摆摆手，"现在，请离开这间教室，其他同学将桌面所有东西收起来，跟着我，闭上眼睛。"

ろ

明明是同一片天空，A城的夜幕却总是感觉比家乡那个小镇惨淡得多。

城南的一栋老房，顶层的一间阁楼，秋菱看着桌面上哥哥秋珉的回信，微微有些失神。

为了来启德中学实验班，秋菱一个人离开小镇，租住在这里，父母拗不过她，却也无法抽身长期陪读。

"傻丫头，不用逼自己像其他人一样沉溺进去。将每一天过得开心，牢牢掌握自己的人生，才是最了不起的事。你和哥哥不一样，这很好。至于那个鳗鱼先生，的确很有意思，我也有些好奇了。"

秋菱叹了口气，将信小心翼翼地放到枕头下面。

窗边有一架天文望远镜，通体白色，擦拭得纤尘不染。这大概是整间阁楼里最贵重的物件，也是秋菱最忠诚的伙伴。秋菱想起鳗鱼先生的冥想课，闭上眼睛，放慢呼吸节奏，用耳朵和心去感受身边的世界。

"哗啦啦"，秋菱听到纸张互相摩擦发出的声响，那是几个小时前被自己一气之下撕成两半，扔在地板上的星图随着夜风轻轻飘动的声音。

哥哥说她从始至终都是真的爱看星星，然而从收到斯蒂夫先生那封电子邮件开始，一切仿佛突然发生了变化，一个小小的不能公之于众的梦想在秋菱的心里缓慢滋生。

秋菱打开电脑，又一次翻出那封一直没想好该怎么回复的英文邮件。

"Sorry, Mr. Steve. Not yet.（对不起，斯蒂夫先生，还没有。）"秋菱很不甘心地摁下回车。

有梦想便会有期待，也就会有失望。

失望的感觉真不好受，这一刻，秋菱突然有些理解实验班里那群仿佛永远停不下来的同学。

一股倦意突然袭来，秋菱刚要上床，阁楼的门被人轻叩了两下。

外面没有人，只有穿过回廊的夜风，和地板上那本封皮泛黄的英文版《诺顿星图手册》。

4

对于有着二十多年历史的启德中学实验班来说，一个看起来奇奇怪怪的老师能改变的显然不会太多。但是至少在每周三下午放学前的这四十五分钟，他成功让这二十五名仿佛永远不知疲倦的学生停了下来。

大家猜想他是学校外聘的心理咨询师，可他上课的内容又总是简单、粗暴到令人发指。

前三节课，共有九名学生被赶出教室。剩下的则被要求全程闭着眼睛，严格遵照他的指示——事无巨细地回忆一周来的全部经历。这画面看起来有些滑稽：二十多名学生一言不发地闭上眼睛，进行长达四十五分钟的所谓冥想，许多人甚至睡了过去。

在这四十五分钟时间里，秋菱将一周来发生的事情快速过了一遍，思绪很快飞回到家乡的童年。

那时她才九岁，在A市读书的哥哥秋珉一放暑假就会回到老家，搂着她的肩，坐在夏夜的田埂上看繁星满天，告诉她每一颗星星的名字。

秋菱的脑海里又一次冒出那本英文版的《诺顿星图手册》，会是谁放在那儿的呢？哥哥？显然不可能。陆校长？也许吧，毕竟是他将自己带到了启德中学实验班，也只有他知道关于哥哥的事。

清脆的下课铃声响起，大家依次睁开眼睛，果然鳗鱼先生又一次不知去向。

"这家伙到底在搞什么嘛！冥想是这样的吗？"一个叫宋柯的男生抱怨道。

"我看他根本就是来骗钱的，每次下课倒是走得比谁都快。"孔一舟冷笑道。

"你们看。"谈鹭雅用拇指揉着自己的太阳穴，抬了抬下巴。

众人这才注意到黑板上有两行字："你们这帮蠢货，记忆真的乏味到四十五分钟的时间都凑不够吗？以后再有睡着的，别怪我直接连桌子带人扔出去！"

5

这段时间，秋菱每天放学之后除了给父母打电话，就是躬身站在望远镜前，谨慎地巡视着头顶的每一片星空。

背疼到无法坚持的时候，她便坐下来翻那本《诺顿星图手册》。

她在书中找到一些零散的笔记，都是

英文，寥寥片语便可以看出上一任主人有着极高的天文观测天赋。在最后一页的角落，她找到一句话："We both lose.（我们都输了。）"

这本书会是谁的呢？秋菱写了封信，向哥哥吐露了自己的疑惑。

哥哥的回信没有来，一个流言却在实验班蔓延开来：秋菱的哥哥是杀人犯！

也许是谁无意中看到自己在信封上写下"市第二监狱"的收信地址吧？

秋菱将那些来自四面八方的异样眼神尽收眼底，连身旁的谈鹭雅似乎都刻意往旁边挪了挪，秋菱突然有些想笑，苦笑。鳗鱼先生真厉害，这帮两耳不闻窗外事的家伙，居然也有八卦的一天。

好在，她很早就习惯了一个人。

周三又一次到来，从不按常理出牌的鳗鱼先生这回竟找了辆大巴，将众人带到郊区的凤凰山腰。

"老师，带这么多学生私自上山，后果可是很严重的哦！"梁博嘴上提醒，表情看起来却有些幸灾乐祸。

鳗鱼先生没有理他，轻咳了两声，指挥众人在草地上围坐成一个圈。

"今天的主题是……梦想，这个题目很俗，好在你们原本就是很俗的一群人。"大家闭上眼睛之后，鳗鱼先生缓缓开口，"你们每个人都有很漂亮的履历，但是今天要讨论的不是这些。我想听的是那个最初的、纯粹的、只属于自己的梦想。深呼吸三次，放松四肢，努力去感受每一片叶子，每一颗小草的存在。想好了随时可以开始。"

鳗鱼先生话音刚落，舒缓的音乐跟着缓缓响起，秋菱吸了吸鼻子，空气中弥漫着青草的味道。

她动了动脖子，感觉阳光暖暖地洒在身上，微风轻轻地拂过脸庞，连日来的劳累仿佛瞬间被弃之山野，许多美好的记忆与画面逐渐浮上脑海。

"我可以先说吗？"秋菱终于鼓起勇气。

"好的，其他人请保持安静。"鳗鱼先生声音突然放得很低。

秋菱清了清嗓子："小时候我真的没什么梦想，我喜欢看星星，仅此而已。每天都过得简单而快乐，直到哥哥因为过失伤人进了监狱，世界仿佛瞬间变得不一样了。原本只是爱好之一的看星星成了我唯一的爱好，因为，没有人愿意再和我玩了。"

"很好，别着急，慢慢来。"鳗鱼先生鼓励道，将音乐调小了一些。

"我捡起了哥哥留下的望远镜和星图，更专注地注视头顶的星空，依然没有任何明确的目的，只是习惯了在孤独与无助的时候将目光投向那遥远而广博的天幕。

直到有一天，我发现了一颗未命名的近地小行星，接着是第二颗、第三颗……我仿佛一发不可收拾，从无人问津的孩子，迅速成为校园里的明星。

有一天，陆校长找到我，邀请我加入启德中学实验班。再后来，我收到国际天文联合会执委会副主席斯蒂夫先生的电子邮件，从那一刻起，我有了这辈子第一个梦想。"

"成为 IAU（国际天文联合会）史上年龄最小的会员吗？"说话的竟然是谈鹭雅，声音少见的温柔。

"不，"秋菱闭着眼睛，朝声音传来的方向绽开一个笑脸，"IAU 年龄最小的会员是我哥哥，秋珉。斯蒂夫先生和我约定，如果能在半年之内再发现一颗小行星，就考虑在哥哥出狱之后恢复他 IAU 会员的身份。这，就是我的梦想。"

6

没有人知道启德中学实验班的学生从什么时候慢慢发生了变化，当然，除了秋菱，大概没有人愿意承认那个奇奇怪怪的鳗鱼先生真的改变了自己。

也许是因为秋菱的真情流露，也许因为那天的鳗鱼先生反常地专业和温柔，或者只是因为头顶的云，山间的风，那天的冥想课出人意料地成功。

多数人都依次发言，或多或少地敞开心扉。下山的时候，谈鹭雅甚至有意无意地走在秋菱身旁，回程的大巴比起来时也热闹了一些。

实验班还是像从前一样忙碌，鳗鱼先生的嘴依然刻薄而恶毒，然而每周三下午最后一节的冥想课却渐渐变得令人期待起来。

即便是无坚不摧的钢铁人，也需要一个稍作歇息、看看风景的窗口，鳗鱼先生的冥想课似乎正渐渐成为越来越多人的窗口，当然，除了梁博。

进入深秋以后，鳗鱼先生的冥想课便再也没有回到过室内。

从枫叶正红的山林，到水流潺潺的河边，甚至是人潮汹涌的闹市，都留下了实验班学生的身影。

秋菱将这一切事无巨细地记录下来，写在信里，寄给哥哥。奇怪的是，原本对鳗鱼先生非常好奇的哥哥，再也没有主动提起他。

入冬以后的第一堂冥想课，转移到了市中心一家 KTV 最大的包厢里。实验班二十五名学生除了梁博全员到场，大家四散在沙发上，有的已经接连唱了好几首歌，双颊通红。

秋菱被谈鹭雅硬拽着合唱了一首，下来的时候尖叫声不断，让她瞬间有些恍惚，这还是那些平时一本正经的"天才少年"吗？

"每个人的心都是一个口袋，天才嘛，最多是个大点的口袋，装满了就要清理，否则总有一天会爆开。"鳗鱼先生即使在这样昏暗的环境里依然拒绝摘下墨镜，他手里握着一瓶啤酒，打量着拿着麦克风手舞足蹈的两个男生，"原本就是小屁孩儿，装什么少年老成！"

说着说着，他竟然顺着沙发滑了下来，坐在地板上一个人傻笑。秋菱要拉他，他摆了摆手，口齿不清地说道："秋珉，对不起……"

秋菱愣了一下，苦笑道："老师，您醉了，我叫秋菱，秋珉……是我哥。"

鳗鱼先生顿了顿："你哥？对，是你哥。这些年我一直想去看他……你哥很好，你也很好，可是……看星星这种事靠的不是蛮力，天空那么大，你不吃不睡又能怎么样？跟广袤的宇宙比起来，这种虚名屁都不是！七年前，我们已经错过一次，我不能看着你们走上同样的路！你以为我是闲着没事儿来陪你们这帮小屁孩儿玩儿吗？"

秋菱脑中"嗡"的一声，刚要追问，几个玩累了的学生恰好围拢过来。鳗鱼先生转向谈鹭雅："我知道你想当外交官，可外交官的工作难道就是整天跟人用英文斗嘴？宋美龄知道吧？牛吧？为什么牛，是因为嘴皮子利索吗？气场！知识储备！人家肚子里有货！"

明灭的灯光里，一贯冷漠、疏离的鳗鱼先生突然变得像个大妈，他拉着每个人絮絮叨叨，直到声音变得沙哑："现在，全都给我把眼睛闭上。你们记住，冥想是和自己交流，不分时间场合！"

秋菱赶紧在地板上盘腿坐下，不知道是不是自己的错觉，闭眼之前，竟隐约看到一颗泪珠从墨镜后面滑落。

7

"陪你们玩儿了那么久，今天也听听我的故事。"嘈杂的包厢里，鳗鱼先生的声音竟像带着某种魔力，幽幽地飘到每个人耳边。

"七年前我和你们一样，觉得自己了不得，好像没我地球都不会转了。直到我遇见一个男生，一个和我气味相投，也同样有天赋的男生。我们很快成为彼此最好的朋友和最强大的对手。"

"那是我压力最大却又成长最快的一段日子。我们就这样互相支持，互相磨砺着前行，将其他人远远甩在身后。原本我们都会有一个光明的未来，不管谁输谁赢。可是我发现我接受不了这个事实，我根本输不起了，就像现在你们当中的许多人一样。"

"后来呢？"秋菱没有睁眼，心却紧紧地揪到一起。

"我偷了他的成果，据为己有，窃取了原本属于他的荣誉。他来我家找我，质问我。"鳗鱼先生不紧不慢地叙述着，沙哑的声音在清冷的夜里散发着格外的寒意。

"然后我们扭打了起来，从沙发，到地板，我们心中都有怨气，很快便打红了眼。他始终不是我的对手，情急之下，抓起了茶几上的水果刀，而我却脚下一滑，扑了上去，水果刀直直捅进了腰窝。他被送进了监狱，我则从此落下病根。We both lose.(我们都输了。)什么狗屁实验班，不过是将一群天才圈养在一起，让他们为了一些虚名一点点放弃生命里真正重要的东西！"

鳗鱼先生讲到后面，声音明显开始哽咽，然而没有人敢睁开眼睛。听到那句英文的时候，秋菱终于忍不住号啕大哭起来。

"砰"的一声，包厢的大门被人重重踢开，大家惊恐地睁开眼睛，第一个走进来的是梁博，跟在他身后的除了陆校长，还有学校的几位董事。而原本被众人围在中间的鳗鱼先生，竟然再一次不知所踪。

"我明明看见他带着大家一起进来的！他戴一顶白色礼帽，瘦瘦的……"梁博环顾包厢，表情看起来有些难以置信。

"够了！"陆校长身后的一位董事挥手将他打断，"梁博同学，启德中学从来没有这样一位老师，我们也从来没有为实验班开过什么冥想课。你这个玩笑开得有点过火了！"

梁博还想辩解，陆校长看了看其他学生："你们听过这个人吗，鳗鱼先生？"

包厢里沉默了几秒，孔一舟突然站了起来，摇摇头说："从来没有。"

几位校董愤然离去，梁博也灰溜溜地跟在他们身后。

陆校长护送其他学生回家，众人走出KTV的时候，广袤的夜空突然飘起了雪花。

秋天刚刚开始的时候，鳗鱼先生第一次出现在大家的视野，第一场冬雪来临之际，他又以自己惯有的方式，悄然离去。

秋菱牵着谈鹭雅的手，感觉这一切仿佛是场梦，三个月，十二堂课，每个细节却都显得那么不真实。

走在最前面的陆校长在风雪中缩了缩脖子，看起来格外苍老。谈鹭雅拉着秋菱几步赶了上去说道："对不起，陆校长，刚才我们撒谎了。"

"我知道，那张课表是我亲自贴上去的，没有我的掩护，事情怎么会进行得那么顺利？"陆校长没有回头，声音听起来格外平静。

"为什么？"秋菱和谈鹭雅同时愣了一下。

"作为学校聘请的校长，我理解并且必须维护校方的立场。"陆校长顿了顿，"可是作为一名父亲，我也有自己的立场。要知道，我儿子也是从实验班走出来的。"

"哦？是哪位师兄？"又有几名学生从后面围了上来。

陆校长停下步子，转身，肩头落着薄薄的雪，笑容在慈祥的眉眼间舒展开来，自豪地说："他叫满雨，陆满雨，也就是你们所说的鳗鱼先生。"

蛋挞：就像那句广为流传的话一样：能力越大责任越大。所以满月拥有"言灵"的强大能力，也要付出与之相等的代价。而为了保护满月，天阙不惜与人搏命。爱是跨越种族的，是不局限于血脉关系的。只要彼此关爱，羁绊就永远都在。

满月有个狐妈妈

文◎提拉诺

楔子

洛满月指着课本《狐狸偷葡萄》的寓言故事去问天阙时，天阙的脸都气红了。她瞪着漂亮的大眼睛，双手叉腰摆着泼妇骂街的姿势，扯着嗓子喊道："那葡萄本来就是酸的，这不能怪那只狐狸。"

洛满月若有所思地点头："哦……原来真的有狐狸吃不到葡萄说葡萄酸的故事啊。"

天阙推着洛满月的小脑袋说："少关注这些事！你要认真学习，以后才有出息！"

"嗯，我知道了，天阙妈妈。"洛满月立即点头，捧着书回房间去了。

天阙一个人坐在客厅，不满地自言自语道："谁稀罕吃那破葡萄！跟超市里卖的水果一样，不过是卖相好些罢了！"

天阙抱怨了许久，脑海中回荡起洛满月的那声"天阙妈妈"。她有些不耐烦地补充了一句："谁是她妈妈！按照辈分，我都该是她奶奶的奶奶的奶奶的奶奶……"

话音未落，天阙察觉不妥，这话怎么听都觉得是骂人，于是她伸手拍了拍自己的嘴巴，一脸懊恼。

就算她不是人类，她也是讲文明有素养的。

1

天阙是只千年狐妖，同时也是洛满月的养母。

要说为什么要收养她，也不过是因为一时意气用事。这是天阙对这个决定的定义，她本该去嬉耍人间，逍遥快活，可是洛满月的每一世她都还是忍不住来看看。

几世下来，洛满月还是那个没心眼的傻丫头，因为爱心泛滥而导致了自己早逝。

天阙决定大发慈悲来拯救满月于水深火热之中，无奈努力了许多次仍没办法阻止发生在满月身上的悲剧。

天阙刚感叹完，就看见洛满月背着书包快速回房间的背影，做贼心虚的样子实在太明显了，让她想不去揭穿都难。

天阙径直走进洛满月的房间，看着她急忙把脸埋在床上，便伸手抓起她的衣领用力一拉，发现她的脸上带着几道抓痕。天阙低头又看看她的手腕，也有细密的伤痕分布。

天阙瞪着眼睛，低吼道："说！你是不是和别人打架了？然后一激动说了什么乱七八糟的话？"

满月吓得缩了缩脖子，急忙摆手道："我没有打架。"

"竟然还学会撒谎了？"天阙眯起眼睛说道，"那你脸上的伤哪来的？到底是怎么回事？说清楚！"

满月鼓着嘴，犹豫了一阵才点头说："小胖在班里欺负人，我看不下去，就说他如果再这么不讲道理，我们就都不和他玩。可是不知道为什么大家就真的不理小胖了，他觉得是我和大家串通好了，就在放学的时候拦着我，要和我打一架。"

"……然后呢？"天阙皱着眉头，按压着太阳穴。连小孩子吵架都可以让她动用那个力量，难道接下来真的要二十四小时贴身监督才行吗？

"我打不过他，我就说，小胖，校长就在你的身后看着你呢。"洛满月神情躲闪，说起话来也开始支支吾吾的，"结、结果，校、校长就真的在他后面……"

天阙很想发脾气，可是看着满月可怜兮兮的小脸怎么都说不出重话来。天阙只好拉起她的手腕，没好气地问："痛不痛？"

满月摇摇头，很有自知之明地认错说："天阙妈妈我错了。"

可是天阙心里明白，这并不是满月的错，她不自觉放缓了语调："没事，我帮你擦点药，你早点休息吧。"

洛满月点头，先前的委屈一扫而光，浅笑起来。

天阙每次看着她这样的笑容心里就会忽然柔软一片，像是想到了很多年前的一幕。

2

满月被凭空出现的女人拦下来的时候，吓了一大跳。女人大约30岁，脸色苍白，头上戴着帽子，一副病入膏肓的样子。

"你怎么了？"洛满月反复打量了一阵，确认自己并不认识来人。

"帮我一个忙吧。"陌生女人哀求着，双手紧紧抓着满月的胳膊，因为过于激动，甚至把满月的手都抓出了伤痕。

看着这个三伏天还把自己包裹在长衣长裤里的怪人，满月还没来得及多想，就因疼痛而连连答应道："……好，你先说什么事吧。"

"太好了。"怪人脸上顿时绽开了笑容，眼神里露着贪婪的光，"我只要你说……我会长生不老，青春永驻。"

"啊？"这是什么请求啊。

"然后再加一个永远貌美，永远生活在众星捧月之中。"

满月嘟嘟嘴,心想,这样的要求也太奇怪了,人总会生老病死,这样的愿望也太有违常识。

"你快说吧!求你了!"怪人有些不安地看着犹豫中的洛满月,手上不自觉加重了力道,"你答应我吧,你答应我吧……"

这一抓,满月疼得龇牙咧嘴地倒吸一口气,可是无论她怎么挣扎,都没有办法甩开这怪人的钳制。

"好啦,我说!再纠缠下去我上学也要迟到了吧,你一定会……"

"等会儿!"话还没说出口,满月的嘴巴就被堵住了,她抬头一看,是天阙捂住了她的嘴巴。天阙抬手用力打在对方的手腕上,那人吃痛收回了手。

满月看到天阙,不由得喊道:"天阙妈妈!"

天阙回头叮嘱满月老实站在一边,然而话音未落,满月已经双眼一闭,一头栽了下去。好在天阙及时接住了满月,把她放在了路边。

对面的怪人看着天阙冷笑:"早听说千年狐妖守在言灵草身边,没想到还当起人家的妈了。你到底有何居心?"

"有什么居心也不管你的事。"天阙双手环抱着瞪着来人,"不像你,为求美貌和长生不老竟然愿意同妖怪合二为一当半妖,真不知道你是不是《犬夜叉》看多了喜欢上了奈落。"

"你!"

"如果没有犬夜叉那种命,生来就是半妖的话,任意模仿奈落可是会落得和他一个下场的。"天阙摇摇头,"而且你连奈落的半分美貌都达不到。"

"少啰唆!"半妖恼羞成怒,手心发出绿色的光,犹如蓄势待发的灵蛇。

"啧啧啧,你想和我对打?"天阙挑衅地笑起来,不甘示弱地在手心凝聚出银色光团。

面对巨大的灵力差异,半妖自知不敌,收回了灵力灰头土脸地扔下一句"等着瞧"就落荒而逃。天阙弯腰抱起昏迷过去的满月,眼中隐藏的温柔连她自己都没有发觉。

☪

满月醒过来的时候,天阙正用怨妇般的眼神盯着她:"丫头,没看过《不要和陌生人说话》,也看过学校组织去观看的关于拐卖儿童的教育电影吧?"

听出天阙话里的担心,满月低下头说:"天阙妈妈我错了。"

"知错就要改啊!以后不管任何人让你说什么话你都不能答应,听到没?遇到那种提出莫名其妙要求的人,你就对那人说'放开我,马上消失',就搞定了。你绝对不能按照他们说的那样,说一些他们想让你说出来的话。"

"为什么呢?这些不就是他们的愿望而已吗?"满月有些不解。

"是啊，因为是他们的愿望，所以不关你的事。"天阙拍了拍她的头。

"可是他们只是觉得我说得会比较准，经由我嘴里说出的愿望更容易实现吧……"

天阙叹了口气，没有多做解释，只是一再叮嘱说："你只要记得，不管别人的愿望是什么，你别替他们说就好了。"

满月点头答应，心中的疑惑却越来越大。从很小的时候，满月就发现她说出的一些话会成为现实，而她并不觉得这种力量是奇怪的。就好像她第一次在孤儿院看见天阙，就知道她是来收养自己的，那种熟悉感和依赖感，说不清道不明，却真实存在着。

早上起来的时候，满月发现天阙睡在客厅的沙发上，冷气调到十几度，让她整个人蜷缩在一起。满月蹑手蹑脚地进屋抱了一床空调被小心翼翼盖在天阙的身上，但是走近了才发现，天阙的手臂上覆盖着细密的裂痕，血迹已经结痂，但还是有些触目惊心。

这让满月有些害怕，想起小时候的她，也会在没有缘由的情况下，手臂上出现这样的伤。

渐渐长大之后，这些伤出现得就少了。却没想到，现在出现在了天阙身上。

她想喊醒天阙问问这是怎么回事，但是看着她疲惫的面容还是作罢，帮她把冷气调到了适宜的温度之后，就转身出了门。

小胖果然在广播体操之后被教导主任通告批评了。

可满月脑袋里只有天阙身上覆满的伤痕，心里盘算着回家之后怎么逼她招供。正想得出神，完全没有注意到从球场上飞来的篮球。

有人大叫着"小心"之后，满月来不及反应就被人推了出去，身后的人"啊"了一声，接着就是连续不断的呻吟。

满月回过神来，发现推开她的是同桌，而同桌被那个篮球正好砸中脑袋，红肿了一大片。满月看向球场，小胖正一脸嘲讽地看着她。

"小胖，你立刻道歉！"满月扶起同桌，指着不远处的小胖怒吼道。

"我偏不。"小胖坚定地摇头。

满月气鼓鼓地瞪着小胖，天阙妈妈教导过，知错能改善莫大焉，知错不改天诛地灭。

她看着小胖那不可一世的神态，忍不住说道："小胖，你再不道歉的话，以后你每次经过篮球场都会被砸中！"

刚说完这句话满月就全身一个激灵，小胖站在原地笑得极为狂妄，但是下一秒小胖就再也笑不出来了——不知哪个方向飞出的一个篮球狠狠砸在了小胖的背上。

小胖顿时气急败坏地朝着周围厉声询

问是谁偷袭他，可是大家都疑惑地摊开双手称不知道。

就连满月也开始害怕起来。

满月回家时发现天阙还是病怏怏地躺在沙发上睡觉，她悄悄掀开天阙身上的毯子，发现天阙的伤痕不仅没有减轻，反而更加严重了，原本结痂的伤口又重新流出鲜血。

看着天阙疲惫的样子，满月没有忍心喊醒她，转身从柜子里拿出医药箱，小心翼翼地为天阙的伤口擦药。

小时候她手臂上也经常这样没来由地出现大大小小的伤口，看到她这样，天阙每次都会生气地抱怨一些莫名其妙的话。

满月胡思乱想着是不是自己把病传染给了天阙，突然就流下了眼泪。

"丫头，你哭什么？"不知道什么时候，满月的头顶被轻轻压着，是天阙冰凉的手。

"天阙妈妈……"满月抬起泪流满面的脸，"其实我是你亲生女儿吧？"

"啊？"天阙被吓了一跳。

"不然的话，我们怎么会得同样的病呢？"

"难道所有得心脏病的都是一家人吗？"天阙好气又好笑地拍着她的头，"这不是什么病，是我不小心自己弄的。你快去写作业，我去给你做饭。"

"可是……"满月幻想的什么电视剧情节一下子被天阙的话全部推翻，最后还是老实拿着书包进了房间。

5

满月惊醒过来时，屋外正下着暴雨。树梢在狂风中拍打着窗户，巨大的声响让她觉得害怕，于是决定去隔壁房间找天阙。

她刚一推开门，试着朝屋内喊了一声"天阙妈妈"，回答她的只有无止境的沉默，满月立刻打开了灯，天阙的房间里空无一人，床上的被子叠得整整齐齐，根本没有睡过的痕迹。

满月又跑到客厅，天阙也不在沙发上。

外面的雨水和狂风呼啸着如同鬼魅一般，满月拿起电话打给天阙，迟迟没有回应。就在满月犹豫着要不要出去找天阙时，电话突兀地响了起来。

"喂？"满月下意识地接起来。

"……满月。"电话那端的人声音听起来奄奄一息。

"天阙妈妈！"满月惊声尖叫，"妈妈你在哪儿啊？"

"满月。"天阙只是不断地叫着她的名字，还没等满月问清楚，电话就被挂断了，话筒里传来的忙音刺痛了满月的耳膜，让她的心跳都变得急促起来。

天阙妈妈一定出事了！满月再也没时间多想，拿着门边的伞冲了出去。

刚出楼道口，满月就发现这里蔓延着诡异的雾气，遮挡了她的去路，让她根本看不清楚路在哪里。

可是隐隐约约间，满月听到了有什么东西在天空中呼啸而过，还有断断续续的嘈杂声。

满月不知如何是好，她猛然想到自己那股诡秘的力量，便对着虚空大喊："我会立刻看见天阙妈妈在哪儿！"

话音刚落，迷雾渐渐散去，满月忽然看见悬浮在天空之中，和几个黑影打斗得难舍难分的白衣女子，就是天阙妈妈。

"妈妈！"满月无暇顾及此刻的怪异景象，光是天阙被血染红的白衣就让她胆战心惊的了，"妈妈你怎么受伤了？"

"丫头，你干吗不好好睡你的觉！"正在不断挥舞手中银剑和对方战斗的天阙露出惊慌神色。

她对面的敌人一声冷笑，天阙忽然反应过来，怒吼道："你们用雨水和风吹散了我设下的界线，还把我女儿给骗出来了？"

"哼，别喊得那么亲密，难道你不是为了言灵草的能力才守在她身边？"其中一个黑衣人冷笑道，"我倒要看看，你是别有用心，还是真心实意。"

由于刚刚满月动用了能力，天阙身上的伤势更加严重起来，一下子就处于下风，眼看就要被为首的那人一刀击中，天阙吃力地闪躲开，却被另外一人击中脊背，从空中摔了下去。

满月看见天阙掉了下来，立即冲了过去，她扶着浑身是伤的天阙哭起来："妈妈你怎么了……"

"丫头你快走。"天阙虚弱地开口。

"原来你是真心想当她的妈啊，连言灵草的反噬作用都转嫁到自己身上承受。"同天阙战斗的三人大声嘲笑道，"还真是伟大啊。"

"闭嘴！"天阙恶狠狠说着，生怕对方的话让满月察觉到什么。

"你已经没有机会再挣扎了，狐妖天阙，今天就是你千年道行走到尽头之日！"为首的那人示意手下拉开守在天阙身边的满月。

满月毕竟是个十几岁的小女生，挣扎反抗根本就是无用功，她大声吼道："你们马上放开我。"但是这次却没有成真。

"你以为我不知道你的能力？抓着你的人手上戴着可以封印你的手套，你是逃不掉的。"为首的人对着满月笑了笑，满月发现，这人就是不久前在路上拦着她的怪异女人。

说罢，那人手中的剑就朝着天阙刺去，就在顷刻之间，满月看到躺在地上的天阙一跃而起，手中挥舞着剑刺伤了抓着自己的两人，而怪人手中的剑也径直穿过了她的胸腔。

有什么记忆从满月的脑海里苏醒过来，趁着被两人松开之时，满月快速喊出了最后一句话："你们都会消失！反噬会回到我自己身上，天阙妈妈会什么事都没有，继续好好活着！"

突然，一道巨大的银光从满月身上爆发出来，照亮了夜空。

6

伏绫山有仙草言灵，吸取天地精华化为女童，其有一种神力，那就是所诉之言皆会成真。但是因为有违自然，同时会带着巨大的反噬作用，言灵越多，反噬越重。

天阙记得那一年她还是一只瘦弱的小狐狸，饥肠辘辘摸索到了收养满月的那户人家，天阙看到了院子里结满的葡萄，无奈怎么都没办法摘到。

那个时候，满月突然出现，小小的身子却拿着一根长竹竿，一下又一下奋力打着葡萄，不一会儿就落下两三串。

本想逃走的天阙听见身后的满月说："你肯定很饿吧，你去吃吧，我会给你站岗的。"

天阙迟疑地回过头，看着满月脏兮兮的笑脸上带着阳光般的微笑，她就这么轻易地相信了她，拖着葡萄躲在角落。

可是才吃一会儿就听见有人骂骂咧咧出来，看见正在吃葡萄的天阙之后便挥手打了满月，还不解气地拿着扫帚要过来打天阙。

还是小狐狸模样的天阙吓得不敢动，没想到满月扑过来挡在她的面前，在天阙逃走之前，她听见满月说："小狐狸，你一定会成为非常厉害的狐狸，强大到足以保护自己，再也不挨饿受冻。"

奔跑之际天阙觉得有什么力量充满了身体，回过神来时，她已经化成了人身，修炼成妖。

天阙回去想看看那个给她力量的丫头，才发现因为要赐予她这些力量，再加上养父母的虐待，体弱多病的满月承受不了反噬去世了。

天阙忘不掉满月的笑容，历经千辛万苦终于找到了满月的真身所在，每一世满月过世之后魂魄就会回到真身等待下一次轮回。

每一世，天阙都等待着满月的出生，然后收养她，听满月兴奋地喊她天阙妈妈，而满月每一世都会因为动用了能力而让身体过早透支提前离世。

天阙守在她的身边，用自己的血浇灌言灵草，试图逐渐封印她的力量。天阙不知道，她到底是为了报恩，还是真的想当满月的妈妈，给她一个温暖的家。

从昏迷中苏醒过来的天阙看着身体逐渐变得透明的满月，眼泪大滴大滴滑落下来，她抬手擦着眼角的泪，苦笑道："哪有让自己的女儿三番两次救自己的道理呢？"

远处的晨光正暖暖地斜射过来，让天阙想起了满月的笑。她站了起来，眺望远方——没关系，她还有无数个一千年可以让满月解脱出这样的悲剧。

在朋友眼中，你是怎样的女孩（上）

文◎风荷娜迦

我们想要表现得可爱活泼，却成了别人眼中的装可爱人来疯；我们想要高贵冷艳，却成了别人口中的目中无人。虽说做好自己就行，但我们毕竟生活在校园里，身边有许多同学、朋友。小萌妞们想知道自己在朋友眼中是怎样的女孩儿吗？一起做个小测试吧。

周末休息，你和朋友约好一起逛街，天气预报分明说当天艳阳高照，但天没亮就下起了蒙蒙细雨，故事就这样开始了……

1. 时间还早，你躺在床上，听着外面的下雨声，想到一会儿要冒雨出去和朋友约会，你的第一反应是？
a. 发短信询问对方是否愿意继续约会，并提供一些室内约会好场所
b. 打电话以天气不好为由推掉约会
c. 并不询问，照常赴约
d. 提前出门，直接冲到朋友家

2. 雨过天晴，你和朋友出门逛街，朋友看到一家她很感兴趣的店，但你已经逛过了，觉得很无聊，你要怎么做？
a. 假装同样感兴趣，陪着朋友一起逛
b. 直接说这家店很无聊，并吐槽一遍
c. 皱着眉头，明显表达不悦，但最终还是跟着进去了
d. 同朋友进去，出来后和她一起吐槽

3. 中午你们饿了，去了一家新开的餐厅吃饭，朋友有选择困难症，你会怎么办？
a. 和朋友一起纠结商量
b. 选服务员推荐的餐，并催促朋友
c. 选常吃的餐，让朋友自己纠结，不发表意见
d. 认真研究菜单，主动为朋友分析各种餐的优势、劣势

4. 酒足饭饱，朋友提议去电影院看电影，你们为选片类型起了争执，你会怎么办？
a. 听朋友的选择，看朋友喜欢的电影
b. 提议各看各的
c. 以猜拳的方式决定看什么
d. 直接拖拽着朋友看自己想看的，然后答应看完陪朋友看另一个电影

5. 看过电影，你们遇到了朋友的朋友，这时你会怎么办？
a. 微笑退后，留给朋友充足的空间
b. 把朋友交给对方，自己先走
c. 站在朋友身边，面露尴尬
d. 主动和朋友的朋友打招呼，并做自我介绍

6. 约会完毕，你们各自回到了家里，你会怎么办？
a. 发短信告知朋友你已经到家，询问对方是否安全到家
b. 不予理会，开始做自己的事
c. 只发短信告知朋友自己安全到家
d. 把朋友送回家里，然后回自己家给朋友发短信

答案在83页哦

【PART03 精灵许愿阁】

　　小孩童每天放学都会来到小书馆，他尊敬又惧怕着书馆老板米迦勒。每次两人视线相撞，小孩童都像受惊的小兔子一样蹦蹦跳跳地离开，这种情况并非米迦勒所愿。

　　为了拉近两人之间的关系，米迦勒主动找到小孩童。

　　米迦勒说："孩子，你觉得自己是谁？"

　　看过小书馆三分之一书籍的小孩童，脑海中充满着各种奇思妙想。他笑呵呵地说："我觉得，我可能是天使。"

　　说完，又觉得这种回答太过异想天开，害羞得红了脸。

　　米迦勒将小孩童引入一间不易被发现的小屋，屋子里有一个长耳朵、绿头发的美貌少女。米迦勒对小孩童说："她是守护孩童梦想的梦之精灵。这世界上有精灵的存在，又怎么可能会没有天使呢？"

绘／勇者白兽

茫尔：中学时，我有一位优等生朋友，当时非常想成为她那样的人。可是随着关系越来越好，我发现她的周末总是被补习班和兴趣班占满，根本没有空闲世间。而这并不是我想要的生活。从那以后，我释然了，慢慢体会到了做自己才是最幸福的事。

梦想五天为期

文◎茫尔

就算像墨小白这样不起眼的女生也有梦想，也想获得别人的注意，但她并不知道，那些能成为明亮灯光下焦点的人究竟需要付出多大的代价。

——题记

1

"叮咚！"清脆的门铃声响起，一个黑色的脑袋往门里探去，明亮的眼眸中包含了一丝丝期待，一丝丝忐忑不安，声音怯生生的："这里是'梦想人生'药店吗？"

年轻的女老板点了点头，露开温暖的笑颜："顾客您好，您没有走错地方哦。请问您需要什么药物呢？"

女生似乎有一些踟蹰，手指不停地搅动着衣服的下摆，头微微低着，仿若在沉思。

"我听说这家药店招人免费试用交换人生的药物，是真的吗？"半晌，她终于抬起头，鼓足勇气看向女老板。

"为什么需要这种药物？可以说说原因吗？"女老板笑着问道，探寻的目光落在她的身上。

"因为我想改变自己的人生，我在众人眼中是一个毫不起眼的女孩，又胖又毫无特长，但就是这样的女孩，也有自己的梦想，也想成为众人的焦点，所以我怀揣着这样的原因来到了这里。"

女生仰头看向窗外，她眼角有泪光闪烁，声音飘向了遥远的天际。

"我可以满足你的心愿，交换人生的药在本店还处于试用阶段，并没有正式出售，所以我可以送给你一瓶，但这瓶药只有五天的药效。在这五天里，你将会变成你想交换的人，但是她并不知道自己的身体寄宿了两个人，所以她依旧会按照她的人生继续生活，你不能左右她的思想，只是体验而已，另一边你原来的身体将处于昏迷状态，直到五天后你再次回到这里。你还愿意吗？"

女老板的声音在空气中清晰地扩散，回荡在女生的耳边。

她微微一怔，下意识地点了点头，答应了女老板的条件。

"那么请在处方单上写下你的名字和你想交换的人的名字,你的五天交换之旅将从这一刻正式开始。"

白色的处方单被推到女生的面前,她提起笔,这次终于下定了决心,写了两个人名。

姓名:墨小白 交换者:单凝

单凝,H中舞蹈团团长,墨小白同班同学,长相甜美,学习优异,是众人眼中的天之骄子,也是墨小白默默崇拜、想要交换灵魂的对象。

女老板从墨小白手中接过处方单,做了个邀请的手势,眼中满是细碎温暖的笑意:"那么,墨小白五天人生交换之旅从这一刻开始咯!"

黑色的药丸滑入腹内,冰火交织的感觉在喉头涌动,墨小白觉得身体一阵冷一阵热,意识渐渐从身体中溜走,突然眼前一黑,她什么也不知道了……

②

第一天。

墨小白变成单凝的那一刻,全然陌生的感觉令她无所适从,但只是短短一瞬,心中的喜悦很快替代了不适,女老板果然圆了她的心愿,让她成为了自己一直仰望的女生。

只是单凝的身体似乎不像她所想象得那般契合,单凝急匆匆地跑进卫生间,食物从她的胃里翻涌出来,痛苦得连墨小白都能深深地感受到,她的病绝对不是吃坏肚子这么简单。

"怎么办,过两天就要舞蹈比赛了,老毛病竟然又犯了,自从减肥成功后它就时时刻刻地困扰着我,看来是时候找个机会去医院看看了。"

单凝自顾自地说着,她当然不会知道自己的身体此时还寄居了一个人,墨小白竖着耳朵,屏气凝神听完她的这番话不由大吃一惊。

她是病了吗?可是之前每次见到她的时候,她总是那么自信,那么神采飞扬,仿佛天底下所有事都在她的掌控之中。

可现在,镜中的她脸色如同鬼魅般苍白无血色,身体脆弱得好像随时都会夭折一般。

从她的话中得知,这是减肥成功落下的老毛病,她有什么难言之隐吗?

一个棕黄色的药瓶被单凝从抽屉里翻出来放到桌上,倒出几粒药丸,她仰头喝水吞服了下去,肠胃里满满的都是西药的气息。

"药差不多吃完了,看来又要去找姐姐帮忙,让她瞒着妈妈帮我配药了。"

单凝叹了口气,将药瓶"啪"地一声扔到桌上,穿上衣服,匆匆地出了门。

也是在那一刻,墨小白终于看清了药瓶说明上方正的小字。

药物名称:多酶片

功能：促进饮食，治疗由自愿禁食引起的多功能厌食症。

原来，她一直默默仰望着的单凝是一个厌食症患者。

☽

单凝在姐姐的帮助下成功拿到了自己一直在吃的多酶片，虽然姐姐一再希望她把真相告诉妈妈，不要再隐瞒病情了，但她置若罔闻，掉头就走。

大概是现在同在一副身体，墨小白明白单凝的心思，像她这样优秀完美的女生，是不能容忍厌食症在自己身上的，那是一种难以启齿的存在。

她不想让人知道自己曾经拥有一段惨痛的减肥经历，所以她选择了保持沉默。

墨小白突然觉得有些悲哀，有些同情单凝。

原来无论是像她这样的胖子，还是像单凝这样的瘦子都有自己的烦恼和痛苦，只是这些辛酸从不会在人前表现。

第二天。

墨小白的灵魂跟随单凝从床上爬起，今天是和她一起正式面对同学的日子。

学校如往常一般无趣单调，上课下课，作业自习，一切按照预计的节奏有条不紊地进行着，没有人发现其中的不同。

墨小白请假没来上课只被老师轻轻带过，下一刻便被"两天后将进行校舞蹈比赛"的话题代替。

没有人注意到这个又胖又不起眼的女生的缺席，众人的兴趣似乎被"舞蹈比赛"四个字吊起，毕竟完美女生单凝夺冠的话题总比丑小鸭墨小白请假充满诱惑得多。

就连自己唯一的好友徐佳贝也对她兴趣缺乏，头凑到前座的女生面前热烈地讨论舞蹈比赛的话题，她，早已被抛到九霄云外去了。

这一切悉数落进单凝，不！应该说是墨小白的眼里，她的灵魂在教室周围打着转，心里默默地期望着能有一个人注意到她的缺席，可是一个人也没有。

她默默地伤心，不过这种悲哀的情绪很快被藏在心底。墨小白下定了决心，既然自己在众人心里是一个毫不起眼的存在，那么她更要好好珍惜成为单凝的机会，就让墨小白在这五天里彻底地死去吧，从现在起只有一个叫单凝的女生生活在人们的视线里。

这样安慰自己，墨小白觉得心里好受了一些。

"丁零零……"下课的铃声响起，她跟着单凝的身体走出了门外，下一站的目的地——舞蹈房。

♃

来到舞蹈房后，单凝从舞蹈老师口中得知一个晴天霹雳般的消息，原来的舞伴由于身体原因退出了比赛，老师给她换了新的舞伴。

距离正式比赛只有两天了，而一切却要重新来过。

时间一分一秒地过去，单凝唯有把握住眼前的每一分每一秒，努力训练才有胜算的机会。她不敢有丝毫的松懈，一圈一圈地反复演练，不曾停歇。

可身体却因为过度劳累垮了下来，再加上厌食症的折磨，短短一天的时间，单凝迅速消瘦下来，黝黑深邃的眼眸显得无精打采，脸色苍白，那是倒下的前兆。

终于，她的反应在第四天的英语考试中彻底爆发出来。

单凝实在是累极了，这才忍不住在考试前闭眼小歇了一会儿，却因为这一刻的放松昏昏沉沉地睡了过去，等她睁眼醒来，听力已放了一大半。

她努力想去抓住后面的听力内容，大脑却一片空白，什么也听不见，什么也听不清，结果她的考试成绩极为糟糕。

连英语老师念分数的时候也有些不相信自己的眼睛："单凝，68分。"

单凝默默地从老师手中接过考卷，一路走来，承受着同学们的异样目光，有惊奇的，有担心的，亦有幸灾乐祸的。

这些目光唰唰地全部投在她的身上，她勉强走回自己的座位，表情依旧风轻云淡，心里却像决堤的水库一般几欲崩溃。

对于她这样的优等生，失败带来的压力往往比劣等生又考了垫底的成绩的压力大得多，所以她决不允许自己失败。

可这次上天偏偏没有眷顾她，她输得体无完肤，彻底破坏了在同学心中完美女生的印象。

她趴在课桌前，将头埋在自己的臂弯里，终于忍不住嘤嘤哭起来。她是一个16岁的高一女生，生活在所有人仰望的世界里，可她，其实只是一个普通人。

下课铃声适时地响起，单凝吸了吸鼻子，擦干眼泪，背起书包如同骄傲的公主般大步地走出门外。

宣泄完了，自己还是要回到别人仰望的世界中。压力不曾因为一次失败而丢盔卸甲，反而债台高筑，她再也承受不起再一次的失败。

她在舞蹈房练舞直到天黑才回去，明天就是正式比赛的日子，她不能容忍再有丝毫差错，即使身体的原因也不允许，她必须成功，没有退路。

墨小白一直观察着她的一举一动，默默的悲哀从她的心中悄然升起。

墨小白开始对单凝完美的世界有些动摇，要付出这么大的努力才可能获得人们眼中的成功，这样的代价到底值不值得？

5

第五天的比赛如期而至。

忍受着胃部的痛苦和精神上的不济，

单凝和舞伴携手在舞池翩翩起舞，一个如火般热烈，一个绅士优雅，带给人们一场强烈的视觉盛宴。

不出所料，最后的冠军颁给了单凝和他的舞伴，她站在舞台上，长长地松了一口气，一桩心事了结，自己又再次在人们面前书写了完美女生的形象。

墨小白心底暗暗地为她高兴，但她也因为这件事明白了一个道理——那些表面光鲜的人之所以能成功，是因为他们在背后付出了别人想象不到的努力，单凝正是如此。

随着单凝下了舞台，回到休息室，一个中年女人默默地候在那里，看到她出现，眼前一亮，迎上前笑着恭喜道："女儿，你真棒，辛苦你了！"

单凝微微一滞，这才反应过来母亲竟然来看自己的比赛了。

她激动地张开双臂，扑进母亲的怀抱："妈妈，你这么忙，竟然来看我了，我终于满足你的心愿，拿到冠军了。"

单母温暖的大掌一下一下地抚摸着单凝的头发，不由令墨小白想起自己胖胖的母亲。

墨小白已经有五天没有见她了，不知道她过得怎么样了，过去她总是恨铁不成钢，骂自己不成气候，现在自己消失在她的面前，她会想念她吗？

她不知道答案，只能侧耳倾听单凝母女俩的对话，以此来想念自己的母亲。

"女儿，你其实不用这么辛苦的，不用一直委屈自己，成为我的骄傲。我从来没有想过你会变得像如今这样优秀，我很欣慰。但当我得知你为了成功糟蹋自己的身体，付出了那么大的努力后，只感到心疼。其实我早就知道你得了厌食症，也知道你为了隐瞒我，一直找你姐姐让她帮你去配药。但是我假装什么也不知道，因为我等着有一天你能主动告诉我，可是骄傲如你，总觉得这是一个难以启齿的存在，所以现在让我来请求你，和我一起去医院复查好吗？不要在意别人的目光，我只希望你健康快乐，女儿。"

单凝吃惊地看着母亲，泪水渐渐地盈满眼眶，她点了点头，小声应道："妈妈，好的。"

墨小白看着两人终于冰释前嫌，放下所有的芥蒂，欣慰地笑了。

原来，做真实的自己才是最重要的。

视线突然变得模糊，温柔急促的声音在墨小白的耳边反复呼唤："回来吧，回来吧……"

眼前终于彻底陷入了黑暗，她什么也不知道了。

6

等墨小白再次睁开眼睛的时候，自己已经回到了"梦想人生"药店。

年轻女老板的声音清晰地传入了她的

耳中："怎么样，旅途还顺利吗？"

墨小白点了点头，露出一个释然的微笑："老板，谢谢你。我终于明白了原来自己梦想中的人并不像自己想象中过得那么好，最重要的是做回自己。我现在只想回家。"

细碎的笑意洋溢在女老板的眉梢，她欣慰地看着墨小白道："你能这么想我真的很高兴，那么现在请你闭上眼睛，把这粒黑色的药丸吞服下去，你就能回家了。"

墨小白张开嘴巴，药丸被吞入腹内，冰火交织的感觉再次在身上流转着，但此时墨小白什么都不怕了，这五天的经历让她获得了前所未有的勇气。

"醒了，我们家小白醒了。"一声喜极而泣的惊呼声吵醒了少女的沉睡，皱了皱眉，墨小白幽幽地睁开了眼睛。

她面前站了许多人，有自己最亲爱的父母，有自己的好友徐佳贝，亦有远远站在人群后注视着她的单凝。

"小白，你终于醒了，我们都快急死了，你都睡了五天了！"好友徐佳贝紧紧地抱住墨小白，在整整五天的看望和呼唤中，好友终于醒来，失而复得的喜悦令她再也不想放开好友的手。

墨小白微微一笑，心底只剩下一片澄然，原来他们一直陪伴在自己的身边，不离不弃。

有这么多的人爱我，我还有什么遗憾抱怨的呢？

做回真实的自己真好。

墨小白视线与站在人群之后的那个女生相对，她微微一笑，扬起手打了个招呼："你好，单凝。"

单凝亦微笑地回复自己："你好。"

声音在空气中一圈一圈地扩散开来，渐渐湮没于尘埃里，悄无声息。

你好，单凝。

再见，单凝。

【萌心会客厅】　　主人：薇薇曼　客人：茫尔

茫尔：一个充满童心，希望永远十八岁的老小孩，动画迷，少儿小说骨灰级粉丝。摩羯座和水瓶座的混合性格，爱吃喝，爱睡觉，爱旅行，崇尚自由，想去的地方是爱尔兰。文字创作终生爱好者，梦想从十八岁写到九十九岁，目前正在努力奋斗中。

薇： 茫尔，你现在的身份是什么呢？是学生还是上班族？
茫： 我是大学四年级学生，正在面临毕业找工作，因此写文章是我闲暇时间的润滑剂，沉浸在自己的故事中真是相当快乐呢（笑）！
薇： 茫尔，能说一说为什么会创作《梦想五天为期》这个短篇吗？
茫： 我很喜欢写少女之间的成长故事，可能因为自己就是个老少女吧（笑）。写这个故事的初衷是想告诉那些还处于自卑中的女孩们，做自己才是最重要的，享受现在，享受青春吧！

简舒： 很多时候，我们认为自己是好心，却是在做错误的事情。就像露露一直认为把狮子莉莉留在身边，就是对它最好的守护，哪怕是在逼迫狮子莉莉留下，也在所不惜。然而当"加油"变成了朋友的一种负担，我们就真的错了。当我们能够对朋友说出"你已经尽力了，去你该去的地方吧"的时候，就证明我们长大了。

驯狮少女

文◎乐不思蜀

1

马戏团里经常会看见莉莉活泼的身影。

莉莉是只十岁的漂亮狮子。它有一身金黄的毛发，身形匀称修长，眼睛在阳光下熠熠生辉，琥珀色的眼睛仿佛吸走了阳光的全部色彩。

只是最近一段时间，莉莉消瘦得厉害，它趴在笼子里，疲惫而沉默。

夜晚星星挂在天空上，月亮隐没在一片深黑里。

"莉莉。"听到熟悉的声音，莉莉动了动脑袋，可是很快脑袋又耷拉下去。

露露打开笼子，走了进去。她将手上的篮子放下，靠在莉莉身边摸了摸莉莉柔软的毛发，莉莉仍然一副无精打采的模样。

"莉莉你看，星星出来了。"露露挪动莉莉的脑袋，可是莉莉固执地不肯动弹。

露露叹了口气，她从篮子里拿出湿毛巾轻轻擦拭莉莉的毛发，莉莉舒服地闭上了眼睛，爪子搭在露露的腿上，明显撒娇的姿态。

露露弯起嘴角，握住莉莉的爪子轻轻地晃了晃："我以为你生我的气了呢，莉莉。"她让莉莉趴在她的腿上，揉了揉莉莉柔软的肚皮。

莉莉果然乖巧地趴在露露身边，她轻轻嗅了嗅露露衣角的味道，在露露的爱抚下，困倦地张了张嘴。

"莉莉别睡。"露露将莉莉带出笼子，一人一狮站在宽阔的水泥地上，仰望天上的星星。

"北斗七星，还记得我的命令吗？"露露冲莉莉眨了眨眼睛。

这是她们常年积累下的默契，以往每当夜晚有星星出现时，露露都会带着莉莉在马戏团的露天台上表演，观众就是天上的星星。

北斗七星由七星组成，各自有不同的名字。天枢、天璇、天玑、天权、玉衡、开阳、摇光。只要露露念其中的一个名字，莉莉就会做出相应的动作。

"摇光。"露露大声念了出来。

莉莉摇摇晃晃地站起来，前爪轻轻晃动，随后放在肚子上，做出鞠躬的模样。可是只坚持了几秒钟，就浑身剧烈晃动，瘫软在地上。

露露惊慌失措，将莉莉抱在怀里，安慰道："莉莉，你只是最近吃得太少了，才没有力气，我们回去，我给你带了新鲜的牛肉。"

可是回到笼子里，面对新鲜的牛肉，莉莉并没有兴奋起来。

露露声音低落，喃喃道："莉莉，我怎么会让你和巴布鲁走呢？你是我的妹妹呀，我不会把你送走的。所以，莉莉，请振作起来好吗？"

莉莉表情迷糊，它靠近露露，用体温温暖彼此。

2

对于露露而言，莉莉就是她的亲人。

露露的爸妈都是杂技演员，在露露三岁时，妈妈在一次外出表演中意外身亡。

之后的每一天，露露不断地问爸爸，妈妈什么时候能回来，爸爸面容苦涩。

后来，露露便开始沉默起来，直到露露五岁时，爸爸带她来到马戏团，说有个礼物要送给她。

礼物就是莉莉，一个刚刚出生，眼睛还没有睁开的小狮子，莉莉的妈妈在生下莉莉没多久就死了。

露露表现得很大胆，她靠近莉莉，喂莉莉喝牛奶，莉莉很听话，依靠在露露身边，蓬松的毛发上沾满了牛奶，模样很可爱。

爸爸告诉她，莉莉是爸爸妈妈送给她的礼物，会一直陪在她身边。

就这样，她们相伴了十年。

马戏团里很多动物都是要从小培养的。它们的父母也大都在马戏团里长大，圈养的动物比野生动物要温顺得多。

想要让动物听话，需要两样东西，一个是皮鞭，一个是食物。

但露露从来没有对莉莉挥过鞭子。

——莉莉听话温顺，真的就像露露的妹妹一样。

马戏团团长周叔是露露爸爸的好友，他默认了露露以后会成为马戏团的演员。他答应爸爸，莉莉是露露的专属狮子，不会被要求去配合其他人进行训练。

在他的默许下，露露可以白天上课，放学后就来看莉莉，增进感情。

莉莉已经睡着了，在星光的笼罩下，安静而优雅。

露露小心翼翼地拿起莉莉的后腿，轻轻涂抹药膏。莉莉后腿上的毛发稀疏焦黑，是被火燎到的痕迹。

露露的手指抖了抖。

三个月前，周叔突然找到露露，希望她们可以临时上场表演节目。

马戏团很多资深演员都去国外参加活动，团内演员严重缺乏，露露和莉莉身为候补队员，只能挺身而出。

上台表演前，她们经过了多次彩排，最后表演时间定在了某天下午。

露露永远记得那个下午，天气潮湿，乌黑的云遮挡了阳光，仿佛台风即将过境，席卷一切。

3

露露的演出服是妈妈以前常穿的，她穿着有些大，但感觉仿佛妈妈在身边一样，让露露安心。

"莉莉，我们是最棒的。"露露拍了拍莉莉的脑袋，带着它上台。

在灯光的闪耀下，莉莉突然不安起来。它仿若困兽一般在台上不断哀鸣，伸出爪子，对准了台下的人群。

"快用鞭子！"台下有人喊了起来。

工作人员想要拉开莉莉，露露却拦住工作人员。

"露露，莉莉很危险，快离开！"周叔焦急喊道。

"周叔，快把音乐关掉！"

音乐关掉的一刹那，四周一片寂静。露露试图靠近莉莉，可莉莉张开了大口，伸出利爪，前身微弓，似乎想将露露撕碎。

"莉莉，是我。"露露微微屈身，她看着莉莉的眼睛，然而莉莉的眼睛里充满防备。

工作人员的防护工作已经准备完毕，莉莉身后出现了一个巨大的牢笼。

露露清楚地知道，今天的变故若不能解决，恐怕莉莉以后都不能再上台了，或许还会被送走。

莉莉焦躁地站在台上转圈，这是它以前经常做的动作。

"露露你还不下来，你在台上做什么？"爸爸急躁地叫了起来，只见他迅速穿过围栏，从台下跑了上来。

工作人员准备行动，露露突然大声地说："我能够让莉莉安静下来。"

所有人的视线都放在了露露身上，而露露用恳求的目光看着爸爸。终于，爸爸告诉周叔，让他稍等片刻。

露露把身上的衣服脱了下来，露出她的格子衬衫和牛仔裤。她轻轻靠近莉莉，嘴里哼着童谣，轻松而愉快。

莉莉果然安静下来，露露揉了揉莉莉柔软的毛发，抱紧了它。

露露终于反应过来，是妈妈的衣服遮挡了她身上的气味。动物天生对气味敏感，若身边的朋友变成了陌生人，大概默契也不会存在吧？

"节目还能继续吗？"爸爸问。露露郑重地点了点头。

这是十年来她们第一次登台表演，对露露和莉莉而言都有着不可言喻的意义。

露露拍了拍莉莉的脑袋，脸颊蹭了蹭莉莉，给予彼此力量。

环节紧紧相扣、跷跷板、花样溜冰，以及她们的秘密节目北斗七星，莉莉都顺利地完成，赢得了许多的掌声。

最后只差一个节目——钻火圈。

钻火圈是周叔要求的选备节目，露露没有拒绝。

露露紧张地捏紧了衣角，在莉莉钻火圈的一刹那她闭上了眼睛。

最后的结果果然是——现场一片慌乱。

"莉莉必须送走！老白你女儿实在是太自私了，这么大的事情也不说，现在造成这么严重的损失你说算谁的？"周叔站在窗前不停地抽烟。

那天莉莉钻了火圈，可是后腿不慎被火烧到，刺痛让它丧失理智。

莉莉跑到台下抓伤了许多人，最后被打晕在地才平复了现场的混乱。

露露安静地坐在沙发上，双眼无神。

"露露，你早就知道莉莉的左眼失明了吗？"爸爸出声询问。

"嗯。"

"你看看你女儿，一点儿承认错误的样子都没有！"周叔站在窗前吞云吐雾，怒气滔天。

"露露，你承认自己的错误吗？"爸爸的语气依旧平静，可是露露听出了里面复杂的情绪。

露露背脊挺直，攥紧了汗湿的手心，坦然道："我承认错误。"

这场谈话止于露露的承认错误，但是她依旧一副不知悔改的模样，周叔终究失去了耐心。

谈话最后变成了周叔和爸爸两个人进行，结果就是爸爸承担大笔医药费用，而露露也失去了探望莉莉的机会。

回到家，父女俩都疲惫不堪。

"露露，为什么不告诉周叔莉莉左眼失明的事情？"爸爸声音低低的，但是已经没有了之前的怒气。

露露低下头，说出了原因。

她是三年前知道莉莉左眼失明的事情的。那时她们做骑车游戏，可是莉莉的平衡感不好，经常七扭八歪。露露向莉莉挥动棋子，露露看到它的左眼没有移动。

后来做了很多测试，露露终于相信莉莉的左眼看不见东西。

露露曾想过将事实告诉周叔，可是有一天，露露突然看到一幕场景。

一只病倒的猴子躺在担架上奄奄一息，工作人员说："猴子要被送走了，马戏团不会养没有用处的动物。"

若将事实告诉周叔，莉莉就会被送走。

"所以你才会这么固执？傻孩子。"

爸爸终于明白，露露坚持让莉莉表演节目，甚至做从来都没有练习的钻火圈，她是在下一个赌注。她想要证明给大家看，一个左眼失明的狮子依旧还有价值存在。

可是奇迹并没有出现，莉莉三周后要被送到遥远的地方。

5

"他叫巴布鲁。"爸爸介绍着身边那个男孩。

巴布鲁是个 11 岁的黑人男孩，有一头稠密乌黑的卷发，比露露高了一头有余。他是爸爸在非洲表演节目时认识的好朋友。

"尼豪。"那个叫巴布鲁的男孩对露露露出了洁白的牙齿，可是伸出的手掌却被露露挥开。

"这是什么意思？"露露质问爸爸。

爸爸摘掉眼镜，揉了揉眉心："露露，巴布鲁很喜欢莉莉，想要带莉莉去非洲。"

"我不会同意的！"露露大喊着跑了出去。

露露来到周叔的办公室，在周叔惊诧的眼神中恳求道："周叔，能不能不要把莉莉送走？"

"你爸告诉你有个黑人男孩要买走莉莉了吗？"

"能不能不要把莉莉送走？"露露依旧在坚持着。

"这……"

"周叔，我道歉，我为之前隐瞒莉莉左眼失明的事情道歉，让马戏团造成严重的损失是我的错。可是除了钻火圈这个表演，其他莉莉都做得很好，你们在台下也都认可了啊，能不能别把莉莉送走……"露露拉住周叔的袖子，眼睛里满是祈求。

"这个……"周叔目光晃动，很显然有些动摇了。

可是下一刻，周叔还是拒绝了露露："莉莉必须被送走。"

露露逃课了，她每天都守在莉莉的身边，生怕下一刻莉莉就被送到遥远的非洲。

莉莉熟睡的时候，露露从笼子里走出来，抬头看着天上的星星发呆。

"喂！"露露被奇怪的音调吓了一大跳，回过头看见了巴布鲁那张黑脸。

"你怎么来这里了？"露露防备地退后一步，紧盯着巴布鲁。

黑人男孩哈哈一笑："听说你不想让莉莉跟我走呀。"

"我不会让莉莉离开的。"露露态度坚决。

"晚上有时间吗？"巴布鲁费劲地吐出几个字。

露露面露疑问。

巴布鲁不想解释，不由分说地抓住露露的手飞速奔跑，他们在马戏团附近的一家电影院门口停了下来。巴布鲁带她看了一场电影，电影的名字是——《狮子王》。

这部电影是迪士尼的经典，也是露露儿时的最爱。

露露终于明白了巴布鲁的用意，黑人男孩在用笨拙的方式告诉她，草原才是莉莉真正的家。露露思索许久，但对着巴布鲁黑亮的眼睛，她依旧摇了摇头。

6

露露逃了很多天的课，老师给爸爸打了电话。

爸爸带着露露来到公园的长椅上坐下，递给露露一杯草莓奶昔。

"你很多天都没有去上课了，你是在抗议吗？"

"答应我不把莉莉送走，我就回去上课。"露露咬着吸管，闷声闷气地说着。

"露露，你还记得你六岁时候的事情吗？"爸爸突然问道。

露露一下子沉默了，她当然记得。

六岁那年的圣诞节前夜，爸爸去表演节目，露露被寄放在姑姑家里。

在爸爸表演前一个小时，她突然大发脾气，以往都会有妈妈陪在露露身边和她一起看爸爸的现场直播，可是这次只有姑姑。

她不依不饶地给爸爸打电话，只想询问妈妈在哪里，爸爸在电话的那一端呼吸沉重，最后拗不过露露，答应等他回来就告诉她妈妈去了哪里。

也是那天，爸爸在表演节目时从高空中跌落在地。

这场事故，致使爸爸脑震荡，身上多处骨折，而露露受到了惊吓，当天夜里发了高烧，烧成了肺炎。

露露闭上眼睛，她明白爸爸的用意。因为她的固执询问，让爸爸在表演时勾起了失去妈妈的伤痛，最后受伤而回。

"可是我舍不得莉莉……"露露抹了抹眼睛。

爸爸抱住露露，轻声安慰道："露露，你如此固执，伤害的不止是你一个人。周叔被你折磨得快疯了，爸爸也要接受你老师的批评。还有巴布鲁，他没有做错什么，却要平白接受你的白眼和冷淡，你说他冤不冤？"

"可是……"

"露露你知道吗，每个人都只会陪你走一段路程，妈妈是这样，爸爸是这样，莉莉也是这样。生命的终点会有人陪在你身边，但不是我们。莉莉犯了错误，它就应该接受惩罚，况且去非洲，才是它生命的归属，你如此坚持，让所有人都犯难。"

那天他们坐在公园的长椅上，爸爸和露露聊了许多。直到最后，露露也没有确切地答应爸爸，只是第二天，她去上学了。

送莉莉离开的那天，天空湛蓝无比，飞机轰隆隆地划过天空，露露知道，莉莉终于走向了那片属于它的土地。

露露在心底悄然落下了一滴泪。

7

半年后，露露在家里收到了一封航空

邮件，里面有许多莉莉在草原上猎食的照片。

其中有一张照片，背景是浑圆的太阳，莉莉脚踏大地，金色的毛发在烈日下熠熠生辉。露露攥紧照片趴在床上哭了起来。

她很想念莉莉，可是她知道莉莉去了属于它的天堂。

那天爸爸和周叔一起陪着露露将莉莉送走，在飞机场内，露露偷听到周叔和爸爸的谈话。

"为什么不让露露陪莉莉走最后一程？虽然你不想让露露看到莉莉死去的模样，可是老白，你坚持着把莉莉送走真的对吗？你看露露那副模样，唉，让人心疼。"

爸爸倚在墙上深深地叹了口气，无奈道："老周，你知道我家一直不养宠物，你送给我的那只萨摩也送给了别人。因为我知道养宠物就会产生感情，但是动物的寿命太短暂，纽带一旦断裂，只会给留下的那个人带来伤痛。露露妈妈的去世，给了我很大的打击，我太自私，我希望我的孩子能够少受伤痛，茁壮成长。"

后来露露翻看了爸爸的钱夹，发现了一张化验单，上面显示莉莉得了严重的病，生命即将走向终点。

她后悔起来，那时候她每天晚上带着莉莉练习动作，她固执地和所有人抵抗，却没有好好陪在莉莉的身边。

她也在埋怨爸爸，可是她知道，爸爸是为了她好，他想让留在露露心底的永远是莉莉最活泼可爱的模样。

露露失声痛哭。

莉莉陪在露露身边十年，让她从失去妈妈的阴影里走了出来，让她露出了笑容，让她体会到了温暖与友情，莉莉对露露而言是多么多么重要。

她在那张印有莉莉活泼身影的照片背后写下了一句话：You're my sunshine.

它在最美的年华离去，而我们能做的只有且行且珍惜。

【萌心会客厅】　　主人：蘑小葵　客人：乐不思蜀

蘑：欢迎小乐的到来，不要紧张，随意一点，来，我给你笑一个。
乐：得了吧，笑得比哭还难看，让我更加紧张。
蘑：小乐酱这么霸气，究竟是从事什么职业的？
乐：本职工作是个利落干练的英语老师，兼职是个充满少女心的小透明写手。
蘑：我一直以为是语文老师。那小乐老师当初是怎么想到写文的呢？
乐：最开始写文，是想把故事讲给大家听。为了这个单纯的目的一直坚持。直到现在，已经成为了一种习惯。
蘑：小乐酱基本上都是写少女文，除了少女故事，还写过其他类型的小说吗？
乐：还写过童话和鬼故事。不过后来写鬼故事吓到了自己，就没敢继续写了。骨子里，我还是最爱软萌的少女文。

蛋挞： 我小时候非常自卑，觉得自己除了爱吃东西以外，没有任何特长。也就是在某天，偶然看了一本小说，渐渐走上了写作的道路。拥有了爱好，不知不觉中我就变得开朗起来。就像慕白，曾经也自闭胆小，但接触了剑道之后，就变得勇敢起来。总有一件事等着你去做，总有一件事能让你变得自信又勇敢。希望萌少女们也能像蛋挞和慕白一样，找到自己想做的事，一直努力做下去。

我就是剑道女王

文◎叙西畔

不打不相识

星叶中学本学期的头号大事件是——社团周年庆即将到来了！

本次校方明文规定社团周年庆表演只能由一年级的新生参加，为了这条恼火的规定，各个社团的社长大人都为社团展示节目的人选着急得火冒三丈。

不仅是社长大人们上火，就连社团里的普通社员都是一副恨不得变成八爪鱼的狰狞表情，一年级的新生们忙着表现以求被选中，老成员们忙着开会、决议、排演、走台。

所有人都希望组织一场精彩的社团展示节目，然后震惊全场，名声大噪。

剑道社社团活动室内，大家神情紧绷地看着场地正中央"呼呼"地挥舞着木剑把对手打得丢盔弃甲的女子——剑道社社长亚美。

"手！肩！胸口！击倒！！"

随着几声重重的木剑击中防护服的闷响，亚美的对手脚下一软，彻底瘫倒在训练软垫上。

那人率先扯下头上的防护面具，露出一张带着坏笑的英俊面孔。

只见那少年一边张开嘴喘着粗气一边摆着手说："不行了，亚美女王请您高抬贵手吧。"然后他夸张地在防护垫上躺成了大字，装起了尸体。

见此，亚美生气地摘下了头上的防具，杏目圆睁。

围观的众人见状，都不由得后退了一步，默默地为躺在地上的少年祈祷。

亚美手一动，木剑便停在少年鼻尖前一寸的地方。

"禄川，你这像什么样子！站起来！再来一次！"

原以为亚美的话一出口，少年就该在凌冽的女王之气下一个鲤鱼打挺般翻身起来再战。

哪知那人却用手轻飘飘地拨开了亚美

的剑尖，缓缓坐起身子。黑色的眼眸一转，瞬间换上了一副讨好的神情。

"女王殿下，你就绕了我吧……看看我这遍体鳞伤的身体，再打下去就废了，到时候还怎么去参加社团的表演啊！"禄川一只手揉着脸，一只手揉着腰，看起来真的挺凄惨，"你看你看，边上还有那么多人等着您亲手指导呢！"

亚美无奈地看着禄川坐在地上耍赖，只好把眼光扫向周围。

哪知她眼光过处，所有人都不约而同地迅速自动结队"哼哼哈哈"地练习了起来，摆明了一副宁死都不要接受亚美"爱的调教"的模样。

亚美的眼睛绕场一周，没想到居然捕捉到了一只落单的"漏网鱼"，她举起木剑直接点中了边角上那个瘦小的身影。

"那边那个小个子，你来！"

被点中的人细不可察地抖了一下，转过身对上了所有人好奇的目光。

那是个白白净净的短发小男生，五官清秀干净，脸上带着点羞涩。大家纷纷为这个倒霉鬼担心，这小子一看就是要被揍得很惨的样子……

有人看不过去，好心提醒小男生："喂，你可以装病呀！这样亚美就会放过你。"

小男生没有理会旁人的好心，反而很淡定地戴上护具头盔，恭恭敬敬地朝亚美敬了一个礼："社长你好，我是新入社的成员，我……我叫慕白。"

亚美眉头一挑，没有多说什么，直接将防护面罩戴在了头上。

"哎，你看这个新来的，胆子不小啊。"

"是啊，会被亚美大人扁成猪头吧。"

慕白在大家闹哄哄的议论声中，双手握紧剑柄，颤抖的手指也终于平静下来。双方互相敬礼后做好了准备，

"准备！防护！"

亚美一出手就是一个漂亮的劈砍，根本不把慕白当做一年级的新人，一副要在慕白清秀的小脸上劈出一条鲜艳红痕的样子。

很多人"啊"的一声捂住眼睛，希望慕白这一下子不要挨得太惨。

"啪——"木剑相撞的声音让闭着眼睛的众人瞬间张开了眼睛。

什么？！他们没有看错吧！慕白那小子竟然单膝跪地，双手执剑平举过头，一个漂亮的格剑式……他竟然挡住了亚美女王的劈砍？！

你小子给我等着

社团活动结束后，大家三三两两踏上回家的路。

几个男生簇拥着禄川，嘴里叽叽喳喳说个不停。都说三个女人是一千只鸭子，但这几个男生说不定也可以胜过一千只老母鸡。

"禄川，没想到那个叫慕白的小男生

那么厉害。虽说还是被我们的女王大人扁得很惨，可是比起你来，人家强多了！"

"是啊，禄川，那小子看起来挺废柴，没想到还有几把刷子。我看亚美学姐也挺看重他的，这样下去，在社团周年庆典的表演恐怕你就要被这个小子给替下了……"

"闭嘴！"

禄川恼怒地呵斥了那几个幸灾乐祸的男生。想到亚美很可能会欣赏一个看起来跟女生一样瘦小的男生，一股怒火就不可遏制地从他胸口往上冒。

他趁其他人不注意的时候回头偷偷地看了下剑道社的方向，揣在口袋里的手握紧了拳头。

慕白！你小子给我等着！

慕白最近总觉得自己被人用一种凶狠的目光紧盯着。

随着亚美社长找他练习剑道的次数越来越多，那道目光也越来越炙热。

暗中观察了许久，慕白终于找到了这台人形X光机——剑道社的副社长禄川。

慕白挠破了头皮，也想不通自己哪里得罪了这位剑道社历史上最年轻的天才副社长禄川大人，直到某天社团活动结束后被禄川凶神恶煞地堵在了活动室外面。

"小子！我看你今天和亚美打得很高兴嘛，来，再跟我比一次！"禄川占着自己比慕白高出一个头的身高优势，居高临下地拿着木剑指着慕白。

"抱歉……我……我不想打……"慕白被吓得后退了一大步。

禄川骄傲的笑容立刻僵死在了脸上："什么？你竟敢拒绝本大爷！"

"不……不是……"禄川凶神恶煞的表情吓到了慕白，他的脸突然变得有些白。

禄川似乎很惊奇慕白居然被自己吓到了，不好意思地咳嗽了几下。

"是这样的，小兄弟，"禄川摊手，"我就想和你切磋下，为社团周年庆准备。要知道，你可是亚美最近的重点调教对象。"

"那是……亚美学姐……她觉得我技术还不够，想多多训练我。"

慕白脸上可疑地一红，禄川似乎明白了什么，走近一步拍拍慕白瘦削的肩膀："明白明白，来来，就当帮兄弟一把。"

慕白最终还是禁不住禄川的软磨硬泡，从身侧的剑袋里拿出自己的木剑，恭恭敬敬地对禄川鞠了一个躬："请副社长……嗯，多多指教。"

"叫我禄川！开始吧！"

"啪！啪！啪啪！！！"

一阵激烈的木剑碰撞声后，慕白和禄川双双累趴在了练习室里深蓝色的防护垫上。

"呼……我说你这个小子长得跟女生一样，居然这么能打……呼……累死本大爷了……"禄川望着躺在他身侧跟他同样喘着粗气的慕白，难以相信一向难得夸奖他人的自己居然也说了赞赏的话。

慕白狠狠瞪了禄川一眼，白皙瘦弱

的手擦了擦额头淌下的汗水："副社长大人……嗯……"慕白被禄川狠狠一瞪，连忙紧张地改了口，"禄……禄川，你也没有看起来的那么草包嘛，原来平时被亚美社长痛扁都是假装的。"

"哈哈，那是本大爷隐藏实力。再说亚美那么漂亮的女生，怎么下得去手呢！"禄川给了慕白一个"你也是男生，你懂的"的眼神。

也不知道禄川的哪句话触到了慕白的逆鳞，慕白"噌"地一下从地上站了起来。

"时间不早了，我要回去了。"

禄川以为慕白是被自己拆穿了暗恋亚美的心思，害臊了，连忙开口缓和气氛。

"别不好意思啊，兄弟！我懂你的，亚美女王可是大众情人，多你一个也很正常，哈哈！"

"你也喜欢……亚美社长？"

"那是，亚美那么漂亮，谁不喜欢？"慕白的脸红成了苹果，禄川第一次见到这么害羞的人，竟然忍不住哈哈笑了起来。

慕白被禄川笑得耳根子都红透了，哼了一声背起木剑就往外走。禄川正准备叫住慕白，谁知慕白突然停住了步子，气呼呼地转过了身子。

"禄川，你平日里还是认真点吧。社团周年庆在即，亚美社长很看重这次的庆典，况且你还是那个压轴的双人剑道节目的候选人。"

禄川吃惊地张大了嘴巴，眼睁睁地看着慕白瘦小的身影消失在了自己的视线里。

呵呵……自己居然被这个怯弱的人给教训了！这个慕白，真有意思……似乎比单纯凶巴巴的亚美社长还有意思……

禄川在防护垫上躺成一个大字，却止不住嘴角的微笑。

男男的搭配

亚美背着剑道装备缓步向社团练习室走着，心中对于即将到来的社团周年庆的忧愁随着离练习室距离的缩短反而呈几何式上升。

究竟谁可以做禄川社团周年庆表演的搭档呢？亚美一直反复思考着这个恼人的问题。

先不说这个节目要求的技术能力对于一年级的新生而言是个多么大的考验，光是禄川那副痞子脾气，就不知道谁受得了。

"喂！小子啊，我们再来一局！"

"是！"

"准备！本大爷来了！"

正当亚美愁得眉毛都快打结的时候，禄川的声音突然传进了她的耳朵里。

亚美快步上前，一把拉开了练习室大门，然后愣住了——和禄川在场地中央厮打在一起的竟然是……慕白！

先不论一向吊儿郎当的禄川难得这么认真地练习，就连怯懦胆小的慕白……亚美纤细的眉头在看见慕白瘦弱的背影时再一次皱了起来。

就是你了。

亚美右手握拳，重重地砸在了左手心里。

"全员集合！"

随着亚美的呼喊，所有人都在剑道社的女王大人面前集合。

"下面我来说下这一次社团周年庆的安排——我们的压轴大戏，双人剑道表演……"说到这里，亚美意味深长地停顿了一下，满含深意地看着双手抱臂的禄川和跟在他身后的慕白，"双人的表演由禄川和慕白来完成！"

"男男的双人剑道？"某些带着腐女性质的少女们兴奋得两眼冒着星星，"哇，好期待呀。"

"什么？！是慕白？还真是那小子？！"一些男生虽然口头不屑，可心里却很服气。毕竟慕白那小子在亚美和禄川手下都不曾吃亏，的确是个狠角色……如果他的小身板和那小姑娘似的羞怯能够消失就更完美了。

禄川这边，虽然一开始有些吃惊，但很快就平静下来，手一抬就搭上了慕白的肩，把慕白拉进自己怀里："喂，兄弟，就看你的啦，多多指教。"

一堆人里三层外三层地围住慕白，不停地说着恭喜和鼓励的话语。慕白一张白皙的脸憋得通红，好不容易才挣脱禄川的勾肩搭背，对亚美说道："抱歉，社长……我……不能参加这个。"

突如其来的一句话，让所有人都错愕不已，训练室里一下子静了下来。

慕白的脸慢慢从通红变成惨白，埋着头，不敢看亚美，也不敢瞥禄川，拨开了人群直接冲出了练习室。禄川见此，二话没说就追了出去。

亚美快速地止住了骚动的人群，目光里是藏不住的担忧。

魔法师的魔杖

"喂！我说你小子！！呼呼……给我停住！！喂！呼……终于逮到你了！"禄川终于在校园西北角的小花园里一把抓住了慕白，双手紧紧撑住慕白的肩头，大口大口地喘着粗气。

"你这小子……呼……居然这么能跑……累死本大爷了……"

慕白偷偷瞥了禄川一眼，感觉到禄川灼热的呼吸一下接一下急促地喷在他的头顶。不好意思地扭动着肩膀想挣脱禄川的钳制。

"你小子还动，给我老实点！"禄川终于调匀了呼吸，左手直接勾起慕白的下巴，两人四目相对。

"怎么？和本大爷同台表演吃亏了吗？怎么一副良家妇女被逼嫁给山大王的表情？"

慕白直直地望着怒气冲冲的禄川，却不说一句话，这样的沉默反而激怒了禄川。

"喂！开口啊！你这什么意思，吭一声儿啊！"

话音刚落，慕白黑色的眼眸里瞬间盛满了晶莹的眼泪，眼圈瞬间就红了。

禄川见此，心中竟然莫名其妙地一痛，连忙手忙脚乱给慕白擦眼泪。该死，他怎么忘了这小子的胆子比兔子还小，他一定又把他吓到了。

"哎，抱歉。你别哭别哭……我不逼你了……不哭不哭……"

慕白在禄川的劝慰下，过了好久才终于停止抽噎。

"对不起，"慕白闷闷地说着，"我不是不想和禄川你一起表演，只是……我怕……"

原来，慕白从小就受尽了欺负。长得瘦小不说，再加上胆子小，一直被人嘲笑是"没有用的小白"。

机缘巧合下，慕白接触了剑道。从那一天起，慕白发现自己只要一举起剑，就像魔法师拿起了属于自己的魔杖，内心不再害怕和彷徨，仿佛瞬间脱胎换骨。

就这样，他在进入星叶中学后就加入了剑道社。

剑道于他，是一种兴趣爱好，更是一种信仰。

"这不就完了，那你怕个什么？"禄川完全听糊涂了。

"社团周年庆，那么多人，我怕……怕自己搞砸了。我从来没有在那么多人面前，那么重要的场合表演过，我怕对不起亚美社长的期待……"说到这里，慕白看了一眼禄川，"我也怕……也怕对不起你……"

"你居然担心这个，"禄川重重地拍了拍慕白的肩膀，"我说你这小子，杞人忧天啊你！这种事情有什么好担心的，说不定到时候本大爷一上台就摔个大马趴呢！"

慕白"扑哧"一声笑了出来，眼睛眯成了两个月牙。

"好啦，我说你个小子……真是的……现在可以答应跟本大爷一起表演了吧？"

"嗯。"

禄川揉着慕白的头发，眼里的欢喜挡都挡不住。慕白红着脸，埋着头，偷偷地笑着。

躲在铁杉树后的亚美，远远看着小花园里的一切，长长地舒了一口气。

说一声谢谢你

大家期待已久的社团周年庆总算开始了。

校园里到处张灯结彩，好不热闹。在广场中央的大舞台上，话剧社刚刚结束了表演，台下一片欢呼。

慕白早早地到了后台，检查自己的佩

剑和服饰，生怕有一点纰漏。

"你在这里？"

慕白回头，竟然看到了亚美。

"亚美社长，你好！"慕白恭恭敬敬地鞠了一个躬。

亚美走近慕白，亲手给他整理剑道服，动作一改平日里的凌厉，显得格外温柔。慕白的脸微微发红："亚美……"

"这个给你，"亚美递出自己的佩剑，直接把剑塞进了他的手里，"这是我的剑，好好拿着，用它好好表演。我平时可能对你严厉了点，但是你要知道，我是为了你，我很高兴你现在成长得这么好。拿着我的剑，姐姐一直会陪着你。"

慕白的眼圈慢慢地红了，亚美缓缓地对慕白张开自己的双臂。慕白抽噎了一下，直接扑入了亚美的怀里。

"谢谢，谢谢你，姐姐……"

亚美环抱着慕白，心中满溢着幸福。自己当初说服慕白进入剑道社果然是对的，拿着剑的慕白才是最坚强的慕白。

看到慕白现在的样子，不再怯懦和怕生，甚至将要站到学校的舞台上去表演……亚美将慕白抱得更紧了。

"咳咳……"一阵咳嗽声将陷入感动的两人蓦然惊醒，慕白一回头，就看到了站在角落里的禄川。

亚美和慕白不知道禄川听到了多少，后台的气氛瞬间变得诡异起来，三个人尴尬地沉默着。

后台催场的人撩起了幕布："剑道社，该你们了！"

亚美依次拍拍两人的肩，离开了后台，走之前给了禄川一个奇怪的眼神。慕白忙着低头整理自己的剑道服，完全没有看见。

慕白紧握着亚美的剑，正准备上场，却猛地被禄川给拉住。

"喂！你真当本大爷是透明的啊！？"

"嗯？"慕白不解地看向禄川。

"我都已经知道了，你和亚美的关系……"禄川将木剑丢到一边，双手扳正慕白。

虽然隔着防护面具看不清彼此的表情，不过慕白的惊慌还是透过发抖的身子清晰地传到了禄川的手里。

"姐姐她……不是你想的那样子……"

"切，我当然知道。"禄川摸了摸鼻子，"算了，我也不追究了。不过……咳咳，你还真以为我们所有人都看不出你是女孩子吗？"

慕白的脸这下子真红成了番茄。

"姐姐说，你眼界很高，不会轻易和女生交手。只有装成男生，哪怕是个废柴的男生，而且我本来也就长了一张假小子的脸……"

"你那是清秀！谁说你是假小子了！"禄川一本正经地对慕白说道。

慕白的脸更红了，禄川得意地笑着，不知道把慕白的神色理解成什么了。

催场的人在这时又出现了："剑道社

的！你们快点啊！"

禄川利落地捡起脚边的木剑，轻轻地撞了下慕白，脑袋一偏："上场啦！我的新剑道女王，仰慕本大爷就直说啦，还搞什么女扮男装，真没新意！"

慕白急得脸通红，慌忙地辩解："才不是你说的那样！我只是真的喜欢剑道而已！"

"知道知道，走起。"禄川走在慕白前面，抢先上了台。慕白看着禄川的背影，眼眶微微发酸。

慕白没有说谎，小时候她患有严重的自闭症，常被小朋友排挤欺负，过得很不开心。

有一天姐姐亚美带自己去公园玩，一不小心居然和姐姐走散了，她急得哇哇大哭。

就在这个时候遇到了正在公园练剑的禄川。那时候的禄川虽然和她一般大小，却长得虎头虎脑，拿着一把木剑一路像王子一样保护着自己，一直等姐姐找到了自己才离开。

那时候，慕白就欠下了一句深深藏在心中的谢谢。

从此，慕白就把禄川放在了心上，也把剑和剑道放在了心上。只要一握住剑，就好像看见禄川在自己身前保护自己的样子。

剑道，成了她一步步抛开怯弱变得坚强的理由。

她没有想过会在星叶中学再次和禄川重逢。那一天，她来学校探望姐姐，居然看到了那个带着痞子式坏笑的男生背着木剑从剑道社训练室走了出来。

虽然时隔多年，但是他的笑容和握剑的姿势却一点都没变。

从那天开始，慕白就为自己定下了目标——要考上星叶中学，要加入剑道社……然后，要跟禄川说一声"谢谢"。

两人终于上到台上，这场以"男男双人剑道"为噱头的表演，让台下的观众在幕布拉开的一瞬间就沸腾起来。

慕白看着对自己坏笑眨眼的禄川，双手握紧了姐姐亚美的剑，终于有勇气开口了。

"禄川！"慕白摆好了准备的姿势。

"什么？"禄川以为慕白要攻击了，全神贯注，严阵以待。

"谢谢你。"

"啊？什么乱七八糟的，看招！"

"啪！"

深藏心中多年的感谢终于得以倾诉，慕白心中的大石头终于落地。她不仅在剑道里找到了坚强的动力，更在人生里找到了坚强的能量。

来吧，剑已经被自己紧紧握在手里，这一刻，她就是剑道的女王！

舞若夕：你有没有过这种感受？只是分开了一个假期、一个周末，你身边的同学，似乎像是变了个人。他一下子变得格外成熟懂事……在那段没有相见的时间里，他遭遇过什么？也许他离开了这座城，看到了父亲真实的生活，知道自己生命中的"这座山"有多么沉重。这样的生活感悟，让"一夜长大"变得不再是童话。

少年曾出逃

文◎舞若夕

1

蔺青寒烦死刘芮彤了。

当然，如果你的同桌是这样一个女生——她像你妈妈一样唠叨，像你班主任一样喜欢讲大道理，像学校校长一样给你制定许许多多的规矩……有谁会不嫌她烦呢？

这天刚考完语文，刘芮彤又喋喋不休地问起问题："蔺青寒，你作文干吗交白卷？"

他极其不耐烦地撇了撇嘴："那你干吗要偷看？"奇怪，他明明看到刘芮彤一直在闷头写试卷，怎么会知道自己没有写作文呢？

刘芮彤并不罢休："蔺青寒，这次的语文考试很重要，你怎么能不写作文呢？而且这次的作文题目多好写啊……"

不提作文的题目倒罢了，一提蔺青寒就满腹的无名火——《我的爸爸》。

那个已经将近三年没有回家的人，那个都快要记不清他长相、想不起他轮廓的人，该怎么把他用文字真实地再现呢？

他不理睬刘芮彤，自己收拾好书包就迅速地往外走，却在临出教室门的时候狠狠地踩到了孙鲁男的脚。

"蔺青寒，你不长眼啊！"听到一声怒喝，蔺青寒抬起头，看到孙鲁男眼里的愤怒，连忙道歉："对不起，我没有看见。"

孙鲁男从鼻孔里哼出声，满脸的轻蔑："怎么，难道乡下来的孩子眼睛就比城里人的要差一点吗？钟点工的儿子就可以目中无人了吗？"

乡下、钟点工这些字眼深深地刺痛了蔺青寒。他成绩不错，尤其是数学成绩一直在全年级拔尖，体育很好，还是学校足球队的成员，他和其他人没有任何不同，除了一点。

家里为了让他接受更好的教育，从那个偏僻的村庄来到了这座繁荣的城市，爸爸在附近的城市做建筑工人，妈妈给别人做钟点工。

在这所学校里，他没有美好的回忆，也没有知心的朋友，有的只是家境富裕的同学的白眼和排斥。

老实说，他并不觉得家里贫穷会怎么样，也不觉得妈妈做钟点工有哪里低人一等。可是不知道为什么，他每次一听到这样鄙夷的字眼、看到这种轻蔑的眼神，就会从心底感到自卑。

所以，他没有答话，而是直接挥起了拳头，和孙鲁男迅速地厮打在一起。

这事儿惊动了班主任刘老师，他问起缘由的时候，大家都异口同声地说是蔺青寒先动的手，蔺青寒把头偏出一个倔强的弧度，一言不发。

"老师，不全是蔺青寒的错，是孙鲁男先说了难听的话。"

孙鲁男灰头土脸地从地上爬起来，带着哭腔指着刘芮彤大声说："我说的哪句话不是真话？明明就是他先踩了我的脚！"

刘芮彤也不甘示弱："他已经道过歉了，而且你干吗借题发挥扯到他的家人啊？"

本来一直沉默着的蔺青寒突然转过头怒吼："刘芮彤，你为什么总是这么多废话？烦不烦啊！"说罢便夺门而出。

刘芮彤咬紧嘴唇，她这才意识到，她言语里不经意触碰到了蔺青寒的疤痕，反而对他造成了更深的伤害。

2

蔺青寒将口袋里那一叠十块五块的零钱反复点了点，一共三百元。

这是他一年来四处打杂工省下来的钱，他做出决定，趁这个周末去两百多公里以外的地方，看看那个三年未见的男人，然后，远走高飞。

他手心有细密的汗，"离家出走"这样的字眼对一个十六岁的男孩子来说，新鲜刺激却也紧张，不然他也不会专门挑周末这个时间点离开家。在潜意识里，他已经给自己留了后路。

坐在火车上的时候，他自我感觉非常良好，如同武侠小说里仗剑走天涯的英雄豪杰一样。

爸爸现在怎么样了呢？他上次来信已经是一个多月以前的事了，信上说最近过得越来越好，等挣够了钱就回去。

可是钱什么时候才算是挣够了呢？家里的条件已经比以前好多了，但爸爸这三年来只打电话和写信，从来没有回过家。

蔺青寒有些无奈地耸耸肩，真的不明白大人都在想什么。

他按照信上的地址辗转来到爸爸所在的建筑工地，漫天扬尘里很多戴着安全帽的人走来走去。

蔺青寒正准备找人来询问的时候，听到了不远处的对话。

"蔺俨，你怎么又要预支这个月的工资？"

"不好意思啊，过两天儿子过生日，想给他买套衣服寄回去。"

"哎呀，你自己穿这种几年都没有换过的衣服，生病了都不肯花钱买药，给儿子买生日礼物就别那么讲究，干吗非要买名牌衣服？"

"他上的那个高中很好，大多数学生家里都很富裕，我不想让他遭别人白眼。"

"好吧好吧，不过你一定要给自己留点钱，万一有什么急用呢？"

接着说话声音就越来越远了，取而代之的是其他工人的吆喝声和机器的阵阵轰鸣。

蔺青寒在原地愣了好一会儿，潜意识里他似乎应该追上去，但是，和爸爸说什么呢？

说爸爸你为什么那么多年不回家，我以为你不要我和妈妈了，说爸爸我决定离家出走，这是最后一次来见你，还是说爸爸我生日不需要买衣服了？

蔺青寒第一次觉得，他很长一段时间以来对家人的猜疑和对所谓一个人生活的"自由"的向往，是一个滑稽的笑话。

他想回家。可是他身上只剩下不到一百块了，不够他回程的车票钱，他在路边的小面馆吃面的时候，咸咸的液体流入碗里。

早知道这样，在火车上就不买吃的了，那五块钱的零钱也不给乞讨的小妹妹了，还能多吃一顿饭呢。

这一切都和他想象中的不一样，年少的冲动把他逼得进退两难。

然而此时，救星出现了。

刘老师的出现让蔺青寒觉得意外却万分惊喜，不过他还是很好奇为什么刘老师会如此"巧合"地出现在自己最落魄的时候。

"臭小子，自从你从家里跑出来，我就跟着你，你以为自己有多大能耐啊，拿着几百块钱就想自己独立生存？"

如果是平时，蔺青寒绝对会跳起来反驳，但今天不一样，他已体会到世事的艰难。

更何况，他必须巴结刘老师，要不然谁资助他回家呢？

蔺青寒低着头一言不发地跟在刘老师后面，心里一直念叨着"快到火车站吧""快让我回家吧"这样的句子，没有注意在前面的老师已经停了下来。

他"砰"的一声结结实实地撞到了刘老师身上，刚准备开口询问怎么回事，就看到了不远处的爸爸。

他在那家名牌衣服专卖店里转着，在店员们异样眼光的注视下手局促地不知道该放在哪里才好。

蔺青寒太熟悉那种眼光，夹杂着鄙夷和轻蔑。他拳头紧握，握得指节都泛了白，却还是没有冲过去。

每次写信都说自己过得很好，生活越来越优渥；每张照片都穿得西装笔挺，显得非常精神干练；每次都嘱咐妈妈，不论怎样都不能亏待了孩子；每回打电话都说"儿子没事儿，你爸爸现在有钱了，你想买什么别客气"；每个月寄了生活费都强迫妈妈带着儿子下馆子吃一次饭；

……

一直以来都塑造着这样一个形象的男人，在艳阳高照的日子里，穿着破旧的衣服，微微地驼着背，拖着他疲惫的身躯，带着他厚着脸皮预支的工资，来到与他格格不入的店铺里，用他粗糙的双手，为他的儿子选一件昂贵的衣服。

蔺青寒比任何时候都清醒，他知道，无论现在他多么想拉起爸爸扬长而去，多么想哭着说出他的那些心里话，都一定要忍住。

他不能突兀地出现在这样狼狈的爸爸面前，爸爸为了他，在包工头面前低头，在名牌店铺的店员面前小心翼翼，他现在唯一所能做的，就是让爸爸保留在自己面前的尊严，让爸爸保持一直以来在儿子心里的整洁光辉的形象。

他虽然没有动，刘老师却动了。

他拿出手机拨通电话："喂，你好，请问是蔺青寒的爸爸吗？是这样的，最近的一次语文考试，蔺青寒同学的作文得了满分，作文题目是《我的爸爸》。"

说到这里的时候，蔺青寒不可置信地看着刘老师，眼角的余光，看到为了接电话方便才从专卖店里走出来的爸爸，听到这句话时眉眼里都是笑意。

"嗯，蔺青寒同学是个好学生，一直以来都很听话也很优秀，不过最近我们发现这个孩子有些苗头不对，希望您能配合我们尽快让他改正。我们的学校从某种角度上说可以算贵族学校，所以学生之间的攀比风很重，其实作为老师我们非常不赞同这一举动。您家不算富裕，但是蔺青寒同学穿的衣服都是名牌，而且经常更换，这一点很不好。请问是蔺青寒要求一定要穿名牌衣服的吗？"

蔺青寒早已明白刘老师想干什么，不由得朝他竖起了大拇指。

"哦……不是啊，那这样最好了。校方希望家长能够配合我们工作，其实穿衣服舒服就好，您有这个钱倒不如给蔺青寒，让他买些书回去看，丰富自己的课余知识，拓宽眼界……"

这个时候，蔺青寒看到爸爸已经忙不迭地离开那家名牌衣服专卖店，一路走一路不住地点头微笑。

原来这个世界上有很多事情，是可以换一种方式解决的。

刘老师挂断电话，好整以暇地盯着他看了半天，看得他心里直发毛，说话都有些结巴："刘、刘老师，你干吗这样看着我？"

"听话懂事又优秀的蔺青寒同学，责令你三天之内把你的那篇满分作文交给我。"

蔺青寒稍微愣了愣，随即"扑哧"一声笑了出来。

2·1

妈妈的眼神看起来真可怕，糟糕，什么都想到了，唯独妈妈这里没有办法解释周末这两天都不在家的原因。

就在蔺青寒仰天长啸想努力为自己找一个不那么拙劣的借口的时候，听到妈妈生气地说："青寒，你说！你是不是又在学校里闯祸了，还是最近上课都不认真讲？！要不然你们刘老师怎么会专门把你叫到家里单独补习，还一补就是两天！"

妈妈后面的话蔺青寒并没有认真听，他只是在盘算下个月该打几份工才能把欠刘老师的钱还回去。钱可以慢慢还清，那人情呢？

周一周二两天，他一门心思扑在那篇作文上，写了删删了写，修改无数次，中途连老师上课提问都是刘芮彤使劲儿捣他的胳膊他才缓过神来。

"喂！刘芮彤，你干吗又偷看我写东西？"

刘芮彤眨了眨眼睛："我才没偷看呢！是你自己放在我眼睛底下的！"

唯女子与小人难养也，圣人说得果然对。蔺青寒无可奈何，他摇摇头耸耸肩道："随你怎么说吧。"

周二下午放学的时候，他在教室里坐了很久，终于鼓起勇气向刘老师交作业，顺便说声谢谢。

在办公室门口，他却听到刘芮彤的声音："爸，我是听你说了蔺青寒家里的那些事，了解到他虽然家境贫寒，但是仍然乐观坚强，被一些同学瞧不起时很孤独和寂寞，我才让你专门把我和他调成同桌。我想让他知道并不是所有的同学都嘲笑他，我想让他感受到一些同学情谊。可是……"

说到这里，她眼眶红了："我也不知道是不是我用的方法不对，他好像总是很讨厌我，觉得我很烦。"

刘老师听到这里，轻轻笑了："彤彤，你以后不用再这样做了。"

"哦？"听到这句话刘芮彤抬起头来，疑惑地看着爸爸。

"我想，这个男孩子，已经长大了。"

那天蔺青寒在学校操场上坐了很久很久，他最后还是把道谢的话留在了心里。

不论是爸爸妈妈，还是刘芮彤，他们都不会知道，那个周末，有一个少年，他选择了离开家，然后，一夜长大。

在朋友眼中，你是怎样的女孩（下）

题目在55页哦~

选A目：贴心型
你就像个温柔的大姐姐，包容朋友的种种不足，在恰当的时候给予对方温暖的鼓励和贴心的意见。你的温柔让你跟大多数人都能和睦相处，但正是因为你太温柔了，失去了一些个性，让你的朋友习惯你的体贴，如果你做出一些任性的事，就会被朋友埋怨不够温柔。温柔、贴心是优点，但也不要太过考虑别人的想法，忽视了自我。小小的任性是每个女孩儿都会有的性格，也是朋友之间的特权。在朋友眼中，你稳定可靠，却因为太考虑对方，而显得有些不可捉摸。

选B目：自我型
你没有恶意，只是喜欢直来直去表达自己的观点。在朋友眼中，你喜欢独来独往，不太在意别人的感受，可你也有觉得孤独的时候，所以身边还会有一两个朋友。然而你的朋友基本都是在迁就你，时间长了，耗光了耐心，也许就会远离你。你应该试着站在对方的立场想一想，每个人都想按照自己的意思生活，你是每个人中的一员，你的朋友也是每个人中的一员哦。

选C目：冷淡型
你生性冷淡，会考虑朋友的想法，但又不愿抛弃自己的理念，经常在委屈自己还是成全朋友的选择中不断纠结。朋友会觉得你要求严苛，你的付出希望换来朋友的妥协。你喜欢平衡，但朋友是一种不计回报的关系。关心朋友，迁就朋友，为了一些小事争执、妥协、和好，这些都是朋友之间的特权。敞开心怀，多分一点热情给朋友，你会发现你和朋友之间的关系会越来越好的。

选D目：热情型
你非常热情，像夏日的阳光，明艳得让人睁不开眼睛。朋友喜欢待在你身边，哪怕前一秒心情沮丧，只要和你在一起就会立刻变得很开心。你是朋友眼中的开心果，是热情向上的元气少女，更是朋友圈中的核心人物。只要朋友圈里有你，所有人都会觉得很开心，你在大家眼中仿佛永远没有烦恼。而你真的难过了，受伤了，也会躲在角落里自己疗伤，然后元气十足地重新回到朋友身边。分享你的热情，也展露你的难过，毕竟每个人的心情都会起起伏伏，真正的朋友不会介意你的坏心情哦。

【PART04 星光魔法城】

　　虽然没有得到米迦勒的肯定，但小孩童还是坚信自己就是天使。

　　小孩童问梦之精灵："我究竟怎样做才能成为真正的天使？"

　　梦之精灵思索良久，摇头道："我也不清楚，我只知道我以前是个老师，努力保护所有孩子的梦想不被轻视，然后忽然有一天就觉醒了精灵意识。"

　　小孩童赞叹，更加确定自己某天也会突然成为天使。小孩童急切地问道："你从老师变成精灵，用了多长时间？"

　　梦之精灵轻声笑道："不长，也就三百多年而已。"

　　三百多年！小孩童才不想等这么久才能成为天使，他决定去星空魔法城找黑女巫帮忙，他要立刻马上成为高贵纯洁的天使。

绘／勇者白兽

蘑小葵： 总有一个人，把你当成一生中最珍贵的礼物。为了守护这份礼物，她会倾其所有，甚至自己的生命。就像乔木一直觉得自己是个不被爱眷顾的孩子，但其实他同样被一个人用生命爱着。心疼是最柔软的触碰，有一双眼睛始终为你疼惜为你哭泣，你的存在就是其全部意义。努力去珍惜并感恩吧！

谢谢你爱我如生命

文◎赵梓沫

这是乔木来到这所高中的第二个星期。

像上个星期一样，他一点也不在乎老师难看的脸色，大摇大摆地离开教室，翻过学校后面的围墙，来到那所被苔藓和爬山虎覆盖的废旧房子前，房子的每一面都有被石块划得乱七八糟的痕迹。

见四周无人，乔木捡起地上的一块尖锐石砾，在墙面用力地划下一道又一道，每一下都带着愤怒。

"我希望这个地方的人全部下地狱。"最后一下使出了全身的力气，乔木丢掉手上的石头，然后嘲讽地勾起嘴角，得意地准备离开这个地方。没想到，他一转身，却看见一双眼睛，眼底有显而易见的责备。乔木不知所措，他强装镇定，挺起胸膛，大声喊道："看什么看！没看过帅哥啊。"

乔木看见对方果然露出了意料中的错愕表情，他宛若打了一场胜仗的公鸡一般，抬脚就想离开。这时，他听见那女人说："你妈妈难道没有教过你，不可以随便在墙上乱涂乱画吗？"

乔木僵住，他回过头，露出一副比哭还要难看的表情："我没有妈妈，所以没有人教过我。这样你满意了吗，大婶？"

女人倒没生气，仍然温柔地说："没有妈妈，那就由我来教你，以后叫我夏姐吧。"她不由分说地抓住乔木的手，用力拉走他。

乔木抬头看向女人的侧脸，她看起来很年轻，不过三十几岁的样子，神态端庄，让人心神安宁。他忘记了挣扎，只是被动地跟在女人身后，他回头看着自己写下的那些字，眼神瞬间暗淡。

这个世界总有人被抛弃，一如他。

从乔木记事开始，他的记忆里便没有母亲的存在，一直陪着他长大的人，不是父亲，而是外婆，那个一直很温柔的老人。

父亲除了每个月固定送大叠钞票外，很少回家，所以在乔木的印象中，没有父亲的教导，没有父亲的问候，没有父亲的拥抱。他不是没有要求，只是当他伸手拉父亲衣角，但被推开的时候，他便知道，他所向往的世界已然崩塌，只是他不说，也学着不在意……

外婆一年前离开了他的世界，父亲要求乔木和他一起离开，到那个叫作"家"的地方去，却被乔木断然拒绝了。

如果一开始就不愿付出关心，何必又再多此一举？他抬头看着父亲的眼睛，不羁地讽刺："你不是应该早一点将张阿姨娶回家吗？多我一个，多累赘！"

父亲的巴掌挥过来，却被乔木抓住。乔木嘲讽地对着父亲笑了笑，摔门离开。他的心在那一刻，冰寒彻骨。

"林乔木，你站住。"

乔木从回忆里回过神，抬眼看着那几个混混，无所谓地笑笑："你们是要一起上，还是单挑？"

夏姐还没有反应过来，就看见乔木灵活地冲进那堆人里，拳头不客气地往别人脸上招呼。但寡不敌众，乔木被逼着一步步退到岸边，夏姐紧张地跑上前，却被男生手上的银色手表在阳光下闪过的光芒眯了眼，只听"哗"的一声，水面上荡起层层水花。

几个少年愣住了，不知道是谁喊了一声："救人啊，他不会游泳。"

夏姐这才反应过来，毫不犹豫地纵身跳入水中。夏姐的水性并不好，眼睛被水冲得红肿，拼命抓住了乔木的手。夏姐用力将他揽进怀里，乔木胀痛的眼睛里迷蒙一片。

这个世界上没有圣母，但是总有人值得你信赖，乔木在柔软的温暖中闭上眼睛。

……

镇上最近都在说一个新闻，林乔木被一个外省来的女人收服了。

夏姐在这个小镇上开了一家小小的花店，小店简单干净，让每一个进入店里的人都忍不住多停留几分钟。

"夏姐，你的花到了，我帮你搬进来。"门外响起乔木的声音。

夏姐停下手中的笔，声音温柔地说："好，你小心一点。"

但是许久后，仍不见乔木把花搬进来，夏姐只好自己出去看看到底是怎么回事，却看见乔木和一个女生站在路边，嘴角挂着羞涩而腼腆的笑容。夏姐了然地挑挑眉，重新退回了店里。

乔木抱着一大束花走进来，嘴角仍旧微微上扬，看到夏姐意味深长的表情，乔木突然心虚地红了脸。

夏姐拍拍乔木的头："你小子，春心萌动了啊。"乔木尴尬地嘿嘿笑了两声，开始动手修剪手上的鲜花。

没过多久月考如期而至。夏姐正指挥工人将车上的盆栽搬到指定位置，却听见教学楼那边传来一阵喧哗声。她好奇地向前走了几步，错愕地看见乔木不羁的侧脸，老师怒不可遏地抖着手指，怒吼道："林乔木你作弊被我当场抓到，还有什么好说的？"

乔木狠狠地盯着老师，脸颊左侧红肿的五指印暴露在夏姐眼前。

夏姐眼神一瞄，看见前不久和乔木在门口谈笑的女生怯怯地躲在角落，夏姐皱了皱眉，上前询问。

原来考试的时候，老师当场抓住了手里攥着纸条的乔木，乔木还没有来得及辩解，就已经成了现在的局面。老师继续苦口婆心地说："林乔木，你不遵守校规也就算了。但是你现在竟然作弊，还不承认，实在太令老师失望了。"

"这个纸团是自己飞到我桌子上的，我没有作弊。"

"你……"老师的话还没有说出口，夏姐已经走上前。她将乔木护到身后，直直地看向老师，不紧不慢地开口问道："老师，这样随意下定论是不是有些草率？我相信林乔木，他说没有作弊，他就没有作弊。"

老师愣住了，心想，因为乔木是坏学生，就理所当然地认为一定是他做的，好像有失偏颇。老师看着少年倔强的眼神，竟说不出任何话，最后，他微微地叹了一口气，心想，这件事，到底还是草率了。

"这件事，我会重新调查。林乔木同学，老师为刚刚的行为向你道歉。"

等到人群全部散去，乔木仍旧维持着错愕的表情，这是他第一次听到老师这样说话，有点难以置信，他看着夏姐，小心翼翼地问："为什么？"

夏姐笑了，伸手轻轻地揽住他："因为你不是坏孩子，所以我相信你。"

乔木感觉心里最柔软的那一块被触碰，除了外婆，没有人这样关心自己。

作弊的事情终于水落石出，程美雅，也就是那个怯怯的女生，私底下偷偷找到老师，说出了真相。原来是那几个小混混想出来的恶作剧，想看到乔木被老师训斥是什么样子。

为此，老师还特地把乔木叫到办公室，正式向他道歉，并严厉批评了那几个搞恶作剧的男生。从那以后，乔木学习状态有了很大的改观，表现越来越好。夏姐将乔木的变化看在眼里，舒了一口气。

这天晚上九点钟，程美雅突然闯进夏姐的店，拉住夏姐的手，急切地说："夏姐快点跟我走，不然乔木就完了。"

夏姐一边跑，一边焦急地询问："怎么回事？"

"因为作弊的事情被我告诉老师，那几个男生今天晚自习结束后找我的麻烦，乔木看见了，他把……他把他们都拦住，叫我快点儿跑，但我不放心。那儿离你这儿最近，我只能来找你了。"因为跑得太快，程美雅的声音断断续续的，带着沉重的喘息声。

夏姐心里一惊，加快了脚步。

等她们赶到时，夏姐看见乔木狼狈地坐在地上，右手的手臂被戏伤，白色的衬衫染上了星星点点的暗红。他的头发乱了，衣领破了……但是乔木看见夏姐的那一瞬间，微微地笑了，然后一头栽倒在地上。

这一觉，乔木睡得很沉，不停地说着梦话："妈妈，不要走，爸爸，别不要我……"

夏姐轻轻地抚摸着乔木的头，少年迷茫无助的神情让夏姐心疼得掉下泪来……

时间在不知不觉中悄然流逝，这天，林乔木的爸爸回来了。而在他回来的当天，乔木不见了……

在乔木连续三天的无故缺席后，学校通报处分了他，夏姐找了三天，终于在一家网吧里找到了正在玩游戏的乔木。像第一次见到他一样，夏姐用力地抓住了乔木的手臂，不由分说地将他拖出了网吧。

冬天的风狠狠地刮在两个人的脸上，乔木眼睛红红的，不知道是因为熬夜还是被风吹的。

"为什么要逃课？"夏姐恨铁不成钢地责问他。乔木没有回答，他只是盯着地面，抖着嘴唇，努力不让眼泪流下来。

"你说，如果你有一个根本就不想要你的父亲，你心里会怎么想？既然把我视作负担，一开始就不认同我，一开始就不想要我，那为什么又要回来？我明明……明明已经不在乎他了……"

乔木呜呜地哭起来，声音里透着无助和悲凉。他的手在脸上胡乱地擦着，试图把泪水擦去，眼泪却越来越多，乔木哽咽着说："我不在乎……真的……不在乎……"好像只要这样一直说着，就可以真的不在乎了一样。

夏姐的心都要碎了，她紧紧地抱住乔木，眼泪无声地流了下来。

乔木最后被夏姐带回了学校，向老师道歉，写保证书。老师看着难掩疲倦的两人，无言地摆摆手，示意他们可以走了，事情到此为止。

班主任带乔木回教室，在经过正在整修的教学楼时，只顾低着头走路的乔木没有看见楼顶摇摇欲坠的木头，他只听见耳边尖锐的叫声："小心——"

然后被人奋力推倒在地，木头砸在地上发出重重的撞击声，乔木的心猛地揪紧，他连忙回头，夏姐倒在地上，表情痛苦。

经过医生的检查，夏姐的伤势并无大碍，不过还需要留院观察一晚，乔木默默地削好苹果，切片，然后放进她的手心。

夏姐看着乔木严肃的表情，故意活跃气氛："你小子干什么拉着一张脸，我没事让你很难过吗？"

乔木激动地反驳道："我才没有，你没事，实在是太好了……"他的声音有些哽咽，眼睛也湿润起来。

这时，门突然被人推开了。

"对不起，我是乔木的爸爸，我很抱歉，我的儿子……"来人见到夏姐的一瞬间突然就止住了话语，像受到惊吓一般，眼神变得呆滞。

"语……"林爸爸回过神开口，却看见夏姐轻轻地将手指压在嘴唇上，摇了摇头示意别说。

"乔木，我想喝水，你能不能帮我去

拿一壶开水回来。"夏姐转头对满脸戒备的乔木说道。

"哦，好。"乔木拿着开水壶，起身打开门，给自己的父亲一个难堪的眼神后，关上了门。

乔木回到病房门口，看见父亲站在那儿，他伸手抱住乔木，乔木被动地被他拥着。过了很长的时间，乔木感到肩膀一片温热，爸爸的眼泪透过他的衣服，濡湿了他的心。

周末的午后，乔木照常在花店里帮夏姐的忙，"丁零——"门口的风铃响了，一个小伙子走进来："快递，请签收。"

夏姐从里阁出来，走到门口签收，然后随手将快递放在了桌上，继续摆弄她手上的鲜花，乔木探头看了快递上的签名，夏语安。

"语安，语安。"在心里默念了几句，乔木突然感觉这个名字似曾相识，还没有来得及细想，就听见夏姐的声音从柜台传来。

"乔木你什么时候跟你爸爸去上海？"

乔木错愕地抬头问道："你不想我留在这个地方吗？"

夏姐叹了口气，心里越来越不安。她温和地说："我只是觉得，或许你跟着你父亲会更好，不管怎么说，他是你父亲。"

"他早就不是我父亲了，我没有父母，什么都没有。"乔木就像一只受伤的刺猬，竖起全部的尖刺，绝望地问，"你是不是也要赶我走？"

没等夏姐回答，乔木转身冲出了花店。

"乔木，小心车——"

"吱——"

像上一次一样，乔木被人用力地推开，狠狠地跌倒在地。他回过头，看着路中央的女人，这一次，她也倒在地上。

他冲过去，将夏姐的身体牢牢地环在怀里，夏姐艰难地说道："乔木，你没事，太好了。要好好地活下去……别恨……别恨妈妈。"

乔木抱着没有了呼吸的夏姐坐在路边，她的声音一遍遍地在他耳边回响："别恨妈妈……"眼前这个人和外婆经常拿出来看的照片上的人有些像。他终于想通了，原来父亲一直不能忘怀的人——夏语安，便是他的妈妈。

乔木刚出生十个月的时候，夏语安在家门口被一个穿着奇特的女人拦住，她没有说明自己的身份，只说了一句："你最重要的东西将在十六年后消失。"

夏语安最重要的东西是乔木。如果想要改变，就要付出等价的东西来交换。

夏语安没有选择，她离开乔木，离开了母亲和丈夫，跟随女人而去，为的就是从女人口中得知十六年后这件事情发生的确切时间，在这一刻，保护自己的孩子，用自己的生命换取心爱的儿子的生命。

乔木喃喃自语："妈妈，谢谢你爱我如生命。"

蘑小葵： 青春叛逆期的时候，我也曾对家人说过难听的话。记得最深刻的事情是，母亲被我说的话伤到，躲在卫生间哭。现在每每想来，都后悔莫及。看到这个故事的时候，感觉玉立就是那时的自己，希望萌少女和玉立，都能尽早发现亲人的爱。

胖子其实很爱你

文◎樊依涵

1

我有个姐姐，大我四岁。

我们家里只有两个孩子，但是我们并不相亲相爱。

她太胖了，每次和她走在一起，她那庞大的身躯，总能引得路边行人纷纷侧目，那种不怀好意的目光，让她身边的我也跟着一起遭殃。

你喜欢被人当动物看吗？

麦兜再可爱，本质上它还是只猪。如果你有个体型和智商都无限接近麦兜的姐姐，你就知道我的感受了。

2

"郑玉立，看今天你姐蹬自行车那熊样！哈哈哈哈！"同桌苏柳萱刚放下书包，便开始迫不及待地来嘲笑我，这是她每天的必修课。

因为有个胖得像猪的姐姐，我成了大家的笑柄。

所以只要离开老妈的视线范围，我便拼命地加快速度，把她甩得远远的。而她总是卖力地蹬着那辆骑不了多久就会被她压散架的自行车，边追边大声地喊着："玉立，等等我！"

一路上不停有人笑话我们，我的脸都要被她丢尽了。

因为胖的缘故，她不能剧烈运动，不然就会肌肉酸痛。昨晚她的小腿肚子又抽筋了，疼得直冒汗。

"我是不是吵得你一晚上没睡着？"看着她局促不安的表情，埋怨的话到了嘴边，终究说不出口。

其实我是打算告诉她，以后走出家门，就各走各的，不用一起上学了。

但说出口后，就变成淡淡的"还好"俩字。

"玉立！谢谢你！"看我没有生气，她好像一下子轻松了很多，胖胖的脸上竟然露出了笑容。

6

没有人愿意花功夫去理解一个胖子的内心世界，在大家眼里，她们是小丑的代名词，是供人嘲笑和戏弄的。

我的姐姐几乎没有什么朋友，我是她唯一的玩伴。但是我也很少和她讲话，更别说是心里话了。

这段时间，姐姐变得有些不一样了。

从来不照镜子的她，竟然开始偷偷站在镜子边左看右看，每天都要盯着望上好半天。

她甚至学班上别的女同学折起了千纸鹤，最关键的是，她开始背着我写日志了，写完立刻锁进她的抽屉。

"玉立，告诉你一个秘密吧！"某个星期五的晚上，她突然神秘兮兮地凑到我耳边，说有事情要和我商量。

"有暗恋的对象了？想问我怎么追他？"我猜，任何一个正常的人都不会喜欢上她吧，除非他脑袋进水了。

于是，我自动把她的秘密归结为暗恋。

姐姐扭捏了一会儿，说道："我也觉得很不靠谱，可是他说他喜欢我的善良。"

OH，my God!

当我把这件事当成笑话告诉苏柳萱时，她直呼世界太奇妙。

这么漏洞百出的谎言，除了我姐姐，还有谁会相信？

7

我很不厚道地陪她忙前忙后地为石熠城准备礼物，甚至牺牲休息时间陪她逛街买衣服。

一件粉红色的连衣裙——真难得，居然有她能穿的裙子。

旁边的售货员毫不掩饰对她的嘲笑，在一旁明目张胆地指指点点。挑衣服的顾客被这边的大动静吸引住，也纷纷停下手头的动作看热闹。

我的姐姐，一瞬间成了舞台上的主角，狼狈不堪。

终于，她那颗坚固无比的心脏也承受不住了，红着眼睛，挤出一丝比哭还难看的微笑，向我道歉说："玉立，我又让你丢脸了！"

我的姐姐，在受了极大的羞辱后，告诉我，她让我丢脸了。

"你们开吗！"姐姐走进试衣间，我朝他们大声吼去，完全不顾我的淑女形象。从未有过的，我居然不能容忍姐姐被人欺负。

橘子皮再厚，用力捏也是会碎的，她也会流泪。

我承认我不喜欢她，但是不代表我允许别人欺负她！

5

"不要去了!"想来想去,我还是决定阻止她去参加石熠城的生日聚会。

"为什么?"猪有猪的好处,她似乎忘了昨天她才被一群人耻笑过。

"他根本不喜欢你!耍你玩的。"

昨天,我曾以郑亭亭妹妹的身份站在她喜欢的男生面前说:"不要告诉我,你真的喜欢我姐姐。"

我喜欢开门见山的说话方式,不像她,不管和谁说话都低着头,一副受气小媳妇的样子。

"美女说话就是有魄力!一个爹妈生的,区别怎么就那么大呢?"石熠城一脸无所谓的表情,让我恨不得打他一拳。

实在想不通姐姐到底喜欢他什么,怎么看都是一个流氓,找不到一点文质彬彬的影子。

"让她明天别来了,免得出糗。"石熠城说完,迈着八字步大摇大摆地从我身边走开。

也许是我劝阻她的方式过于迂回,害她理解得不够透彻。所以她还是去了,带着她折得指尖都红肿了的千纸鹤。

"玉立,你姐姐怎么现在还没回啊?"晚上八点,妈妈开始坐立不安。

"我怎么知道!"我也一肚子的火!明天学校的劲爆新闻肯定是大胖子被甩事件。

"你去找找吧。"妈妈不停催促。

迫于无奈,我只好出门去找她,很轻易地就在家附近的肯德基发现了她。看情景,她是真的受伤了,吃掉一大半的全家桶!

"你为什么要这么做?"她冲我怒吼。

"你说什么?"我有些莫名其妙。

"郑玉立,我恨你!"她突然拔高声调,说完这句话,拔腿就跑。

6

我叫郑玉立!

她是我的姐姐,她叫郑亭亭!

亭亭玉立,有亭亭才有玉立。

我比她漂亮,比她聪明,可是她永远排在我前面。

我讨厌这个名字,每次自我介绍时,大家紧接着就会问:"你还有个姐姐吧,叫亭亭?"

凭什么这个大胖子要摆在我前面,她哪点儿比得上我。

我们冷战了一个星期。妈妈说:"玉立,她是你姐姐,让让她。"

明明是她的错,也要我让着她。我讨厌她,一直都讨厌。

从我记事起,家里人都会告诉我,玉立,没有她就没有你,对你姐姐好点儿。

过年长辈来家里,姐妹俩站在一起领

红包，他们准会说："玉立，不要总是欺负你姐姐，没有她，哪儿来的你。"

没有她就没有我！这是我听得最多的一句话，因为当初是她坚持要个妹妹，我才能出生。

可是这也不能构成我必须对她感恩戴德、做牛做马的理由啊！

姐姐住院了！因为那天的全家桶事件。

少了她的生活，我竟然有些措手不及起来。

第一天，因为没有定闹钟，我迟到了，被老师罚站一节课。同学在教室里早读，我站在教室外像个门神。想到姐姐那只插满管子的手臂，我有些难过。我的姐姐，除了胖点，除了笨点，一直都是健康的，这次怎么会这样？

第二天，爸爸值夜班，妈妈去医院陪姐姐。我躺在床上，辗转反侧，耳边都是姐姐怯怯的声音。

"姐，你什么时候才能好？"我扯着被角，拼命不让眼泪流下来！

星期六，换我去陪姐姐。

"你来啦！"姐姐看到我，很开心。

"胖子，你瘦了！"我故作轻松地调侃。我那喝水都会胖的姐姐真的瘦了，圆圆的脸上都能看得见颧骨了。但是手脚却不谐地肿胖着，呈现出异样的光泽。

"你的锁骨都出来了哦！看来住院还是有好处的。呵呵呵呵呵呵！"我拼命地说话，大声地笑，生怕眼泪会忍不住夺眶而出。

"都怪我好吃，让大家担心了。"姐姐不好意思地冲我眨着眼睛，"吃出急性胰腺炎的人，估计也就我一个吧。"

姐姐一生气就爱吃东西，这是她减压的方式。

我不知道这次和我吵架，她吃了多少全家桶，反正肯定不止一桶，不然怎么能把她这五大三粗的女汉子吃到住院。

"对不起，我不该和你吵架的。"我决定和她认个错。

半晌，她都没有出声，我以为她太虚弱，睡着了。

"其实一开始我就知道他是骗我的。我和你说的，他买牛奶给我喝，教我做题，都是我自己编出来的，我幻想的。"

我抬头看着她，这个消息太惊悚了！

她咧嘴冲我笑道："去买杯牛奶给我喝好吗？"

"好！"我轻轻关上病房的门，我知道她一定会趁我不在偷偷地哭，然后在我回来之前把眼泪抹干。

算了，我决定原谅她。我知道，她只是很伤心，又怕我生气骂她而已。

我的姐姐，总喜欢受了委屈一个人默默消化，然后大吃一顿，可惜现在连吃东西发泄的权利都被剥夺了。

8

我和姐姐已经友好相处半年了，在我的督促下，她成功减肥十斤。而我的英语成绩在她的辅导下，也开始突飞猛进。

今天家里来了两个不速之客。

刚进门，气氛就明显不对。爸爸一个劲儿地抽烟，一屋子的烟味，妈妈的眼泪还没干。而座上的女客人，见我回来，二话不说抱着我就号啕大哭。

"阿姨好！"在那位阿姨终于愿意放开我，恢复平静后，姐姐主动和她打招呼。怯生生的口吻，让我很不满意。

她都在我面前保证多少遍了，以后说话一定要理直气壮，不结巴、不停顿，这时候怎么还这样？

"亭亭回房睡觉，玉立留下来。"沉默很久的爸爸发话了。

过了好半天，姐姐才恋恋不舍地松开拉着我的手，快到房门时，她突然转身冲我笑了笑，笑得满脸是泪。

9

姐姐失踪半天后，我在国道边的竹林塘找到了她。

她还是那么笨，连躲都不知道躲一个大家找不着的地方，一生气就拎着一大袋零食躲在这里装忧郁。

"姐。"我的声音哽咽。此刻我不是应该骂她胖子，指责她又乱吃零食的吗？看她的样子，我却只剩心酸。

"我怕一回家你就不见了，虽然你一直都不喜欢我，可是我是真的很喜欢你。"

"我知道，我是你捡来的嘛！"从小到大，我最大的心愿就是郑亭亭不是我姐姐。但是当有一天，许了多年的愿望实现了，我却没有想象中那么快乐。

第一次，我和姐姐心平气和地聊着天，喝着可乐，吃着薯片。这是姐姐一直渴望得到却得不到的场景。

在这里，四岁的她捡到了才一个月大的我。妈妈不同意领养一个不相干的孩子，她抱着我在家门口跪了许久。

她是那么高兴从此以后不再孤单一人！可惜，我这个妹妹，小时候抢她的玩具和零食，长大了跟着邻居伙伴嘲笑她的肥胖。

我是个多么让人失望的妹妹啊！

我总是乐此不疲地惹她伤心，并引以为荣，我以为我可以欺负她一辈子的。

10

我和姐姐已经有一个学期没见面了，她不肯和我视频，说要给我一个惊喜，我非常想她！

亲爱的胖子姐姐，我很想你，你是我此生最美丽的风景。

PART 04
星光魔法城

> 简舒：嫉妒是每个女孩都难以逃脱的魔咒，越是优秀的女孩，越希望自己是唯一耀眼的存在。就像沈姿和林薇薇，她们都想将对方排除在自己的生活之外。但当我们放下对彼此的偏见，就会感受到你讨厌的人也有很可爱的地方。

腹黑公主与傲娇王子

文◎叙西畔

"同道中人"中的图兰朵公主

对于沈姿来说，和林薇薇的座位只隔一条过道，简直是一件无法忍受的事。

在沈姿第七次向赵老师提出换位申请被驳回后，她彻底放弃了。

看来她不得不和那个腹黑阴险外加公主控的女人当一年"同道中人"了。

沈姿一边想着一边重重地哼了一声，单手撑住额角，拨开了眼前碎碎的刘海，斜斜地瞥着过道那边那群自称"公主帮"的女生。

啧啧啧，看看那些白色蕾丝、粉色雪纺和蝴蝶缎带，她们还真心以为自己是公主吗？

特别是被三五个女生围在最中心的林薇薇，虽然沈姿承认她长得还算不错……可是……沈姿把头一扭，将白色的耳麦戴在了头上，侧身趴在了桌上——

自己就是看她不顺眼！

过道的这一边，几个女生都注意到了沈姿冰冷的视线和带着轻蔑的"哼哼"声。她们素来知道这位打扮中性、个性十足的"王子派"首领人物是有多么傲娇。最重要的是，沈姿和她们的首领林薇薇可是死对头，虽然众人都对这两人究竟是怎么成冤家的一头雾水。

林薇薇看着沈姿扭头戴上了耳麦，嘴角慢慢牵起一个稍带苦涩的微笑。她知道沈姿为了换位的事已经找过赵老师很多次了，连这位性格外向做事果敢的"王子"都搞不定的事，她也就不用费心思了。

只是两人这样隔着一条过道，天天抬头不见低头见的……呼……林薇薇在心里默默叹了口气，看来以后还会出很多事。

林薇薇完全没有注意到她身边的女生们叽叽喳喳在议论些什么，她的视线牢牢地锁定在沈姿瘦削的背影和修剪得格外帅气的碎发上。

希望不会有什么事。林薇薇双手合十在心里默默祈祷着。

夏日的蝉声让人完全安静不下来，哪怕待在有空调的教室里，脾气也难以控制。

"那么，这次戏剧节我们班的剧目就

定为舞台剧《图兰朵》，当务之急是确定女主角图兰朵公主的扮演者，你们有推荐的人选吗？"赵老师合上工作日志，抬头望向讲台下的同学。

"赵老师！我们推荐林薇薇出演图兰朵公主！"一个双马尾的女生霍地一下站了起来，声音洪亮地说出了自己的想法。

"林薇薇不行！沈姿明显才是最合适的图兰朵公主！"一个"王子派"的拥护者果断站了出来。

"我们家薇薇要容貌有容貌，要身材有身材，其他人哪能比！"

"哼，又不是选芭比公主，图兰朵公主那种高贵的气质只有沈姿才有。"

教室里瞬间就炸开了锅，不仅"公主帮"和"王子派"的女生们全面进入了招架漫骂模式，连一些本该作壁上观的男生们也为心中有好感的女生蹚进了这趟浑水。教室瞬间就成了菜市场。

不过，作为暴风眼的两个人，一条过道两旁的沈姿和林薇薇倒是淡定得很，一副云淡风轻事不关己的样子。

林薇薇时不时地整理下自己的裙子下摆，而沈姿拿着一根笔在右手几根指头间灵活地转动着。

最后赵老师不得不宣布这件事会私下找两位同学详谈，然后根据两人的意愿做决定，这才平息了这场闹剧。

赵老师的话音刚落，沈姿和林薇薇不约而同地停下手中的动作，转头望向了对方，微眯的眼里都带着几分傲气与轻蔑。

图兰朵公主，一定是我！

两人的眼里燃烧着志在必得的信念，一瞬间就点燃了身体里潜伏隐忍许久的雄心壮志。

愿赌服输

三把椅子依次安放在办公桌旁，赵老师捧起一杯凉茶，对着两人微微一笑。

"你们俩都是很不错的女孩儿，容貌气质都很好。但是……林薇薇你欠了些许凌厉，而沈姿缺了几分温柔，都不是完美的图兰朵公主人选。"

沈姿和林薇薇对视了一眼，又飞快地扭开了头。

赵老师似乎没有注意到这两个女生的小动作，推了推眼镜框说："所以，我想出了一个方法，让你们凭自己的本事来争取这个角色,你们愿意吗？愿赌服输哟！"

"是什么内容？"沈姿挑起了眉头。

"你们都该知道陆浩舟吧？"赵老师靠向了椅背，浅笑问道。

"呀，那个高中部的王子？"林薇薇捂住了嘴巴，脸微微地发红。

"就是他。"赵老师看到沈姿也默默地点了下头，便继续说了下去，"我觉得请他来出演《图兰朵》中的卡拉夫王子最适合不过了。你们觉得呢？"

林薇薇的脸越发红了起来，她埋下头，

轻轻地点了下。沈姿看到林薇薇害羞的样子，故意"哼"了一声，随意看着窗外的绿叶。

陆浩舟，她也是知道的。就是那个成绩优异并且篮球也打得超级好的高中部人气王子嘛！

说来好笑，自己虽然被称作王子，不过在陆浩舟这位真正的王子面前，她就排不上号了。

也难怪林薇薇连听到他的名字都脸红，这校园里喜欢他的女生可是可以绕操场好几圈呢！

毫无疑问，如果能请到他出演卡拉夫王子，这出剧必然夺冠啊。

"我同意。"沈姿举起了右手，"能请到陆浩舟的人，就是图兰朵公主。"

林薇薇的脸瞬间由红转白，她咬了咬嘴唇，坚定地望向赵老师，说道："我也没有意见。"

沈姿将举起的右手伸到林薇薇身前，微微抬起下巴，笑道："愿赌服输？"

"愿赌服输！"林薇薇也举起自己的左手，狠狠地与沈姿击了一次掌。

赵老师在旁微笑着轻轻地扶了下眼镜。

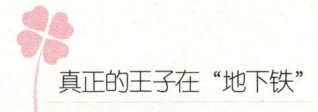

真正的王子在"地下铁"

微微的夏风撩起沈姿的衬衫边角，呼呼地吹起又放下，伴着她脚下单排滑轮特有的节奏，显得帅气十足。

在街上快速滑行着的沈姿脑海里只回响着一刻钟前赵老师的话。

"陆浩舟好像已经被保送到全国某所重点大学了，现在他并不时常出现在学校。不过我听说他最喜欢'地下铁'，你们可以去北街的那家店碰碰运气。"

抢人，拼的就是时间。

沈姿脚下一用力，单排轮的速度更快了起来。绕过最后一个拐角，远处"地下铁"那个标志性的棕榈色的招牌映入了沈姿的眼睛。

沈姿根本连寻找的功夫都不必花，狭长的丹凤眼就锁定住了陆浩舟的身影。

深栗色的短发，刀削般深刻立体的五官，他轻松随意地靠在椅背上翻着手中的一本杂志。

他上身是件纯白的衬衫加一个小西装外套，下面是条宽松的牛仔裤和板鞋。沈姿第一次在现实生活中的人物身上看到真正的完美气质与外貌的融合。

这才是真正的王子。

沈姿轻轻地滑到陆浩舟身边，修长身姿投下的阴影恰巧落在了陆浩舟的书上。他的剑眉微蹙，疑惑地抬头望着站在自己身前一动不动的沈姿。

"你好，陆浩舟学长，我是初中部三年级的沈姿。"沈姿虽然心里有些忐忑，表面却强装着很淡定，大方地伸出自己的手。

陆浩舟嘴角弯起一个似笑非笑的弧

度,放下手中的杂志,伸出手与沈姿握手,微笑道:"你好,请问你是有什么事吗?"

沈姿的心依旧"怦怦"地跳着,深呼吸了一口气,成败就在此一举了。

"学长,是这样的,我们班准备排演歌舞剧《图兰朵》以参加学校的戏剧节,想请你出演男主角卡拉夫王子。"

"……"陆浩舟微微将头埋下,似乎思考了一会儿。

沈姿满怀期待地望着他,她相信,陆浩舟一定不会拒绝她的。哼,林薇薇居然和她抢女主角,真是自不量力。

"抱歉,我想我可能会辜负你的期望,你们还是另请高明吧。"陆浩舟歉意地笑了下,云淡风轻地说道。

沈姿的瞳孔蓦地放大,不可思议地瞪着陆浩舟,双手在背后紧紧地握成了拳头,狠狠地咬住了嘴唇。

她知道,这个时候自己应该追问他为什么,然后据理力争请他出演的,但是话到嘴边却开不了口。

她一直太骄傲了,似乎从来没有人如此直白地拒绝过她。这样的情况实在太丢脸,太难堪了。

高傲的自尊心让沈姿成了哑巴。

陆浩舟看着眼前这个站得笔直的高高瘦瘦的女孩子,心中微微动了点恻隐之心,本来已经打开的杂志又合上了。

"既然来了'地下铁',就多待会儿吧,我这地方阳光不错,让给你。"说完,陆浩舟端起自己身前的黑咖啡,起身准备离开。

"天啊!"

"抱歉,对不起!"

沈姿尚且沉浸在刚刚被陆浩舟给拒绝的羞耻中,却听到了一个熟悉得让人厌烦的声音——

林薇薇!

沈姿霍地转头,发现陆浩舟正弯腰为林薇薇擦拭着白色蕾丝裙上那些五颜六色的饮料。

"真是抱歉!我没想到会撞上你。"陆浩舟一边擦着污渍一边向林薇薇道歉。

林薇薇圆圆的眼睛里蓄着一层薄薄的水汽,一副要哭出来的样子,说道:"这条裙子……"

"我知道这条街的尽头有家干洗店,我们立刻过去吧。"陆浩舟脱下身上的西装外套披在了林薇薇身上,勉强为她挡住了污渍。

林薇薇的柳眉终于慢慢地舒展开来,拉了拉身上的外套,轻"嗯"了一声。

陆浩舟领着林薇薇离开了"地下铁",沈姿难以置信地揉了揉眼睛,简直不敢相信她所看到的一切。

直到林薇薇回头冲着她露出得意的笑容,沈姿这才觉得如坠冰窖。

这都是那个腹黑公主的诡计!

可恶!

沈姿狠狠踢了一下桌脚。好不甘心,

居然输给了这样的鬼把戏!

林薇薇,算你诡计多端!我们走着瞧,我不会让你称心如意的!

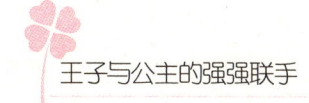

王子与公主的强强联手

林薇薇如愿以偿地借由这次"巧妙安排"的机会得到了陆浩舟愿意出演卡拉夫王子的承诺。

图兰朵公主,是林薇薇。

沈姿不甘心,非常不甘心,如果林薇薇是和她一样直接对陆浩舟提出请求而得到应允,那么她一定会心服口服。

可偏偏她用了如此……沈姿一咬牙,重重地哼了一声,这么卑鄙的手段,果然是那个腹黑公主林薇薇的做派。

沈姿找赵老师反映情况,谁知Miss赵以一句"这是你们两人都同意的赌约"把沈姿给堵了回去。

沈姿气愤地回到教室,看到林薇薇的身边围了一大群人,都在祝贺林薇薇得到图兰朵公主的角色。林薇薇一边说着"谢谢",一边笑得十分羞涩。

哼,就知道在其他人面前演戏!沈姿走回自己的位置,"吱啦"一声拉开了板凳,大马金刀地坐下,头一扭,看都不看林薇薇一眼。

众人虽然知道沈姿竞争公主角色失利,可谁都不敢去嘲风挖苦一句。毕竟沈姿这个人,是不好惹的。

"王子派"的领袖,从来就不是吃素的主儿。

很快就到了第一次排练的时间,陆浩舟依约出现在了排练的空教室,引起了大家不小的轰动。

大家一边激动地排队找陆浩舟要签名,求合影,还不忘在一旁唧唧呱呱地八卦几句。总之,今年他们班的《图兰朵》有了美女林薇薇和人气王子陆浩舟的强强联手,胜利在望啊!

"美丽的图兰朵公主,请您赐予我春日女神的恩泽,让我以生命与荣耀起誓,让我来爱你!"陆浩舟站在舞台上,单手拿着剧本,深情款款地注视着"塔楼"里的公主。

"卡!很好,这段试演很成功,大家先休息下!"负责导演的同学一拍手,大家紧绷的神经终于松了下来。

陆浩舟解下肩上的道具披风,拿着剧本顺势坐在了一旁的长凳上。

"学长,给你水。"陆浩舟抬头,发现是林薇薇递给他一瓶矿泉水。陆浩舟微微点头笑了下,接过水瓶仰头就喝了一口。

林薇薇的脸一下子就变得红扑扑的,她正欲开口再说些什么,身后突然冒出了一个冷冰冰的声音。

"陆浩舟,我找你有事。"

林薇薇不知怎的,竟然打了一个寒战——是沈姿!她怎么在这儿?!她来这里干什么?林薇薇不敢回头,埋下脑袋,假装拨弄起袖口的蕾丝花边。

陆浩舟起身，对林薇薇说道："我出去一下就回来。"

沈姿根本懒得看林薇薇一眼，用眼神示意陆浩舟跟上，自顾自地向教室外走去。

大家都看到了这诡异的一幕，窃窃私语，对着林薇薇和沈姿也是指指点点。林薇薇的脸瞬间从粉红变成了苍白，手中的蕾丝花边几乎被她扯裂。

沈姿，你不会说出来吧？

林薇薇担忧地望着沈姿与陆浩舟消失的方向，栗色的眼眸里盛满了忧愁。

拆穿

"找我什么事？"出了教室的陆浩舟将双手交叉环抱在胸前，疑惑地问道。

沈姿的手在身后握紧了又放松，似乎心中还拿不定主意。

"没事的话，我回去继续排练了。"陆浩舟挥挥手，作势要走。

"喂！"沈姿一把拉住了陆浩舟的格子衫，"你……我和林薇薇打了赌，谁能请到你当卡拉夫王子谁就是图兰朵公主。"

"什么？"陆浩舟突然转身，向沈姿靠近了一步。

沈姿的呼吸一滞，稍微后退了一步才敢继续开口，说道："你也没什么了不起的，虽然不知道林薇薇究竟怎么骗你答应出演，你不过只是我和她的赌约罢了！"

沈姿一口气吼完了憋在心中的话，突然就觉得有点儿后怕。

她原本打算把这个赌约抖出来，让林薇薇和陆浩舟关系变坏……

可是现在看陆浩舟的脸色，恐怕事情有点出乎自己的意料……沈姿手一紧，心里也忍不住开始打鼓……她……不会做错了什么吧？

陆浩舟脸色铁青地往教室去了，沈姿一跺脚，追了上去。

林薇薇本就神情忐忑地坐在椅子上，看到门口出现的那个挺拔的身影立刻起身迎了上去。

哪知关心的话还没出口，陆浩舟便冷冷地问道："赌约是真的？"

林薇薇难以置信地睁大了眼睛，捂住了嘴巴。她说了，沈姿真的告诉了陆浩舟！林薇薇的眼睛里瞬间充满了眼泪……她，要失去图兰朵公主这个角色了吗？

"看来是真的了。"陆浩舟将手中的剧本塞入呆若木鸡的林薇薇手中，"你们还是另请高明吧，我退出。"

现场一片哗然！原本还只是在旁围观的同学一下子就嚷嚷开了。陆浩舟不慌不忙地向大家鞠了个躬，说道："抱歉了各位，我无法继续出演这个角色。"

说完头也不回地向教室门口走去，恰好撞上了慌慌张张奔进来的沈姿。

"这不是另一位公主候选人吗？"陆浩舟盯着沈姿写满慌张的眼睛，确信之前

自己说的要退出的话她都听到了,"祝你演出成功,如愿以偿。"

陆浩舟走了,是真的走了。半个小时前还兴奋不已的同学们被这种突然的变故给惊到了。

跟林薇薇关系好的女生们围到她身边纷纷低声安慰。剧组里的几个负责的干部走到一言不发的沈姿面前,质问道:"沈姿,你可以解释下这是怎么回事吗?为什么陆浩舟在跟你谈过话之后就罢演了?"

沈姿抬头,正好对上林薇薇红得跟兔子一样的双眼。她心一横,微微扬起自己的下巴,说道:"没什么。"

大家都不是傻子,沈姿这样明显的遮掩根本瞒不了任何人,一时间各种漫骂声从角落里传了出来,有对沈姿的,还有对林薇薇的。

沈姿当然不可能当着所有人的面说出她与林薇薇的赌约,但是超强的自尊心让她又不愿意当着众人认错。

何况那个林薇薇在一旁哭得那么伤心……这一切,好像的确是因为自己……

沈姿本来只想来挑拨离间的,哪知道陆浩舟的脾气这样坏,居然真的走了……沈姿只觉得一个头两个大,在不断地被追问该如何处理这件事之后,她突然大声吼了一句:"大不了我来演卡拉夫王子好了!"

教室里突然安静下来,静得连掉根针都听得见。就连不断抽泣的林薇薇都停止了哭泣,不可思议地瞪大了眼睛。

她没想到沈姿会在这种时候勇敢地承担了所有责任,没有说出赌约,更没有为难自己。她原以为沈姿是故意这么做的。但当自己看清了她眼底的慌张和不安之后,林薇薇明白了,沈姿并没有动那么阴险的心思。

竟然是自己以小人之心度君子之腹了。

心中似乎有些什么坚硬的东西在缓缓地融化,看着沈姿依旧高傲得不可一世的样子,林薇薇却突然觉得没有那么刺眼了。

或许,这位"王子"也很好。

傲慢与偏见

沈姿被三年二班的人称作"王子"不是没有道理的。无论是高贵的气质还是帅气的外表,她几乎是一个与陆浩舟不相上下的人物。

再加上反串剧也是今年的流行风潮,因此大家很快接受了沈姿出演卡拉夫王子的事实。

可是随着演出之日的逼近,大家渐渐发现了沈姿的一个大问题——忘台词。

沈姿是个自尊心超强的人,本来有好心的同学要帮她对台词,她却拒绝了,弄得人家很没有面子。

有了这样的先例,再也没有人会主动去帮助这位"骄傲的卡拉夫王子"了。

于是沈姿不是经常忘词就是背串了台词，一直拖拖拉拉地折腾到了演出的前一晚。

最后一场排练结束后，赵老师表扬了大家一番后便让大家回去休息了，可是却偏偏留下了沈姿，对她台词不熟练的事情提出了非常严厉的批评。

沈姿哪怕平日里再骄傲不服输，也不能不接受赵老师的批评，何况明日就是正式演出了，她可不想因为她的问题让如此优秀的《图兰朵》变成大家诟病的对象。

本该收拾书包回家洗洗睡了的沈姿将已经推拢的椅子重新拉开，从书包里掏出了剧本。

俗话说临阵磨枪不快也光。那么她就留在教室里背一晚上台词好了，有了这一晚上的辛劳，至少明天的演出可以顺利通过。

傍晚随着夕阳的消失终于结束，夜幕很快侵占了整片天空，将整片天染成了深沉的蓝紫色。

沈姿断断续续地记诵着台词，浑然不知时间早已飞逝而去。直到教室的门被拉开，一个细微的声音突然刺激到了她敏感的耳朵。

"天！你怎么还在？！吓死我了！"

林薇薇拍着胸口平复受惊后起伏的心跳，而沈姿瞄了一眼林薇薇，又埋头在手中厚实的剧本之中。

林薇薇早就习惯了沈姿对旁人的熟视无睹，自然也不会跟她计较。她不过是水杯落在了教室，所以回来取……哪知道，她居然还在背台词！

两人的位置很近，一条过道的间隔而已。林薇薇抬头就能看到沈姿的那份剧本上被她密密麻麻地写满了注脚。

林薇薇拿杯子的手微微停了下来——她从来没有想过，原来沈姿是那么用心的一个人。

或许自己一直是用一种带着偏见的眼光来看她的吧。林薇薇一边这样想着，一边慢慢抽出自己的凳子，在自己的位置上坐下。

"春之女神的恩赐岂会赐给一个凡夫俗子？我可是高贵的图兰朵公主。"林薇薇清了清嗓子，突然念出了一句台词。

"那么请高贵的公主看清我佩剑上的纹章，这是来自草原上最勇敢的黄金家族的图腾。"

沈姿根本就是条件反射式地念出了对白，等到她声情并茂地说完这句词，蓦然发现自己居然还做出了拨剑状的姿势，再看看坐在过道对面林薇薇满脸笑意地望着她……

她突然有一种被羞辱了的感觉。

"你什么意思？"沈姿将手中的剧本"啪"地拍在了桌上。

"明天要跟我演对手戏的可是你，我可不希望你明天出丑害我丢脸。我这是为了班级荣誉。"林薇薇慢慢地从书包里掏出自己的剧本，一副要和沈姿练习对白的

样子。

沈姿的脸微微有些发热。她虽然不及林薇薇机敏，但是她一点儿都不笨，她知道林薇薇并没有任何义务留下来陪她这个台词都记不住的"傻王子"练习对白……

她还是和自己记忆中一样笑着，弯弯的眉毛、弯弯的眼睛和弯弯的嘴角，身上还是穿着那种典型的蕾丝花边雪纺裙……可是，她好像没有那么不顺眼了。

"练就练！你真以为我记不住吗？"

"咳咳，那么就从第三幕中间拉尔夫王子回答图兰朵公主谜语那部分开始吧。"

"公主，请您允许我来挑战你的三个谜语。"

"愚蠢的人，你可知道答错会付出怎样的代价吗？"

"……生命，我的生命，我当然知道……可是，我是那么爱你……"

"呐，这个地方你总是会不由自主地停顿，是感觉台词拗口吗？"林薇薇放下手中的剧本，认真地询问道。

"嗯，有点儿……"沈姿不好意思地挠挠脑袋。

"那就改了吧……你看改成'我的生命，生命，我当然知道'这样会好些吗？"

"嗯……好像可以了。"

"那就这样好了。反正这个只是我们之间的对白，我们私下改好就没问题了。"

沈姿看着拿着水笔认真修改剧本的林薇薇，第一次觉得她其实是个很文静而温柔的人。

恐怕只是因为和自己性子南辕北辙吧，所以自己一直以来总是爱针对她，说她腹黑耍诡计什么的……

怪不得有那么多女生都很喜欢她。

"对不起。"

"嗯？"林薇薇诧异地抬头，不敢相信自己听到了什么。

沈姿假装看向天花板，但红红的耳根说明了一切。林薇薇没有多问，继续修改着手中的剧本。

"其实，应该是我对你说对不起才对，否则公主就该是你了。"林薇薇埋下了头。

"我哪里演得了公主。"沈姿挥了挥手，"就这王子的角色已经把我累得够呛，真是佩服你可以把图兰朵那种咏叹调式的台词念得那么顺。"

"嗯，其实没什么的，可能电视剧看得比较多的缘故吧，呵呵……"

话说开后，两人都觉得她们之间好像有什么不同了。以往的傲慢与偏见在两人之间种下了太多的芥蒂，直到今天她们才有机会面对面地交流一下。

原来，她也是一个不错的人。

两人心中同时划过这样一句话，随着夏日的夜风，吹散在微凉的空气里。

完美的谢幕

第二天，因为对原版《图兰朵》的重

新加工以及新奇的反串形式，再加上沈姿与林薇薇的深情演绎，同学们对三年级二班的表演赞不绝口，一等奖的殊荣已是囊中之物。

舞台上的图兰朵公主与卡拉夫王子牵着手，在观众的掌声与欢呼中完美地谢了幕。

舞台下，赵老师与陆浩舟相视一笑。

原来从一开始赵老师就打算让沈姿以反串剧的形式出演王子来赚眼球，但是她料想高傲的沈姿必然不肯接受，一定会和林薇薇来抢夺图兰朵公主的角色。

为了这件事，赵老师很是苦恼。恰好陆浩舟来看望自己曾经的初中老师，两人一合计，想出了这么一个赌约计划。

就算沈姿在排练中不去找陆浩舟抖出赌约的事，陆浩舟也会找出合适的时机"罢演"。以沈姿的高傲与强大的责任心，她一定会接下这么一个任务。

看到舞台上两个气质迥异的女孩最终能摒弃前嫌，完美地演出这部《图兰朵》，赵老师高兴地拍了拍陆浩舟的肩头。

"谢谢你啦，王子殿下。"赵老师打趣道。

"客气、客气，她们都是很好的女孩儿。"陆浩舟望着台上的王子与公主，语气里带着浓浓的欣慰。

图兰朵的故事虽然只是传说，但是请一定别忘记了，公主腹黑的表皮下有最温暖善良的心，而王子高傲的自尊下有最勇敢正直的灵魂。

【萌心会客厅】　　主人：潇王爷　客人：叙西畔

叙西畔：1991年8月生，成都人，潜心学习二十载，最喜欢的东西是书，最喜欢干的事是买书。不过查点记忆，书，读得不多；买的书，其实更少……幸亏脑中好歹存了只言片语，偶尔动笔，聊以自慰。获第十届新概念作文大赛一等奖。

潇：最初认识你的时候，你还是个学生，现在已经毕业了吗？
叙：今年6月份刚刚毕业，现在是刚入职的职场新人。
潇：步入职场之后，还像以前一样经常写稿吗？
叙：当然！写作对我来说是一件很愉快的事情，就像别人旅游、购物、打游戏一样，写作可以让我身心放松。
潇：你写的稿子很多都是校园类的，是很喜欢校园题材吗？
叙：是的呢，我在初高中的时候性格比较孤僻，不是很合群，所以经常一个人在一边玩。但是一个人玩呢，就会悄悄地看到很多有趣的故事，某些就成了我的一些故事的最初素材。
潇：你以前居然还孤僻？真是看不出来，现在明明性格很欢脱。
叙：哈哈，现在认识我的人听说我以前孤僻过，都以为我在开玩笑呢。
潇：那你现在除了写稿、上班之外，还有什么业余爱好？
叙：我喜欢读书，喜欢玩AVG（冒险解谜类游戏），喜欢音乐剧，周围的人都说我是个很文艺的人呢。

程琳： 最初，我只是想写一个温暖的"奇迹"。接着便想到了小学时的同桌有个一紧张就结巴的毛病，而我小时候又是个急性子，反而让他结巴得更严重了。长大后，这件事就成为了我心中的遗憾。现在我把这份遗憾通过这篇小说得以弥补，希望他也和文中的叶安一样，在一个简简单单的善意的帮助下能够克服心病。

藏在点心盒里的奇迹

文◎程琳

特别的点心盒

慕心其实不是班干部，但因为她负责每天为晚自习的同学发放小点心，而被晚自习的同学戏称为"点心委员"，也有人直接叫她"小点心"。

这天晚上七点，慕心和往日一样去学校食堂领来了今天的十几个点心盒。

然后熟门熟路地在楼梯的拐角处停下了脚步，将托着点心盒的大餐盘往走廊的围栏上一靠，接着从口袋里掏出叠得整整齐齐的一张粉色纸条，放入了其中一个点心盒里。

"嗯……放在最右边的第一个里……"她自言自语了一句之后，就露出满意的笑容。

接着她轻手轻脚地进了晚自习的教室，一些同学已经提前到了。

慕心将大餐盘轻放在讲台上，然后将点心盒一个个地放到同学的桌角。

来来回回穿梭了几趟后，终于只剩下最后一个点心盒——最右边的第一个，慕心将那个点心盒放在最后一排其中一张桌子的桌角。那课桌的主人显然还没有来，她松了一口气，做贼心虚一般急忙坐回了自己的位置，摆开练习册来做练习，却仍有些心不在焉，目光时不时就要落到那张课桌上。

终于，十分钟后，课桌的主人姗姗来迟。他的眉头始终不曾舒展，面带愁色地从教室门口走到了自己的课桌前。

然而当他坐下，看到点心盒后，眼底却闪过了不一样的光芒。

慕心也在这时将书本立了起来作为掩护，偷偷朝他的方向瞟了一眼。只见他犹豫着打开了点心盒，迅速从点心盒里取出纸条，接着在掌心中展开纸条来看，然后又将那纸条小心收好。

看到叶安唇边的笑意和舒展的眉头，慕心也安心地重新放下书本，开始认真念书了。

私人订制的纸条

叶安第一次收到的纸条上，写着"只要多练习，你一定可以的"。

于是他以为这是学校给每个点心盒里都统一塞进的鼓励话语，就没有放在心上。可是过了两天，他发现纸条上写的话变成了"多在课堂上发言，面对全校同学演讲就不会紧张了"。

这下叶安纳闷了，难道学校的纸条还是私人订制的？这也太人性化了吧？

从那以后，他的点心盒里时不时都会藏着一张粉色的纸条。纸条的针对性也一次比一次强。

于是他开始暗暗留意其他同学的点心盒，却发现原来自始至终，收到纸条的只有他一个人而已！

"我觉得你上次在教学楼后面的试演讲进步了很多，继续加油啊！有机会，我还会去'捧场'的——"

这一次的纸条让他倍感温暖。

也是从上周开始，写纸条的神秘人建议他到教学楼后头的空地上练习。他知道那里地方空旷，又少有人经过，确实是个能够放声练习的好地方。

没想到"神秘人"竟然很有心地藏在某个角落听了他的试讲。

说起这次演讲，其实也就是国旗下讲话而已。叶安学校采取的是随机抽选演讲人的制度，就是在两个月前，叶安很有幸又很不幸地被选中了。

幸运的是，这是许多同学都很乐意做的一件事——站在全校同学面前大声宣讲，多威风！

而不幸的是，因为叶安一紧张就结巴，这是从他小养成的习惯。

他不是没有努力过，只是每一次努力换来的都是失败和嘲笑，他也就渐渐"认命"了。所以让他在国旗下讲话，还真是有些强人所难。

为了这件事，他愁白了头，又不知该向谁求助，他不想再因此被笑话了。

好在颇有经验的"神秘人"给了他许多建议，比如多在课堂上发言，适应紧张，又比如反反复复地试讲，形成本能等等。没有更好办法的叶安自然是——照办了。

这天，他利用晚自习开始前的一小段时间，又一次来到那块空地上，开始了他最后一次练习。

其实经过这一段时间的有意识的锻炼，他觉得自己已经能像普通人一样在大众面前演讲了。所以这最后一次练习，他完成得很顺利。

叶安脸上不由自主地浮现出自信与满足的笑容，他突然很想知道，这个一直在帮助他的"神秘人"是谁。

虽然他心中早有猜测……

为此他提早躲到了自习教室外的拐角处。没多久，他就看到那个被叫做"小点心"的女孩将点心端到了教室内，又逐个分发下去。

叶安看着她完成这一系列动作后，又足足等了十多分钟，才走进去。他可以确定自己的点心盒子自始至终都只有她一个人经手过。

这次的点心盒里依然有一张纸条——下周一，必胜！

叶安心下了然，他突然暗自做了个决定，将口袋里的演讲稿取出来，与废掉的稿纸揉在一起，扔进了垃圾桶……

每个角落的奇迹

周一早晨，国旗下讲话。

慕心站在排列整齐的队伍中，看到叶安笔挺精神地站在主席台上，手里并没有演讲稿。

"老师们，同学们，早上好！今天我国旗下讲话的主题是'奇迹'。其实我之前准备的话题并不是这个，但是……"

叶安从容洪亮的声音传来，面对全校师生，他侃侃而谈，没有朗诵讲稿的僵硬，更没有结巴。

不过更让慕心惊讶的是，叶安竟然放弃了原本已经练习数遍的演讲主题，临时谈起了"奇迹"来。对面这个自己一次也没听过的主题，她专心地侧耳听了起来。

"……曾经我会因为紧张而口吃。我根本不敢想象有一天我能够站在这里，完整地做完这次国旗下的演讲。但是在我不知所措的时候，有一个人给了我创造奇迹的可能，她还用'蝴蝶总统'的故事鼓励我，让我相信奇迹的存在。我不会说什么大道理，但是经过这件事，我深深相信，其实世界上的每个角落都藏着奇迹，只要心怀温情与信仰，努力追逐，哪怕只是一个小小的点心盒，都能装得下一个偌大的奇迹——"

台下的掌声淹没了叶安未落尽的话音，慕心的眼眶湿润了。

她记得自己小时候说话也总是结结巴巴的，如果不是自己的母亲一遍又一遍不厌其烦地陪她练习，她或许也是另外一个叶安，甚至比他的情况更糟糕吧？

所以当她发现叶安的苦恼，就一直很想帮帮这个"同病相怜"的人……现在叶安终于可以镇定自若地在众人面前表达自己了，她真心替他高兴。

当天的晚自习，慕心到食堂时，点心竟然被人先领走了。

"不是你托人帮你来拿的吗？"

食堂阿姨的话让慕心一头雾水。等她回到教室，发现有人又抢先一步，把点心盒都分发好了。

尽管她非常想知道究竟是哪个好心人帮了她，但是为了不打扰同学自习，她还是暂且忍到课后再问。

坐回自己位置的慕心随手打开点心盒，却发现一张纸条静静地躺在盒子里。

展开纸条，慕心露出惊讶的表情，随即用充满盈盈笑意的眼望向叶安所在的位置，正对上一双同样笑着的眸子。

那纸条上写着的是——

谢谢藏在点心盒里的奇迹。

【PART05 成长协奏曲】

　　黑女巫一眼就看出小孩童是天使,她提出条件,只要小孩童变成天使之后,将翅膀上最美丽的三根羽毛给她,她就立刻帮小孩童实现愿望。

　　小孩童想也没想立刻答应。天使有成千上万根羽毛,三根对他来说,根本不值一提。

　　黑女巫狡黠一笑,熬了碗散发着浓重腥臭味道的黑紫色汤水递给小孩童。

　　小孩童强忍不适,喝下后只觉得后背生疼,仿佛有什么强大的力量即将破体而出。只是一瞬间,小孩童变成了天使,他拥有了一双洁白无瑕、散发着金色光晕的巨大翅膀。

　　没等小孩童仔细欣赏,黑女巫已经拔掉了天使之翼上最美丽的三根羽毛,随后消失不见。

　　失去三根羽毛的小孩童奋力展翅,却无法飞离地面哪怕一厘米。

　　始终关注小孩童的米迦勒适时出现,他一脸遗憾地说:"孩子,你失去的那三根羽毛分别是纯真、善良和勇气。"

　　"孩子,你已经无法成为天使了。"米迦勒话音刚落,小孩童的天使之翼便消失了。

绘 / 夏夜

简舒： 成长的道路上，我们总希望遇到一个温暖如阳光的存在。那人的一颦一笑都好似春光，给予我们奋发向上的力量。可嘉非常幸运，遇到了程琛这样灿烂如向日葵般的少年，他们之间的友谊，同样单纯美好得让人会心一笑。

葵花少年

文◎莲沐初光

——有些人就像一朵葵花，温柔而强大，会给别人带来太阳一般的幸福感。

🌸 难道脑子不够，也可以找别人借吗？

教室里一片静谧，只有"沙沙"的落笔声。

尽管面前的英文试卷只做了一半，但是少女的注意力却在别处。她咬着笔头，鸟溜溜的眼睛盯着坐在自己前面的少年。

他正聚精会神地看着一篇阅读理解，从这个角度望过去，恰好可以越过白衬衫的衣领看到半边俊秀的侧脸，以及长长的睫毛。

可嘉想，程琛比ABCD吸引人多了，她忍不住抿嘴偷笑了一下。没想到张老师的声音突然炸在耳边："可嘉，你干吗偷看程琛的试卷？"

一瞬间，教室里的目光都集中在她身上，惊讶的、八卦的、探究的，还有鄙夷的。可嘉不知所措地羞红了脸，声如蚊呐地辩解："我没有……没有偷看。"

可嘉的成绩属于差强人意的类型，初三四班就因为她而没能成为全优班。她学习往往事倍功半，就算学习非常刻苦，成绩也不会有什么起色。张老师鼓励了她几次，就对她失去了耐心。

张老师生气了："可嘉，平时不用功，考试的时候净打歪主意！难道脑子不够，也可以找别人借吗？"

全班哄堂大笑。可嘉恨不得扒开一条地缝钻进去。她望着地面，泪水在眼眶里打转。然而事情就在这时有了转机，一个清亮的声音响起："她没偷看我的试卷，只是想向我借笔。"

哄笑声低了下来，如同一勺冷水浇入沸腾的锅里。

可嘉怔怔地看着程琛。他回过身，将一支水笔放在她的桌子上。她甚至还注意到，那只手手指修长，瘦瘦的关节很精致。

她红着脸将那支水笔拿起来，低声说了一声"谢谢"。程琛微微一笑，窗外的天光映得他的眼眸很干净："不客气。"于是考场上的小小风波，就这样不了了之。

可嘉用程琛借给她的水笔开始答题，

心跳得厉害。那支水笔上绘着几朵小小的葵花。没有人知道，那几朵葵花也开在了少女的心里。

英文考试结束之后，可嘉将水笔还给程琛。他将水笔放进笔袋，眸中的笑意很有深意："以后考试要专心。"

可嘉顿时满脸通红，觉得他一定是发觉了什么。可是他什么也没说，就起身走出教室。

许亚亚就在这时走了过来，语气不善地说："可嘉，你再不努力一点，我们班下一次还是拿不到全优！"

许亚亚是班长，为了班级荣誉，总是不屑用各种方法督促可嘉好好学习。可嘉不想理睬她，将书包往身上一背就要离开座位。许亚亚一拉她的书包背带："你说，你到底抄袭程琛了吗？"

旁边有同学凑了上来，起哄道："可嘉，难道脑子不够也可以找别人借吗？"

可嘉气急了，大喊一声："我没抄！"

许亚亚嗤笑一声："程琛比你成绩好，肯定就是你抄袭他！"

"我下一次会考得比程琛还好！"可嘉大声喊。许亚亚愣住了，旁边的同学静默了一秒钟，开始大笑。

> 厚厚的笔记本抱在怀里，她像抱住了太阳

第二天，可嘉的这句豪言壮语就传遍了全班。

程琛是英语课代表，可嘉哪里能考得过。可嘉将头埋进英文课本里，不敢看程琛，生怕他会蔑视自己。可是一整天过去了，他什么也没有说。

他只是认真地听老师讲课，下课了和同学一起在走廊里说笑，笔挺的白色衬衫在可嘉眼前晃来晃去，特别灼目。

可嘉精神恍惚，几乎没怎么听课，只好在放学后留下来抄老师写在黑板上的板书。等她抄完最后一个字，才发现教室里已经空无一人了。

她磨磨蹭蹭地走出校门，却发现自己忘记带坐公交的硬币，顿时急了。

在不远处的公交站牌，可嘉一眼就看到程琛的白衬衫，他也在那里等公交。要向他借钱吗？可嘉觉得张不开口。

"忘记带钱了？"许亚亚的声音在身后响起。

可嘉没吭气。许亚亚从书包里掏出一枚锃亮的硬币，举到她面前，说："你现在有两个选择，要么找我借钱，要么找程琛借钱。不过要我借钱给你，你就得对程琛说一句'下次考试我要超过你'，怎么样？"

可嘉睁大眼睛。本来她只是说说而已，程琛未必相信她真的下定决心要超过自己。可是如果她真的亲口对程琛这么说，就表示正式向程琛宣战。

许亚亚开始游说："可嘉，人就应该

有破釜沉舟的魄力，不给自己留后路。你就应该以程琛为目标，逼自己好好学习。"

可嘉觉得胸腔里都是愤怒的火焰，她一把夺过许亚亚手中的硬币，然后扭头向程琛走去。许亚亚在身后惊喜地说："可嘉，加油！"

可嘉才没有那么笨，她将英文课本掏出来，一边走一边读。走到程琛身边的时候，她恰好念到了课本上那句"I will be more than you（我会超过你）"。

之后她"啪"的一声合上课本，回头对许亚亚做了一个鬼脸。许亚亚让她对程琛说自己"下次考试我要超过你"，可没规定是用英文还是中文。

公交车驶来，可嘉跳上公交车，从车窗里看到许亚亚气得直跺脚。她咧开嘴嘿嘿一笑，接着感觉到后背一暖，回过头一看，程琛竟然也上了这辆公交车。有些人就像一朵葵花，走到哪里，哪里就暖洋洋的。

程琛笑眯眯地走过来，拉着她旁边的扶手："你刚才说要超过我？"

"那、那只是读课文……"可嘉吓得结巴起来。程琛却已经笑开了："那你要加油哦。"

可嘉愣了，他竟然没生气？

程琛又从书包里掏出一本笔记递给她："这是今天的数学和英文笔记，借给你。"

可嘉想要推辞，但是那本笔记本仿佛有种莫名的吸引力，让她的手忍不住伸了过去。厚厚的笔记本抱在怀里，她感觉自己像抱住了太阳。

程琛下车时对她说："可嘉，其实你并不笨，别管他们说什么。"

> 向日葵们也在垂头丧气地哭泣。

可嘉回到家里，第一件事就是翻开程琛的笔记本。

她紧张得心怦怦直跳，仿佛在窥视什么不得了的秘密。但是当她看完开头几页，"扑哧"一声笑了。

程琛的笔记写得很详细，但是可嘉总是会在不经意的角落里发现这样的小字："张老师肯定没备课，牛顿三大定律忘记了一个，还故意打喷嚏掩饰。"

"我已经是第二次做错这道题了，再错的话我决定发微博写140个'喵喵'。"

"下午十四点五十分，窗外来了一只白猫。"

"我佩服死自己了，就算每晚睡九个小时还会上课犯困。清醒，努力！"

这些小心情的记录让可嘉觉得程琛突然变得可爱起来。记录的小心情就像男巫不小心散落在丛林中的钻石，而她则努力地寻找着，每发现一颗就会惊喜一次。

可嘉翻看着程琛的笔记，甚至忘记了吃饭。她觉得那些枯燥的知识一瞬间换了面目，变得生动有趣起来，学习不再是一种痛苦的事情。

妈妈走到她的房间，将饭菜放到她桌子上，心疼地说："再努力学习也要注意身体。"

可嘉连忙将笔记本合上，心虚地吃起饭菜来。可是她为什么会心虚呢？也许连可嘉自己都不明白吧，她只是觉得，生长在心里的向日葵露出笑脸，洋溢着甜蜜的幸福。

第二天，可嘉故意留下了妈妈给她当早餐的面包。她想把面包带给程琛，感谢他借给自己这么好看的课业笔记。

离早读课开始还有半个小时，校园里很安静。可嘉哼着歌上楼梯的时候，突然听到头顶上方传来熟悉的声音。

她连忙放低脚步，屏气息声地支起耳朵。那是许亚亚的声音："程琛，考英语那天我坐在后排，明明看到可嘉在看你。她到底有没有抄袭你？如果抄袭了，我就要告诉张老师，对她进行教育批评。"

可嘉的心一下子吊到了嗓子眼，她听到程琛淡淡回答道："她没有抄袭。"

许亚亚安静了一会儿，然后试探地说："那她就是被你迷住喽？程琛，说不定她喜欢你呢？"

可嘉吓呆了。她还在想自己是冲上去辩解，还是就这样默默地当一只鸵鸟时，程琛已经开口了："许亚亚，你不觉得这个话题很无聊吗？"

许亚亚没有再说话，也许他们已经走到了教室里，所以听不到他们的对话了吧。

可嘉像一个木头人一样站在楼梯间里，等她回过神来，发现自己手里还攥着要送给程琛的面包，那个面包已经被她捏得变形了。另外变了形的，还有她心里的那丛向日葵。天阴沉沉的，向日葵们也在垂头丧气地哭泣。无聊！她没想到她那么珍视的一段友情，在他口中就只配用这么消遣的语气来评价。

❀ 程琛能做到的，她就一定要做到。

同学们都发现，可嘉像突然变了一个人。她不再是那个木讷的女生，变得积极、认真和执著起来。每天，她第一个来学校，最后一个离开座位，上课也比任何人都要全神贯注。遇到不会的问题，她不再得过且过，而是请教老师，将问题钻研透彻。

可嘉终于发现，原来自己以前虽然铆着力气学习，却打心眼里抗拒学习，效果才会这么差。现在她全身心都扑在学习上，成绩自然提高得很快。

那些嘲笑可嘉的声音渐渐没了。因为他们发现，可嘉挺厉害的，她好几次和程琛一起举手抢答问题，而且回答得都很正确。

有一天课后，可嘉的同桌找到许亚亚，偷偷地问她："你说，可嘉真的想要超过程琛？"

可嘉恰巧经过，听到了这句话，气冲冲地上前说："就是要超过他，怎样？"

许亚亚连忙向她解释:"可嘉,我们没有讽刺你的意思……"

"没有讽刺我,是在嘲笑我吧?"可嘉反唇相讥,转身气冲冲地离开了。她听到同桌在身后小声地对许亚亚咕哝:"班长,别跟她一般见识,她学习疯了!"

可嘉也觉得自己疯了。她不再和程琛说话,处处以程琛作为标准。程琛能做到的,她就一定要做到。

临近期末,体育老师要对同学们进行八百米测试。老师站在终点掐秒表,按照同学们名次来查询秒表上的成绩。

"男生跑一千米,女生跑八百米。起点不同,终点相同!"体育老师叮嘱同学们。

可嘉看了看在不远处做热身准备的程琛,长跑一直是他的强项,他今天穿了一身白色运动衣和红色运动鞋,矫健的身姿洋溢着青春气息。于是她又忍不住想起他说过的那句"无聊",忍不住暗下决心,自己在八百米上也要超过程琛。

随着体育老师的一声令下,同学们在操场上跑了起来。

男生比女生多跑两百米,但是由于体力、耐力都优于女生,所以程琛很快就跑到队伍的前列。

可嘉盯紧程琛,努力想跟上他。但是很快,她就上气不接下气地喘起来。

许亚亚在身后喊:"可嘉,这不是五十米测试,你不用跑那么快,要留力气在后面冲刺!"

可嘉不理她,咬着牙坚持着。两百米、一百米、五十米……终于,她超过了程琛,提前到达了终点。体育老师十分诧异地对可嘉喊:"第一名!"然后掐下了秒表。

所有人诧异起来,因为可嘉居然比程琛还要早几秒钟到达终点!可嘉回过身,想露出一个胜利的微笑,但是胸口痛得像要炸裂一般。她两眼一黑,就晕倒在地。

可嘉醒过来的时候,已经被同学们扶到医务室了。医生递给她一杯葡萄糖,让她喝下去,她才感到胸口没那么痛了。

程琛站在她面前,皱着眉头说:"可嘉,你怎么能逞强呢?刚才真是太危险了。"

周围还围着好几个同学,许亚亚也站在旁边。可嘉顿时觉得自己的面子碎了一地。她放下杯子,向程琛喊:"你是嫉妒我才这么说的吧?"

许亚亚气愤极了:"可嘉,你知不知道是谁忙前忙后地照顾你?"

"你们都出去,出去!我不要听!"可嘉抱住头,歇斯底里地大喊。程琛和许亚亚对视一眼,然后默默地示意同学们都走出医务室。

这时,医生走过来,温和地说:"小姑娘,你怎么能这样对你的同学说话呢?他们是关心你,你跑步跑得太过剧烈,心脏承受不了,如果晚一点送来,后果不堪设想啊。"

可嘉怔怔地坐在椅子上,泪水一滴一滴地落下来。

这样的强大，才是最有意义的。

自那天后，程琛再也没有和可嘉说过话，就算在公交上遇到，他也只是淡淡地向她点头示意。开在可嘉心里的向日葵，渐渐褪去了鲜艳的色彩，变成了单调的黑白色。可嘉更加努力地学习，她发誓要变得比程琛更强大，她相信强大会使人幸福。

种瓜得瓜，她的努力终于得到了回报。几次小测试，可嘉都取得了优异的成绩，初三四班也终于得到了全优。虽然只是一个单科成绩超过了程琛，但再也没人取笑她了。

张老师也对她刮目相看，几次在班上点名表扬了可嘉，让大家都向她学习，同学们渐渐对可嘉热情起来。

"可嘉，这道题可以告诉我解答方法吗？"

"可嘉，你的笔记可以借给我参考一下吗？"

受到了老师的褒奖，越来越多的同学开始请教可嘉，不过可嘉都礼貌而淡漠地和他们保持一定距离。

"对不起，这道题目我也不会做。"

"我的字太难看了，笔记也记得太乱，不好意思借给你们呢。"

这些同学都曾经嘲笑过可嘉。可嘉想，自己凭什么要原谅他们呢。

同学们见可嘉态度冷淡，都撇撇嘴走开了，于是可嘉依然没有什么朋友。有时候她也很寂寞，会十分奇怪地想：强大为什么没有给自己带来幸福呢？

为什么程琛同样强大，却要比她幸福呢？可嘉没想到，自己会和程琛再次起了冲突。事情的导火线还是许亚亚。

早自习的第一堂课，张老师匆匆地走上讲台，告诉大家许亚亚家中不幸发生了火灾，目前家境困难，号召大家进行募捐。

教室里顿时哗然一片。女生们凑在一起唏嘘不已，说许亚亚虽然嘴巴毒了一点，心眼倒是不坏，没想到会发生这样的变故。可嘉这才注意到，许亚亚今天没来上课。

"同学们，一人有难，大家帮忙，请大家为许亚亚捐款，就算是尽自己的一点心意吧。"张老师率先将一百元放进募捐箱里。

程琛抱起那个箱子，从第一排开始，同学们都将自己的零用钱放进箱子。可嘉紧张起来，将十元钞票捏在手心里搓来搓去。

许亚亚曾经逼问她是否抄袭，曾经逼她好好完成作业，在检查她背书的时候特别严格……好几次都让她颜面扫地。

要原谅许亚亚吗？她不知道。

"可嘉，你捐多少？"程琛来到她面前。可嘉犹豫了一下，低声说："我……我没带钱。"

程琛愣了一下，掏出十元钱打算放进箱子里："没关系，我替你捐。我们要把同学们的名字写在一张卡片上,如果少了谁,许亚亚会多想的。"

可嘉突然伸出手,挡住了箱子上的缝隙:"不要替我捐!"

"可嘉!"程琛有些生气了,"许亚亚的情况,老师已经说得很清楚了……"

可嘉咬住嘴唇:"我不是在乎钱,就是不想捐,卡片上也别写我的名字。"

"你!"程琛彻底生气了,"我以前真是看错你了。"

两人都不约而同地压低声音,加上周围的同学都在七嘴八舌地议论许亚亚的事情,所以没人注意程琛和可嘉的异样。

程琛抱着箱子,失望地走到下一排。可嘉呆呆地坐在座位上,感觉心上破了一个大洞,正在呼啦啦地漏着风。

终于报复到许亚亚了,但是她怎么没有一丝幸福的感觉?

放学后,可嘉失魂落魄地走到公交站牌,发现程琛快步走了过来。她顿时尴尬起来,不知道该不该先开口。程琛却直接问她:"可嘉,你是不是对我有什么误解?"

仿佛山洪终于有了倾泻的机会,可嘉将那天在楼梯间听到的话都说了出来。程琛恍然大悟:"你是说那一天呀,许亚亚喜欢向老师打小报告,我不想让她多想,才故意那样说的。"

可嘉愣住了,原来他说的"无聊",不过是为了掩饰自己。

"你别再记恨许亚亚了,她说话比较直,得罪了不少人。她其实对你蛮关心的,私下里跟我说过,总是见你上课走神,很担心你的成绩。"

可嘉大吃一惊:"她有那么好心?"

"是的,她是八卦了一些,但是她的出发点是为了你好。她还对我说,你对她很抵触,她不好意思主动帮你,要我替她帮你。她说,一个人的强大不代表自己就能快乐,关键要懂得让别人幸福。在学习上帮助你,就是最好的体现。"

与人玫瑰,手有余香。可嘉记起自己曾经拒绝了同学们的求助,顿时脸红了。

原来她一直都不够豁达。她误会程琛,因为他的一句话而耿耿于怀。她记恨同学,因为往日的种种而不肯原谅别人。其实,这世上哪里有不会犯错的人,自己要生活在阳光下,而不是一直沉浸在仇恨中。

"可嘉,公车来了,你先走吧。我还要等另外一班车,好去许亚亚家里给她送钱。"程琛催促她上车,"对了,你的名字我还是写在了卡片上。"

可嘉连忙摇头:"不,我要和你一起去。"

她已经做了决定,要做一个强大温柔的人。强大到可以原谅别人的过失,强大到可以帮助别人——这样的强大,才是最有意义的。

"可嘉……"程琛感动地看着她。

可嘉抬起头,向着阳光微微一笑。她将手放在胸口上,感觉那里又开满了向日葵。

茫尔：每个女生在学生时代都会碰到几个可恶的男同桌，我也是如此。他不讲理，喜欢捉弄人，可是有一天，我却被他的举动感动了。他送了我喜欢的作者签名书，为此他排了好几个小时的队！自此以后，我开始正视身边这个男同桌，原来，他大大咧咧的外表下有一颗善良的心。亲爱的读者们，如果你身边也有这样的男同桌，不妨放下偏见，试着去了解一下他，或许你会有新的收获呢。

我的同桌是狗仔

文◎茫尔

1

如果一定要用一种职业来形容同桌夏小天的话，一个词语从王瑶瑶的脑袋里一跃而出——狗仔。对，就是狗仔，一双充满求知欲的深邃眼睛里写满了天真无邪，但当他薄唇轻启的时候，他的乖巧形象便发生了巨大改变，比如现在——

"王瑶瑶，听说你喜欢著名动漫画手Summer？"黑色的脑袋朝她桌前探去，嘴上还噙着一抹贼兮兮的笑容，似乎所有的消息尽在他的掌握中。

王瑶瑶下意识地点了一下鼠标，关掉了微博页面，弄完后她才转身瞪着夏小天，一脸的防备，说："夏小天，你问这干什么？"

"哎呀，不要以为你关掉了页面就能掩饰这个事实，你微博上发的状态可是写得清清楚楚：呜呜呜，粉丝数不够啊，我想要Summer的签名绘本。"夏小天眉毛一挑，得意洋洋地看着王瑶瑶，"我说得对吧？"

看着夏小天一副得意的表情，王瑶瑶气得牙痒痒，但她只是皱了皱眉，淡淡回道："你还真跟个狗仔似的，对我可谓是了如指掌呀。我没有告诉过你我的微博名，你是偷偷关注我的吧？"

夏小天狗腿兮兮地点了点头，说："咳咳，要不要我帮你呀？你微博缺粉丝，我可以帮你弄一些僵尸粉过来，这样就满足粉丝数200才能转发的条件了。"

听着他充满诱惑的话，王瑶瑶隐隐觉得有些不对劲。虽然她真的很想得到Summer的签名绘本，但获得绘本的条件是粉丝数量达到200，且状态下评论次数最多，但她现在连最基本的粉丝数200也没达到。

可以夏小天的性格，他真的只是想要帮助她这么简单吗？

她狐疑地看着夏小天，看到他脸上一览无余的期盼，还似乎带着一丝丝邪恶的味道："说吧，你到底是什么意思？"

"我可以帮助你，但你必须帮我通过下午的数学考试，怎么样？这个条件不是很难吧？"

王瑶瑶就知道，夏小天不安好心，这不是趁机敲她竹杠吗？不过似乎除了答应他，她一时还真想不到别的方法。她微微颔首："我答应你，不过你可别坑我啊。"

夏小天亦颔首，"啪"的一声，两人击掌为誓。

2

在优等生王瑶瑶的"帮助"下，夏小天一路过关斩将通过了魔鬼般的数学考试。而他也没有食言，在他的鼎力帮助下，王瑶瑶的微博粉丝数量一下子激增到200，她转发的那条状态下涌现了很多陌生的评论，比如：

小智：好棒啊，我也想要！

小智1号：希望博主能如愿以偿拿到绘本。

小智2号：赶紧的，我也来转发一下。

看着满屏幕都是这样的名称，这样的评论，王瑶瑶有点儿哭笑不得。

夏小天，你就不能有点儿创意吗？这样的微博名一看就觉得好假，你这样让好伙伴小霞和小刚情何以堪啊？还不如用《喜羊羊与灰太狼》里的人物取名，至少有五个以上不一样的名字呢！

夏小天似乎不以为然，信誓旦旦地打包票："放心吧，没有人会发现。你一定能顺利获得绘本的。"

"权当信你一次。"王瑶瑶冷哼一声，暂时放下了心中的石头。

活动的时间一天天过去，距离最后的结果越来越近，王瑶瑶将其他转发的用户用得远远的，眼看胜利就在眼前——

一个名为"雪姨"的微博横空出世，一下子盖过所有人的风头，原先坚守在王瑶瑶阵地的粉丝们纷纷倒戈，冲向了新的地盘。

小智：雪姨V5，我是你的NC粉，你的那张"雪姨很忙"的专辑我很喜欢！

小智1号：雪姨如果拿到绘本，就和Summer大人一起跳江南Style吧！

小智2号：雪姨PK王小主，绝对雪姨胜！

看着像潮水般无穷无尽地涌现在雪姨微博下的评论，王瑶瑶觉得自己的肺都要气炸了。

没错，她的微博名正是小智2号提到的"王小主"。最近雪姨在网络大红，杀伤力可谓百分之百，自己长久以来的努力真的比不过突然出现的雪姨吗？她有些愤愤不平。

她决定找夏小天替自己出这口恶气，既然他决定帮自己获得绘本，就应该好人做到底。

3

王瑶瑶最初找夏小天的目的，只是找他挽回粉丝流失的局面，却不料撞见惊慌失措的他和铺满电脑屏幕的微博页面。

"原来雪姨是你？"王瑶瑶严肃地看着他，难以接受这个事实。

夏小天的头埋得越来越低，越来越低。与生俱来的勇气和无畏在此刻仿佛被打回娘胎里，嗡嗡作响，消失不见，只剩下微乎其微的小声呢喃在空气中流动："对不起，那个人就是我。"

王瑶瑶算是明白了"偷鸡不成蚀把米"的意思，她怎么能信任眼前这个家伙，除了会坑她骗她害她，他从来没带给她丝毫好处。

自己就应该像过去那样，把他当空气一般充耳不闻，反正当时是老师硬要将他们两个凑在一起，结成"好生差生互助联盟"的。现在是时候清醒过来，向老师说明原因，申请换座了。

随后的几天，虽然王瑶瑶和夏小天表面上依旧是同桌，但两人的关系已经降到了冰点。

王瑶瑶不愿接受夏小天的道歉，她一心只想赶快离开这个位置，换一任新的同桌。

于是，在一个空闲的午后时光，王瑶瑶行动了，义正词严地向老师提出请求："老师，我要换座，夏小天妨碍到我的生活和学习很久了，我不想和他同桌。"王瑶瑶的眼睛里写满了"不成功便成仁"的决心。

"是吗？可是瑶瑶，我觉得你自从和夏小天同桌后，人变得开朗了，原来你虽然学习成绩优异，但整个人冷冰冰的，对同学总是拒之千里，但现在你也开始渐渐热心于班级的事务了。这一切我全看在眼里，我知道你是被夏小天的热情感染了。"

老师的一席话令王瑶瑶不由得皱了皱眉，差点儿以为自己找错了人："老师，我是认真的。您这话是开玩笑吧？"

老师笑着拍了拍她的肩："瑶瑶，试着去接纳夏小天吧。虽然他学习不是很好，又喜欢调皮捣蛋，但他其实十分单纯善良。你难道真以为我只是为了帮助他提高成绩，才安排你们坐在一起的吗？我其实更想帮助你融入集体，而顺便帮夏小天完成成为你同桌的心愿。"

成为我的同桌是夏小天的心愿？王瑶瑶在心中默默重复着这个早已有答案的问题，内心有些迷茫，也有些触动，仿若一颗小石子扔进波澜不惊的湖面里，泛起一圈圈的涟漪。

"瑶瑶，换座的问题，你再好好考虑考虑吧。对了，我这里寄放了一个快递，收件人写的是你的名字，你拿去吧。"老师将一个包裹递给王瑶瑶，他眼睛里满是期许，唇边勾勒出一道美好的弧度，笑容温暖美好。

王瑶瑶下意识地接过包裹，这个包裹有着涩涩的塑料质感，灰色的包装纸。一个疑问在王瑶瑶心中油然而生，自己最近并没有淘宝，这个快递是从哪里来的？

4

　　王瑶瑶打开了包裹，一套沉甸甸的动漫绘本赫然闯入她的视线。熟悉的封面，Summer的黑色签名，正是自己一直梦寐以求的那套书，一切快得仿若一场梦境，简直令她不敢相信。

　　扉页里是Summer留下的祝福语句——

　　亲爱的：

　　恭喜你最终获得了这套签名绘本，希望它能带给你美好的时光。

　　王瑶瑶似乎明白了，她随意地翻阅绘本，翻到其中一页，一张信纸从书里落到地上。

　　她从地上捡起，纸上的黑色小字排列得歪歪扭扭的，一看便知是夏小天的风格。

　　王瑶瑶：

　　对不起，我欺骗了你，用这么卑劣的手法获得了这套签名绘本。我也一直在扪心自问，自己不喜欢Summer，为什么还要和你抢这套签名绘本呢？

　　大概是因为我太想获得你的重视。

　　你知道吗，瑶瑶？在我心里你一直是一个很厉害的人物，学习优异，相貌甜美，而我，除了能和同学打成一片外便一无是处。所以我一直默默地仰望着你，崇拜着你。

　　可你对所有人都一直冷冰冰的，对我也不例外。

　　所以那次老师找我，让我选帮助我学习的同桌的时候，我毫不犹豫地选择了你，我想走进你的心，我想通过我的努力让你接受外面的世界。

　　但你似乎对我置若罔闻，除了课业上帮助我外，便和我再也没有别的话题。所以我只能把自己变得像狗仔一样八卦，让你对我恨得牙痒痒的，也让你记住了我的存在。

　　你答应接受我的帮助的时候，我非常高兴，这是我计划实施的第一步。

　　我知道你非常想要得到那套绘本，所以我想如果你落败了，我再悄悄地把那套绘本送给你，告诉你这套绘本是我花重金从别人手里得到的，以后，你是不是会感激我，从此注意到我？

　　我知道我用错了方法，但是请原谅，这只是一个男生想要获得你注意和尊重的苦心罢了。

　　对不起，我把这套绘本赠送给你，希望你喜欢。

　　原谅我，好吗？

　　　　　　　　　　　　　　　夏小天

　　一抹微笑悄悄地爬上王瑶瑶的脸，一种感觉像气泡一般渐渐地扩散至全身，王瑶瑶知道，这种感觉叫作释然。

影子快跑：青春有多少未解之谜？抽屉里莫名其妙的圣诞节礼物，倒数第一排那个神出鬼没的男生，以及无意发现的有纹身的女生……我们或许被这些谜题困惑了整个中学时代，或许像潘小丸一样寻根问底，最后发现原来如此。但困惑也好，了然也罢，这些"未解之谜"带给我们的好奇、懵懂、躁动或者遗憾，正是我们青春里最真切的印记。

纹身女孩的秘密

文◎影子快跑

1

潘小丸无意间发现了一个天大的秘密。

唐雨淳的左臂上，竟然有一个文身。

事情是这样的，当时高一五班正在上体育课，潘小丸忘了带钱，就跑回教室喝水，走到后门时，他发现教室里有一个人。

那人便是坐在潘小丸右边的唐雨淳，她把袖子挽了起来，正在用食指抚摸左臂上的纹身——虽然当时潘小丸站在门口，但他保证自己看见的是一个纹身！

发现这个秘密的潘小丸一时不知所措，还好唐雨淳没有意识到身后有人，潘小丸转过身，逃也似的跑了。

回到教室后，潘小丸像做了亏心事一样，不敢拿正眼看唐雨淳。接下来的语文课他一句也没有听进去，因为坐在他右手边的女生，左臂上竟然有一个纹身！

有纹身意味着什么呢？潘小丸想起了港片里的小混混，难道唐雨淳也加入了黑帮？天啊！怎么可能……潘小丸使劲摇摇头，阻止自己胡思乱想。

但是一般的女生可不会在手臂上纹身！别说女生了，就连高一级的"混世大魔王"胡天也没敢在手臂上纹身，他顶多喜欢光着膀子打篮球和站在走廊上对女生吹口哨而已。这么看来，唐雨淳真是不简单……

潘小丸又想，唐雨淳手臂上纹的是什么呢？体育课的时候潘小丸没有看清楚，不过肯定是骷髅头或者青蛇这种散发着邪恶的符号吧。

潘小丸想偷偷瞄一下，但唐雨淳穿的是长袖，手臂被遮得严严实实。这时潘小丸突然想起，记忆中唐雨淳从来就没有穿过短袖，她肯定不想让别人看见自己的纹身吧。

潘小丸想，为了安全起见，他还是装作什么也不知道的好。但是，唐雨淳左臂上的纹身就像长在了潘小丸心里一样，不把这些疑问弄清楚，潘小丸就觉得心痒难耐。

最后，害怕还是输给了好奇。下课后，潘小丸没有立即回家，而是偷偷地跟在了唐雨淳身后。

2

令潘小丸想不到的是，唐雨淳也没有直接回家，而是一个人来到了学校左边的一条小巷。

巷子尽头有两只小小的流浪狗，唐雨淳走到它们面前，从书包里掏出了一把剪刀……

天啊！她想干什么？躲在巷口的潘小丸大气也不敢出，他想到了网络上那些虐待小动物的新闻，心狂跳不止。

一想到那么残忍的场面，潘小丸就没有勇气看下去，他把头缩回来，靠在墙上紧张得发抖。

过了一会儿，唐雨淳走出巷子，潘小丸确认唐雨淳已经离开后，蹑手蹑脚地来到了巷子的尽头。两只小流浪狗有气无力地趴在地上，旁边有几撮狗毛。

狗毛是唐雨淳剪下来的吗？难道唐雨淳有虐待动物的倾向？潘小丸不可置信地摇了摇头，想不到唐雨淳是这样的人！潘小丸看了看两只可怜的小流浪狗，俯下身轻轻地摸了摸它们的头，小流浪狗享受着潘小丸的爱抚，发出低微的"呜呜"声。

回到家后，潘小丸立即向妈妈请求："妈，家里能不能养两条小狗？"

"不行。"妈妈斩钉截铁地回答。

果然不行……潘小丸沮丧地回到卧室。

夜晚，潘小丸躺在床上，翻来覆去睡不着。脑子里满是一个问题：为什么唐雨淳是那样的人？

潘小丸想起唐雨淳友好地向他打招呼，想起唐雨淳好听的声音，但白天看到的一切让他难以接受，甚至觉得有点儿委屈，本来他还以为会和唐雨淳成为好朋友，没想到……

3

第二天的英语课，王老师发下昨天英语课上测验的试卷，说："这节课我们点评一下昨天的测试卷。"

潘小丸接到试卷时，看了一下右上角的"78分"，随即不经意地往右边瞥了一眼，却看到唐雨淳的英语试卷只有62分！

要知道唐雨淳可是英语课代表，无论是作业还是周测，她都会保持90分以上。这次是怎么回事？

潘小丸偷偷瞄了瞄唐雨淳，她正拿着红笔在卷子上认真地核对答案，似乎没有为这次的低分感到沮丧。

下课后，王老师来到了唐雨淳的座位旁，亲切地问："雨淳，这次你怎么只考了62分？"

唐雨淳抱歉地笑了笑，说："可能是

没复习好吧，对不起，王老师。"

王老师点了点头："下次不能失手了哦。对了，回去让你妈妈给我打个电话吧。"

唐雨淳点点头，潘小丸却想："只是考砸了一次而已，没必要通知家长吧。"唐雨淳竟然还是一副无关紧要的表情，难道这才是会在手臂纹身的女生该有的作风吗？

可是，第二天的英语课王老师没有来，班主任告诉大家，王老师昨天回家的时候不小心摔下楼梯，左小腿骨折了，要在医院疗养一个星期。

同学们听了马上议论纷纷，潘小丸偷偷地瞄唐雨淳，她却一脸平静。

潘小丸很生气，他昨天明明看到，王老师是和唐雨淳一起下楼的，会不会是唐雨淳故意把王老师推倒的呢？这是唐雨淳的报复吗？王老师对大家这么好，即使是让考砸的唐雨淳通知家长，她也不应该做这种事啊！唐雨淳简直太过分了！

这件事根本就无法原谅。下午下课后，潘小丸又悄悄跟在唐雨淳身后，他要当着唐雨淳的面揭穿她的真面目，哪怕后果是恼羞成怒的唐雨淳叫上她的混混朋友把自己暴打一顿，也在所不惜。

尾随着唐雨淳走了好一段路，唐雨淳还是没发现身后的潘小丸。潘小丸想，要揭穿唐雨淳，应该选择在人少的地方。唐雨淳穿过一条又长又暗的小巷时，潘小丸正要上前把她叫住，却有几个人突然从巷子里闪出来，拦住了唐雨淳的去路。

那是三个小混混，一个手臂上纹着乱七八糟的图案；一个头发蓬松，戴着项链；一个嘴巴里叼着烟，夹烟的手指上还戴着两只骷髅头戒指。

他们是谁？唐雨淳的伙伴吗？潘小丸不敢作声，躲在巷口，偷偷地探出脑袋看。

那三个混混围住唐雨淳，好像在说什么，随后抽烟男动手去扯唐雨淳的书包，唐雨淳挣扎起来，另外两人抓住她的手。

抽烟男强行把唐雨淳的书包扯过去，拉开拉链把里面的东西全部倒了出来。等等……这是怎么回事？潘小丸不明所以，这时，唐雨淳喊了一声："救命……"可她刚喊出声嘴巴马上被一个混混紧紧捂住了。

竟然大白天遇上打劫的了！

潘小丸顾不上那么多了，冲上去大吼一声："放开她！"

看到突然冲出来一个瘦小的男生，戴项链的混混放开了唐雨淳，想抓住潘小丸。潘小丸朝他猛地飞起一脚，但可能由于力气太小，项链男似乎没有受到伤害，他见对方动手了，抡起拳头往潘小丸脸上就是一拳。

潘小丸感到鼻子里有一股腥味，用手

背一擦，满手都是血，这时，他突然身体一软，晕倒在地。闭上眼睛之前，潘小丸看到了唐雨淳无助的脸……

5

醒来时，潘小丸发现自己在一间明亮的屋子里，没等他发问，身边的唐雨淳就告诉他："这是我家。"

唐雨淳的妈妈担忧地问了事情的经过，唐雨淳说，她回家的时候突然被几个混混拦住要钱，唐雨淳不给，他们就抢她的书包，这时潘小丸恰好路过，就冲过来和他们干架，没想到潘小丸一下子晕了过去，还满脸鼻血。混混们以为自己出手太重，吓得逃跑了，唐雨淳打电话叫来了妈妈接他们回家。

唐雨淳妈妈关切地问潘小丸还有没有事，并感谢他帮了唐雨淳，潘小丸连忙说不用谢。

这时天已经黑了，潘小丸起身准备告辞，却发现唐雨淳家里有一只米黄色的小猫。唐雨淳正拿着一包猫粮，又从书包里拿出剪刀，剪开封口后把猫粮倒在盆子里喂小猫。

"原来剪刀是做这个用的啊！"潘小丸恍然大悟。

唐雨淳妈妈听不明白："什么剪刀？"

潘小丸反应过来自己说漏嘴了，忙解释道："呃，我说……你家小猫很可爱呢。"

唐雨淳妈妈说："是啊，这是雨淳从宠物店里救出来的。"

潘小丸皱了皱眉，唐雨淳妈妈对唐雨淳笑了笑，说："那是去年的事，街上有一家宠物店着火了，我和雨淳正好路过，雨淳她硬是要冲进去帮忙救店里的小动物，我怎么也拦不住。为了救这只小猫，雨淳的手臂还被烧红的货架烫伤了，留下一块不小的疤痕，店主为了感谢她就送了这只小猫。可雨淳手臂上的疤痕却无法去掉，她又爱美，只能一年四季穿长袖，到了夏天能把自己热死。"

"妈，你不要那么话痨啦！"唐雨淳放下猫粮走过来，"新的小猫纹身贴你买到没有？这个快被洗掉了。"说着摸了摸左臂。

妈妈点了点头："买到了，放在你抽屉里了。"

原来只是纹身贴，潘小丸吐了吐舌头。

"对了，王老师不小心摔伤了腿，你们香港一日游的计划可能要推迟了。"唐雨淳又说。

"我知道了，改天你陪我一起去看看她吧。"

唐雨淳点点头。潘小丸却一脸茫然地看着唐雨淳，唐雨淳解释道："哦，我妈妈和王老师是好朋友。"

"所以那天王老师叫你妈妈给她打电话，只是为了商量什么香港一日游？"潘小丸问。

唐雨淳疑惑地回道："是啊，你干吗在意这个？"

潘小丸使劲地摇了摇头，扯开话题："呃，我要回家了。"

唐雨淳说："我送你出去吧。"

6

没想到，两人一走出家门口，唐雨淳马上就变了脸："潘小丸，你给我从实招来，为什么要跟踪我？"

潘小丸支支吾吾答不出来，唐雨淳坏笑着威胁道："不说的话，我就把你会晕血的事告诉别人哦。"

还是被发现了嘛！在巷子里的时候，潘小丸一看到自己的鼻血就晕了过去。潘小丸觉得很丢脸，只好说："我、我是想……看一下你手臂上的纹身……"

"原来你早就发现了？"唐雨淳说，"但是，这点儿事用得着跟踪我吗？"

潘小丸低下头不再说话。唐雨淳又说："喂，潘小丸……你喜不喜欢小狗？"

"还好啊，干吗？"

"你能不能帮我带两只小流浪狗回家养？"唐雨淳说，"拜托你啦，我家里有了猫，说什么妈妈也不让我多养两只狗……"

"你是说……学校旁边巷子里的那两只流浪狗？"潘小丸看着唐雨淳，点了点头，"我一定会努力说服我妈妈。"

"太好了！"唐雨淳眼睛都亮了，说话的音调提高了不少，"你一定要好好对待它们哦，它们吃完就会乖乖睡觉。不过你要注意噢，它们常常打架，会打得毛掉一地，你得做好以后要打扫狗毛的心理准备……"唐雨淳吐了吐舌头，仿佛这是她的错。

潘小丸点了点头，过了一会儿又说："对了，我能不能问你一个问题？"

"问吧。为了感谢你，我一定如实回答。"

"你上次英语为什么只考了62分？"

"那个……因为我当时身体不舒服。"唐雨淳竟然脸都红了。

潘小丸想起唐雨淳那天也没去上体育课，终于意识到了什么，顿时觉得尴尬不已，不再说话。

这时两人走到了公寓楼下，唐雨淳停住脚步，说："送你到这里好了。"

"嗯，我回去了，再见。"潘小丸说完就走。走了几步又回过头，他看着唐雨淳蹦蹦跳跳地跑上楼的背影，嘴角突然牵起一丝微笑。

虽然潘小丸还是没有真正看到唐雨淳手臂上的"纹身"，但他已经知道，那里有一只心地善良的小猫。

西雨客： 莫小安由于一场意外少了一根手指，于是在某些人眼中，他变得不正常了。可是到底是莫小安不正常，还是那些嘲笑他的人不正常？我认为是后者。我们不能因为别人的不同而肆意嘲笑或歧视。当我们少一些偏见，多一些正视，你就会发现，你多了的不止一个朋友而已。

莫小安的第四指

文◎西雨客

1

第一次见到莫小安，是在冬天。

当天班主任领来一个穿着黑色皮袄、眼神冰冷的短发男生，大声对我们介绍说："他是莫小安，以后就是我们大家庭中的一员了，同学们要互相帮助。"

班主任眯着小眼，透过厚厚的镜片把全班扫视个遍，然后他伸手指向我："莫小安，你和月晴晴坐一起。"

莫小安朝我看看，走到我面前，费力地把他那个巨大的书包甩到课桌上，伸出左手，依旧冷着脸对我说："你好！"他手上戴了一款毛绒的黑色手套。

我皱着眉，嘟着嘴，很不情愿地伸出手。

那天很晚才放学，天已经暗下来了，又下起了鹅毛大雪，我躲在妈妈的车厢里，冻得直打战。

我透过车窗，看着寥寥无几的行人，正想和妈妈抱怨新同桌，眼一瞥，看见莫小安一步步走在马路沿上，手缩进衣服袖子里，抬脚把地上堆积的雪踢得四散飞扬。大雪呼呼落下，在他身上好像撒了一层白染料。

我看着他藏进大衣里却仍显消瘦的身影，对新同桌到嘴边的抱怨，不知怎的又咽了回去。

莫小安坐在我右边，总是静静的，他好似恨不得躲进那件他常穿的大衣里，不愿让任何人注意。他上课不举手回答问题，甚至连老师的笔记都不太记，只是坐得笔直。

不记笔记，看你能考多少分！

不止我这样想，班里同学都这样想。课间，有时大家聚在一起闲聊，总少不了关于莫小安的话题。

有的说："他啊，我看就是一个不学无术的人，看他考试后还怎么牛！"

有的说："就是，你看他平时冷着脸，装什么啊！"

还有的说："听说他家就在化工厂旁边，那里不是只有落魄者才住吗？"

可是让我们大跌眼镜的是，莫小安在来这儿的第一次考试中就夺得年级桂冠。大家你一言我一语在背后议论，都说"肯定是抄的，下次一定露馅"之类愤愤然的话。

不过一个学期下来，大家全部哑口无言。莫小安甚至稳压我一头，又考了个第一。

我很好奇，开始慢慢关注莫小安。可是他还是默默看书，一个人回家，眼神平淡，神情冰冷。

直到春天悄然来临，我才发现莫小安并没有想象中的那么孤傲和拒人千里。

❷

卫强顶着个光头带着几个跟班，昂头挺胸地踏着上课铃声进班，在大家恨恨的目光中抄起一个同学的作业本走回座位。

卫强是班里坏学生的老大，整天欺负同学，大家对他又怕又恨。

那天课间，我正写作业，在大家惊呼声中连忙抬头，一眼就瞅见朝我飞来的黑影。我吓了一跳，仔细看，原来是只麻雀。我腾地站起来，气愤地喊："是谁把麻雀扔过来的！"

卫强在人群中嬉皮笑脸地说道："哟！惹到我们班长大人了，这个小麻雀朝哪儿飞，可不是我说了算！"

我重重地"哼"了一声，气愤地坐下

时，我惊讶地发现莫小安正在回头看，一丝焦急在他往常平静的脸上一闪而过。

这时卫强跑到我身边，一把抓住麻雀，攥得小麻雀叽叽地惨叫不停，嘴里说："你飞啊，你继续飞啊！看我不把你羽毛剪光！"他说完哈哈大笑起来。

我狠狠皱起眉，正想让他放开小麻雀，眼睛一瞥，却看见莫小安眉头紧锁，带着手套的手攥得"咯吱吱"响，然后他腾地站起来，在大家惊诧的目光中，一把夺过小麻雀，朝外面跑去。

卫强愣了愣，嬉笑的脸瞬间狰狞起来，映着稍微隆起的小肥肚追了过去，教室外爆发出一阵又一阵的尖叫声。

我慌忙赶过去，朝着正欲对莫小安拳脚相加的卫强喝道："卫强！你干什么？"

我的喝声起了作用，不过趁我慌神，卫强还是一拳重重地打在莫小安脸上。后来卫强被老师叫去教务处，狠狠训了一顿。

我看着被打成熊猫眼的莫小安，递过去一张湿巾。他愣了愣，没有拒绝。

上课的时候，莫小安悄悄递来一张纸，上面写着：月晴晴，谢谢你。

我偏过头看他，他嘴角上扬，对我笑笑。原来莫小安不是冷漠的人啊。

❸

自那以后，莫小安对我不再冷冰冰的了，虽然他还是像平时那样静静地看书。

有时在我着急找不到橡皮却急着用时，他总会默默地把他的推给我；中午在学校吃午餐，他也不介意和我一起吃，只是他吃得很少，只吃蔬菜和米饭；还有每次考试前，他总会递给我一张字条，写着：月晴晴，我们一起加油！

有时我从外面回来，一进教室，原本哄哄的吵闹声便一下子停下，大家齐齐看向我。我才知道，大家课下的闲聊话题，已经变成了莫小安和月晴晴。

有次我不顾形象地发火后，这些乱七八糟的闲言碎语瞬间销声匿迹，可是不久就发现他们只是转移了阵地，并且讨论得愈加激烈。

时间过得飞快，一转眼，散发淡淡幽香的紫薇花就绽遍了整个校园，煞是可爱。

我脱下了厚厚的棉衣，脱下了素色毛衣，最后换上了薄薄的连衣裙。只是让我惊讶的是，莫小安却一直戴着手套，由冬天的毛绒手套，换成春季外出的护掌手套，再到现在的薄纱手套，换了三次，但都是黑色的。

莫小安怪异的举动，在班里又引起了轰动。

同学们七嘴八舌地猜测。不知从什么时候起，大家好像达成了某种共识，开始刻意避开莫小安。

甚至有一次，数学课代表张恪对我说："月晴晴，你赶快找老师调位吧，你看莫小安那样，指不定得了什么传染病！"

我当时就紧皱眉头，怒瞪着他，硬生生把他吓跑了。

我虽然也对莫小安的行为感到奇怪，可是我更讨厌那些说三道四、在背后戳人脊梁骨的小人！

莫小安变得敏感了好多，有时我不经意地发现他常常朝爆发大笑的人群偷看，两只戴着黑色手套的手不安地拧在一起。

我写了张字条传过去：莫小安，我才不会和那些人站一边呢！

我对着抬头看我的莫小安使使眼神，又写道：期末考试我还要超过你呢，看谁考第一，输了请吃大红苹果！

他抿着唇，朝我点点头。

第二天，莫小安悄悄戳我手臂。我转过头，看到他变戏法般摊开手掌，手里托着一根用红绳系着的狗牙，衬着黑底的手套，显得异常精致。

他小声说："月晴晴，给你的！"

我张大嘴巴，正想说谢谢，就看到他拿出另一条，在课桌下晃了晃，然后我们相视而笑。

期末考试的前一天，我像往常一样走进教室，奇怪地发现大家都聚在一起，我说："快上课了，大家回座位坐好，课代表收一下作业。"说话的时候，看见莫小安低着头，看不清他的表情。

我刚说完，张恪就怒气冲冲地抱着一大摞本子朝我走来。他一边将本子重重放下，一边说："班长，你看看吧！这是谁干的好事！"

在张恪打开本子的一刹那，我吃惊地张大嘴巴。原本干干净净一片雪白的作业纸上乱七八糟地印着张牙舞爪的漆黑手印，我快速翻看，每一个本子上都有。

我一想到老师将要发火，略带焦急地说："你们知道是谁干的吗？"

卫强突然上前，摊开一个本子，然后指指月晴晴这几个字，撇撇嘴说："你说是谁？"

我不知道卫强指我的本子又想干什么，有些生气地说："我怎么知道是谁！"

卫强无辜地看着我说："你有一个好同桌啊！除了你的作业，其他人的都被弄脏了。还有，你难道没有发现，这些手印只有四个手指头吗？"

我明显感觉到身边的莫小安身子不安地颤动了一下，而后凝神看去，果然，上面的手印确实只有四个手指。

我压下心头的怀疑和担心，问："这能说明什么？也许是谁在恶作剧！"

卫强看了看大家，忍住笑，说："我说班长大人，你是真的不知道还是装傻啊？莫小安整天戴一副手套，没问题才怪！"

我怒目而视："别诬赖莫小安！我看你是存心找事！"说完我担心地看向莫小安，只见他瘦小的身子狠狠颤动着，纤细的手臂上青筋暴突。

"诬赖？那我就让大家看清楚！"说着卫强突然抓住莫小安的手臂，在莫小安惊慌的反抗中，迅速又粗暴地一把扯下莫小安的手套。

"不！"莫小安发出一声几近乞求的哀号。

我一眼就看见莫小安颤动的右手孤零零地悬着四只手指，小拇指处是一片可怖的伤疤！大家瞬间哗然，后退了很大一段距离，然后开始愤愤然地责怪与挖苦莫小安。

"不……"莫小安声音哽咽，眼泪一滴一滴地流下来，他拼命挣脱卫强的大手，哭着冲出教室。卫强脸上闪过一丝得意，配合大家的哗然吵闹，歪歪嘴笑起来。

"够了！"我冲着所有人大喊，这次我真的生气了！我捡起地上的黑色手套，朝莫小安追去。

我一路急跑，看见小安蜷着腿缩在学校湖边的躺椅旁，低低地抽泣。我轻轻走过去，在他身边坐下，看着他颤动的肩膀，说："小安。"

他不抬头，也不说话，只是埋头哽咽。我心里似被针扎一样难受，轻轻去握小安的右手。他猛地一震，想要挣开。

我叹口气，握住他的手，小心翼翼地给他戴上手套，然后，我们九指相扣。我说："小安，我相信你。"

他慢慢地停下抽泣，抬起一张满是泪水的脸，看着我，说："谢谢你……"话还没说完，就泣不成声。

后来我怒气冲冲地回去，发了好大一通火后，终于查出了事情的真相：卫强由于上次打了莫小安被学校处分，而对莫小安怀恨在心，一次偶然的机会，他发现了莫小安的秘密后，想出这个让人憎恨的坏主意。

当然卫强少不了又挨了一番批评教导。

5

从那次开始，同学们开始认识到以前的错误，并向莫小安道歉。我作为班长，乐得大家相处融洽。

后来得知莫小安幼时突遇车祸，小拇指被车轮彻底碾碎。他因有异于常人的生理缺陷，总会陷入深深的自卑，所以戴上手套，并且不愿接触别人，以此试图保护自己。他内心敏感，却是一个善良可爱的男生。

暑假里，莫小安找到我，说要给我一个惊喜。我疑惑又兴奋地在紫薇花丛中看见他，他没有戴手套，抬起四只铿锵有力的手指，朝我挥挥手，脸上笑容灿烂。我笑着径直跑过去。

莫小安说："闭上眼。"我闭上眼睛。

他说："好了。"我慢慢睁开眼睛，看见在莫小安手里熠熠生辉的蝴蝶标本，惊讶得合不拢嘴。

莫小安"咯咯"地笑着，阳光下，好看的脸庞闪着朦胧的光芒。

莫小安对我说，这是他最喜欢的昆虫。毛毛虫在经历过异常痛苦的蜕变后，才能化作如此美丽的蝴蝶。

是的，其实莫小安就是一只这样的昆虫，从前是毛毛虫，经过撕裂般的痛楚后，现在终于化为了蝴蝶。

阳光下，莫小安的四根手指，被镀上了一层金色。

【萌心会客厅】　　主人：薇薇曼　客人：西雨客

西雨客：大家好！我是西雨客，是一个爱自然、爱生活、爱动物的大孩子，也是一个二点五次元夹缝生物，平时，除了画画和写小说，还喜欢看漫画和睡懒觉。

薇：请问一下爱睡觉的西雨客君，"西雨客"这三个字究竟是什么意思？
西：没特别的涵义，想笔名的时候，实在不知取什么好，就想到了跟自己真名同音的"雨"，就起了西雨客。

薇：西雨客有些拗口，请问有朗朗上口的外号、昵称吗？
西：西雨客的亲友们会喊"四哥""雨妹""玉梅"……实在太害羞了！

薇：哥哥、妹妹，傻傻分不清楚，所以雨客究竟是男是女？
西：男滴，而且是一名奔三的老大叔。

【PART06 奇妙摩天轮】
　　黑女巫不见了，小书馆消失了，米迦勒和梦之精灵仿佛从来都没有存在过一样，再也找寻不到半点踪迹。
　　小孩童难过地在街上游走。他曾经是天使，他差点就能重新成为天使，却为了逃避漫长的历练，失去了成为天使的可能。
　　这样想着，小孩童走到了城郊。
　　夜幕降临，不远处的摩天轮如同灯塔一样闪闪发光，诱惑着小孩童。小孩童不自觉加快脚步，朝摩天轮奔去，被摩天轮带向高空，俯瞰更高更远的风景……
　　摩天轮转了一圈，回到起点。小孩童从摩天轮里钻了出来，眼神坚定。
　　他知道自己接下来要做什么了。
　　他不会再伤心、彷徨了！

绘／夏夜

喵掌柜： 我的好朋友，有一个不争气的弟弟，很早就辍学去了外地。那时朋友半夜为他送行，因为时间太急，光着脚就跑去了车站。我无比羡慕有姐姐的人，姐姐总是不争不抢，温柔待你。我想姐弟之间的感情，就是这样深沉又特殊的，因此我想把这个故事送给所有亲密的兄弟姐妹，分享这份难得的亲情。

旧物理的时光机

文◎喵掌柜

恶作剧

住在双葵镇的孩子都知道街角那间小小的杂货铺。

在西街拐角的第一个胡同里，木质的匾额看起来年代久远，上面没有写一个字，像是个不经意的玩笑。

空荡荡的匾额挂在门上，承载着饱经岁月沉淀下来的旧时光，与商业气息浓厚的街道显得格格不入。

店铺的经营方式也像是主人在开玩笑，说是杂货铺，生活用品、零食百货却一概没有，反而都是些无人问津的旧物杂货。

肖茵每次坐在里面的时候，都觉得自己简直要和店铺里那些永远卖不出去的老古董融为一体了。

而眼前这个少年，穿着和她相同款式的蓝白校服，正皱着眉头走来走去，顺便用脚踢了下地上生了锈的水龙头。

门外是骑着单车的四五个男生，一幅看好戏的样子等着看店里怎么收场。

肖茵叹了口气，知道又是那种被人怂恿，或是打赌而进了这家店进行"探险"的幼稚情节。这种情况总会时不时地发生，大抵是大家对杂货店的传闻太过好奇。

肖茵抱着手臂站在门口，看着他在铺子里转了好几圈，终于忍不住问道："你要找什么？"

男生有些不耐烦："他们说这里有好东西卖，我看也不过是些破铜烂铁嘛。"

他说着，动手拉开最后一排的货架。肖茵想要阻止已经来不及，沉积多年的旧物摆放得乱七八糟，被他用力一拉，整个货架剧烈晃动几下，突然哗啦啦全部落下来。

肖茵惊叫一声，好在少年及时退到了门口，架子上的杂物像塌陷的墙壁瞬间掉了一地。

肖茵看着满地狼藉顿时头疼不已，再回头时，那帮少年已经骑上单车吹着口哨跑远了。

她叹了口气，门外被阳光反射的一角

微微刺眼,肖茵弯腰捡起来,是男生身上掉落的名牌,方方正正地写着"梁继"两个字。

笔记本

第二天是周一,有惯有的升旗仪式,肖茵去得晚,到校时发现升旗台上居然站着一个人,那人倚着旗杆,一副吊儿郎当的模样。

身边的人不屑地摇了摇头说:"喏,七班的梁继,这次因为逃课被抓了。"

肖茵皱了皱眉,口袋里的金属名牌有些硌手。

下课去办公室的时候,梁继正在里面作检讨,年级主任一脸气急败坏道:"学什么不好偏偏学这些,你自己好好反省吧!"

他倒是毫不在乎的模样,倚在办公室的桌子上,似乎是认出了肖茵,还冲她眨了眨眼睛。

肖茵脚下一顿,立刻拿了资料走出办公室,不想和他有一丝半点的瓜葛。

放学后,肖茵回到杂货铺,屋子里一地狼藉没有来得及收拾。她忍不住叹气,俯下身一件件捡起来,有生锈的铁盒、泛黄的线装书、断了伞骨的旧雨伞……肖茵不知道祖父留着这些做什么。自从她开始照看杂货铺,还从未见过一个顾客光临这里。

谁会光临一家旧物回收站呢?

正想着,门口的光线被一道阴影遮蔽,肖茵从旧物堆里抬起头,看到梁继被光线照得有些突出的轮廓。他冲着她咧嘴一笑:"抱歉,我来帮忙了。"

他说着就挽起袖子,将东倒西歪的置物架扶起来。肖茵从地上整理出杂物,梁继负责重新摆放好。天色很快暗下来,仲夏的夜晚来得很快,梁继将最后一个箱子置放妥当,骑上单车融入夜色里。

肖茵看着他远成一个点,路边是尽数亮起的街灯,整条街都变得空旷起来。夏夜的晚风带着甜腻的气息,头顶的旧招牌发出"嘎吱嘎吱"的声响。

她重新回到店里,墙角光线照不到的地方有一本被遗忘的笔记本,红色封皮略显陈旧。她随手翻了翻,干干净净的书页上没有一个字,只有一张照片轻飘飘掉了出来。

肖茵俯身捡起,发黄的纸张颇有年代感。照片上的清秀少年有着干净利落的短发,笑起来眼角弯成半月。

肖茵只看一眼便愣住了,一股凉意渗进后背。微凉的晚风透过窗台吹进来,窗帘卷着风声浮动,像是随手打开了一个秘密世界。

那照片上的人,分明是刚刚离开的梁继。

声音

不久之后就是月考,期间肖茵很少遇

到梁继。放榜那天她去办公室领试卷，所有人都围着报栏数名次，肖茵往下看了看，梁继排在倒数第十的位置。

还没到办公室，就远远听到年级主任的咆哮声，肖茵推开门，就看到年级里的吊尾车都在被训话，梁继站在一群人中间，别人都站着，唯有他倚在墙根扎马步。

年级主任拿着一沓试卷往他头上敲，吼道："你说说你，为什么缺考一门？"

肖茵一愣，梁继三门功课的成绩就考出这样的总分，倘若他不缺考，那么年级里的前几名会不会多出一个人？再回头看他，仍然是之前那副对什么都不在乎的模样。肖茵想起杂货店里的照片，心里隐隐在意起来。

放学后肖茵照例回到店铺里，因为常年没有人光顾，她百无聊赖地趴在窗台上做练习题。

一株绣球花开得正好，带着余温的光线渐渐偏移，她迷迷糊糊中觉得窗帘似乎被人掀开，紧接着一声细微的叹息像是凛冽的水，突然在耳边激荡开来。

"真是笨蛋哪——"

陌生的女声带着半分无奈和半分叹息，像是盘旋的风充满整个室内。

手里的笔抖了抖，"啪"的一声落在地上。肖茵立即清醒过来，微风拂过窗帘，什么也没有留下。她只觉得周遭异常地冷，那个声音太过真切，仿佛上一秒还在耳边。

身后蓦地被一道阴影覆盖，肖茵立即跳起来，回头看到不知道什么时候进来的梁继，正弯腰将掉在地上的签字笔捡起来，一脸疑惑地看着她。

"我应该长得没这么吓人吧？"

肖茵松了口气，接过笔立刻摆出逐客的姿态："怎么是你？"

梁继装作没有看到她的态度，笑嘻嘻地坐下来，一只手摆动着圆滚滚的花团："路过时看到你睡着了，就进来看看。"

肖茵懒得和他纠缠下去，低头继续看书，梁继单手托着下巴，嘴里哼着不知名的歌。

夕阳的最后一抹光线也黯淡下去，天边是焰火一样燃烧的晚霞。梁继眯着眼睛似乎看得入神，肖茵看着他的侧脸，想起成绩单上缺考一门的总分。其实认真算下来，梁继几乎每门功课都应该是接近满分的成绩。

肖茵心里有一堆谜团，却不知道怎么开口。梁继虽然看起来什么都不在乎，但实际上这也是一种强硬的自我保护。

正想着，肖茵眼前突然伸出一只手，点了点她刚算完的习题："这道题算错了，并且这种算法……也太笨了吧。"

肖茵一愣，梁继仍然懒散地坐在窗台边，见她一脸疑惑，便简单讲了几句，果然是简单便捷的算法，连老师也不曾教过。肖茵一时有些愣住，梁继以为她没有听懂，不禁弯起嘴角："听不懂吗？真是笨蛋哪。"

她心里一顿，这句话和刚刚梦里的一

模一样。唯一不同的是，梦里似乎是个女生的声音。

梁继说完这句也愣住，像是突然触动了某根神经，他弯起的嘴角立刻放下来，整个像是变了一个人，全然没有之前懒散的模样，取而代之的是一脸凝重。

"抱歉，我该回去了。"

肖茵想要说什么，他已经起身往门外走去。单车发出清脆的声响，梁继的背影很快远成一个点。

梦里的叹息像是余音未散，仍盘旋在耳际。

——可是你，究竟是谁？

问题学生

月考过后，夏日马拉松的海报已经贴满了整个校园。

肖茵发放宣传册的时候路过梁继的班级，整个班里正在大扫除，梁继和一群男生站在楼梯的拐角处，有人故意将手里的水桶踢倒，满满一桶水洒了整个楼梯，路过的女生被水淋到，衣服立刻湿了一片。

楼上传来男生恶作剧的哄笑声，有人怪叫着："啊呀，温齐，你中奖了呢。"

肖茵站在远处，看到梁继在人群里笑得最放肆，被嘲弄的女生站在原地，一副快要哭出来的表情。

肖茵走过去将她扶起来，恶作剧的男生们一哄而散，梁继脸上的表情僵了一瞬，转身跟他们一起走开了。

肖茵叹了口气，心里闷闷的，有一种强烈的挫败感。

明明好不容易，似乎终于掀开了他的另一面，他却立刻换上更加放肆的面孔。

肖茵扶着温齐去洗手间，将身上的脏水冲干净，白色衬衣上沾了水，在光线下几乎透明。她有些尴尬道："谢谢你，我还是等衣服干了再回去吧。"

肖茵皱了皱眉，推开洗手间的门，门外的栏杆上放着一件男式的校服外套，她拿起来给温齐披上，右边胸口的位置有两个细小的针孔，原本应该挂着的名牌不见了。

肖茵抬头看了看，整个校园空荡荡的，没有一个人影。

这之后她很少再看到梁继，偶尔听说教务处发处分，白纸黑字的名单上，几乎每次都有梁继的名字。

翘课、打架、冲撞老师，总之，但凡违纪的事他都能沾上边。

坠落

马拉松比赛赶在夏末的尾巴上。夏天的雨说下就下，肖茵整理好店铺就往家里走，行至半路还是赶上一阵大雨。

时间已经晚到没有公交车了，肖茵想了想，决定咬咬牙冒雨跑回去。

第二天肖茵起了大早，赶到操场排队

集合，她只觉得头脑昏昏沉沉。梁继站在隔壁班的队伍里，背上别着大大的号码牌，正在和别人说笑着。她无暇顾及。

规划路线之后比赛开始，沿着河堤一路至西街，最后的终点是城市广场的旧电影院。

肖茵跑了一段时间就觉得头晕眼花，摸了摸额头，有些发烫，想来是淋雨得了重感冒，于是放慢脚步喘了口气。梁继在后面不远处，整个人看起来有些不安的样子。

她慢慢加快脚步，河堤上是被雨水冲刷后的石子，夏日的光线反射在上面，看起来白花花一片。

肖茵只觉得脚下一滑，整个人头重脚轻，慌乱的瞬间似乎听到身后有人惊呼一声，她来不及有所反应，整个人就随着失去的重心"扑通"一声掉进水里。

像是整个世界都倾倒过来一般，冰凉的水无孔不入，头脑却在水下的那一刻清醒过来。

——喂，真是笨蛋哪。

是谁在她耳边说话？然后有一双轻柔的手拨开四周环绕的水，托住她的身体，她缓缓睁开眼睛，看到一张清秀的脸。

短发，笑眼，模样几乎和梁继一模一样，但仔细看了却能发现略有不同。

那样纤细精致的脸孔，分明是个女生。

肖茵想要说些什么，嘴里却立刻被灌满水。身体在被人拉扯着往上拖，在头顶上方几乎能看到投射在水里变了形的太阳。

"啊，他来了呢，已经没事了。"

细弱的女声和梦里听到的一模一样，肖茵回头看到她放开了手，正渐渐沉入水里。她挣扎了几下，水面上突然跳下一个身影，将她连拖带拽拉回岸上。

日光亮晃晃刺痛了双眼，肖茵睁开眼睛的时候看到的是梁继毫无血色的脸，他的头发还在滴水，一滴一滴落在她的耳边。

她咳了一口水，挣扎着慢慢坐起来。梁继紧绷的面部终于有所缓和，像是终于松了一口气，他突然握住她的肩膀："就那么喜欢跑步吗，生病了为什么还要比赛？"

肖茵被他晃得头晕目眩，好不容易喘了口气："梁继，我看到她了。"

"嗯？"梁继一愣，肖茵看着他，伸手为他拭去额头上的水珠。她叹了口气，"我看到她了，那个女生，和你长得一模一样。"

被抓住的肩膀慢慢松开了，梁继整个人像是被雷电击中了一般，一双眼睛突然模糊了焦点。

"是她救了我。梁继，她在那里已经很久了吧，就在你下来的那一刻，她的眼睛在笑呢。"

他讨厌她

是谁在错过的时间里说了那样过分的

话。

——真是笨蛋啊！

——你怎么不笨死啊。

梁继后来才明白，原来挂在嘴边的那句口头禅，是因梁熏而起的。

那个只比他早出生一年的姐姐，却从来没有姐姐该有的样子。她留着短发，总是逃课，跟男生一样打架闹事，简直是典型的反面教材。

而她因为从小天资聪明，一直备受大人的关注。

14岁那年，梁熏因为成绩太烂留级，和他念同一班。

留着同样的发型，几乎一样的身高，连长相也十分相似，梁熏像个假小子，他却总是因此被嘲笑。

他是讨厌梁熏的，总是闯祸，明明是姐姐却活得那么不负责任。

梁继后来想，那时候梁熏应该也不喜欢他，每次路过教室后排，总有男生吹着口哨调侃："梁熏，你家乖宝宝来了。"

梁熏总是不耐烦地从桌子上抬起头，脸上是上课睡觉留下的印记，整个人都显得烦躁不堪。

梁继那时候总是想，他和梁熏唯一相同的，恐怕只有那张脸了。

而后来，那张和梁熏相似的脸也成了他的痛处。

那年冬天他骑车回家，看到梁熏在河堤上和几个不良少年扭打在一起。

他本能地装作没有看见，却还是忍不住停下车子。有人认出他，将他从车上拉下来。他挣扎几下，几个人立刻扭打在一起。

慌乱中他听到梁熏骂了一句脏话，整个人就被抬起来丢下了河堤。

冬天河水那么急，冷得刺骨。他在挣扎中踢掉了鞋子，身体被水冲到稍远的地方。

梁熏只看到他的鞋子越来越远，以为他被河水冲走。她就那么不顾一切地跳进水里。后来，他咬着牙爬到岸上，却看到梁熏一只手死死拽着他的鞋，已经游到河中央。

梁继后来想起来，仍觉得那天冷得好像连时间也冻住了。

他在岸上大叫梁熏的名字，平日里无所畏惧的梁熏，在汹涌的河水里像一片无助的叶子。他伸手去拉她，寒风绕过指尖，像是针扎一般。

明明快要拉住她的手，明明只要他再努力一点。

可是那么湍急的水，他却胆怯了。梁熏突然冲他笑了笑，伸出的手放下了。

他到后来才知道，人的求生本能到底有多可怕。即使是自杀的人也会因为身体固有的求生本能而在最后关头放弃求死，而梁熏，却在那个紧要的时候选择放下了手。

她一定是看出来了吧，他的胆怯和懦

弱,所以才不屑拉住他的手。

她在最后一刻一定还在嘲笑他吧,那个胆小鬼,打架帮不了她,还让她身陷险境。

那张全世界和他最相似的脸,终于还是变成了镜子里的影子。

可是为什么,明明从来没有当过称职的姐姐,却在最后一刻那么尽职尽责。

所以后来的他,其实是在努力模仿当年的梁熏啊。和梁熏一样逃课,打架,不用功念书。他在失去的时间里,只能用这种方式来怀念梁熏。

他是那么讨厌她啊。

遗忘的断代史

梁继失踪了。

肖茵找遍了整个学校,所有人都觉得理所当然:"肯定又是和那些人混在一起啦。"

她有些颓然地坐在台阶上,口袋里的金属名牌发出清脆的声响。

身后有人拍了拍她的肩膀,肖茵惊喜地回头,发现是个短发的女生。对面的人被她脸上明显失落的表情吓了一跳,怯生生地递来一个外套。

肖茵接过外套,才发现对面的人是那天被水淋湿的温齐,她低着头,表情有些腼腆:"听说你在找梁继,我看到他在后面那条夜市街上……"

肖茵立刻抱起衣服冲出去。

找到梁继的时候他已经在大排档里喝挂了,整个人摇摇晃晃,和一群不良少年混在一起。

梁继迷糊中看到她,咧开嘴笑了笑:"咦?好巧,你也逃课啊?"

肖茵没有回答,直接端起桌子上的水杯,兜头浇在梁继头上:"别装了梁继,你这么闹下去实在太幼稚了。"

梁继愣住,肖茵叹了口气:"混蛋,白白浪费了这么聪明的脑袋。"

"没有人会为你的现在埋单,以别人为借口这么消沉下去,毁掉的只会是你自己。"她顿了顿,从包里拿出笔记本,"这是她留给你最后的礼物,别让她失望了。"

梁继头上还在滴水,夏末的风将书页哗啦啦翻开,原本空白的纸张上写满了密密麻麻的字。

算不上好看的字体,甚至有些潦草,却看得出是一笔一画用心在写。

梁继捧着笔记本,像是翻开了一部遗忘的断代史。

10月17日,梁继的生日,体育课的时候我把送他的新足球踢到他脸上,他看起来很不高兴的样子。

11月13日,天气变冷,早上起床看到梁继在背单词,我决定晚上把他的单词书藏起来,让他睡个好觉。

……

再往后翻,一张照片落下来,面目清

秀的女生，笑起来眼角弯弯的样子。

像是有什么东西冲破了心里那道墙，梁继只听见"哗啦"一声，有什么碎了一地。他闭上眼，笔记本上"啪嗒"一声，晕了一个水圈。

肖茵将外套丢在他的头上，刚好遮住了他的脸。

她想，从那滴眼泪开始，一切故事终于结束了。

日光耀眼

一场大雨带来了凉爽的秋天，夏日的蝉鸣越来越少，取而代之的是满地脆薄的树叶。

期中考的成绩放榜那天，肖茵拿着试卷站在报栏前面。

红底黑字，从上面数第十七个是她的名字。她有些挫败地叹了口气，再往上看去，身后突然有人拍了她一下。

手里的试卷被抽走，对面的男生皱了皱眉头，眼睛弯起来，嘴上却不客气："真是笨哪，已经告诉你解题方法了还是算错。"

肖茵瞪了他一眼，梁继立刻跳出去很远："放学后我去杂货店找你，这次别忘了把名牌还给我。"

他抱着一颗略显破旧的足球跑远，肖茵抬头看了看，榜单的第三个位置，方方正正写着"梁继"两个字。

头顶日光耀眼，她想起水底那个微笑的少女。

那些心愿和执念，是不是只有在最后一刻才开始后悔以前没有努力去完成？

我有那么多话没有对你说，我藏了那么多心事想告诉你。可是，即使打败时间也要让你知道的，只有那么一件微不足道的小事。

我是那么爱你啊，我亲爱的弟弟。

【萌心会客厅】　主人：潇王爷　客人：喵掌柜

喵掌柜：三流艺术系毕业生、资深懒癌患者、强迫症、七月病，内心住着个抠脚汉子，偶尔撒娇打滚卖萌，切换人格堪比精神分裂。顾名思义是个喵控，喜欢一切软绵绵毛茸茸的东西。作品不多，尝试过各种题材和方式，最爱还是软萌少女向，不为别的，只为弥补当年没能过好青春期的遗憾。始终认为最美好的时光就是青春期，把梦想放得无限大，把世界看得小，希望我所描绘的，是你心中的那个故事。

潇：喵掌柜一定很爱喵星人吧，家里现在养的有喵吗？
喵：简直不能更喜欢喵了。以前养过一只喵，它两岁的时候病死了，这之后家里养喵成了禁忌，心碎。
潇：那有为喵星人写过什么纪念它的稿子吗？
喵：很久以前吧，写过一个女生和喵的故事，大概是喵星人的报恩之类的（题材是比较老啦）。不过真正意义上专门写人类和喵星人的目前还没有尝试过，觉得动物的故事比较难把握。

PART 06 奇妙摩天轮

戚悦： 当初想到写关于人偶题材的故事，也是因为看到微博上，许多好友都在尽心尽力地养着属于自己的"孩子"，他们为自己的娃娃穿衣打扮。我虽然不太了解，却也能感受到他们的用心，所以时常幻想，如果这些娃娃真的有了生命，一定也会很爱自己的主人吧。

人偶会说话

文◎戚悦

1.

我的爸爸是个鼎鼎有名的腹语师，而所谓腹语师，就是经过长时间的练习，不用张口便可以轻松使用声带发出声音，从而一人进行两个人的表演的人。

他们通常在表演的时候，需要一个人偶作为自己的搭档。

而我的爸爸，他不仅可以操作人偶，做出精彩绝伦的表演，甚至还能自己制作出华丽的人偶。

起初，我以爸爸为荣，他的名声享誉整个小镇，甚至是全国。

但随着年纪的增长，我也敏感地发现，爸爸越来越多的时间被腹语术的表演和人偶的制作给占据了。

他总是对我食言，说会很快回来，陪我去游乐场，却一出门便是几个月。说会给我带好吃的，却因为制作人偶而将承诺统统忘记。

为什么爸爸面对人偶的时间，比给我的还多呢？是不是比起我来，他更喜欢他亲手创造出的那些人偶呢？

意外终于还是在某个炎炎夏日的午后发生了，爸爸因为要去邻市表演，而乘坐的汽车冲出了大桥，妈妈哭得很厉害，我的心里也难过极了，却流不出眼泪来。我听到来吊唁的人，说我表情木然，像是个人偶一般。

我忍不住在心里问：爸爸，我真的像个人偶吗？如果是的话，为什么您不喜欢我？您到底是喜欢人偶，还是喜欢我呢？为什么这个问题，我还没能向您问清楚，您就离开了我？

追悼会结束后，妈妈将一个精致却满身是伤的娃娃递到我的手里，她说："小光，这是爸爸的好伙伴，爸爸不在了，就让他陪着你吧。"

这个人偶，我当然认识，他的名字叫做蓝耀，当初他的名字还是我起的。

爸爸在将他制作完成的时候，我觉得

他那蓝色大眼睛光彩熠熠，又漂亮又夺目，便将他叫做蓝耀。而自那之后，爸爸的表演伙伴就一直是他，这么多年来，尽管爸爸也做出更多更可爱的人偶，却从未让他们替换过蓝耀。

可是，现在我讨厌他！

如果不是他，我怎么会失去我的爸爸；如果不是他，爸爸就会多看我几眼！更爱我一些！

我假装接受了蓝耀，答应妈妈会好好将他收藏，保管好，但实际上，等到妈妈不注意的时候，我便将他丢进了垃圾堆里。

最好不要再见到这个讨厌的人偶！我狠狠在他的身上踩了几脚，转身跑开。

②

我很快就重新回到了学校，同学们大概是知道了我爸爸的事，也知道我最讨厌他们提到关于我爸爸和人偶的事情，所以大家都选择了沉默。

"你好，你就是淳于光吧？我是新来的转学生，我叫蓝耀。"

听到那个熟悉又刺耳的名字，我惊愕地抬起头，看到一个帅气的男生正站在我的面前，他的额上贴着几块创可贴，脸上也有些许擦伤，可最让我介意的，还是他那双似曾相识的冰蓝色双眸。

他看上去……看上去很像那个人偶！

我心头猛地一震，赶忙摇头，否定自己这个奇怪的想法。

不会的不会的，在我面前的是个活生生的人，怎么会跟那个人偶有关系呢！

"怎么？听到我的名字你好像很惊讶？"蓝耀笑眯眯地坐在我的身边，"还是说，很奇怪我蓝色的眼睛？不用在意，那是因为我爸爸的关系，所以我才拥有这样一双与众不同的眼睛。"

原来他爸爸是外国人啊，我松了一口气。

不过尽管如此，我也不想和这个蓝耀有任何瓜葛，因此只是随便应付了他几句话，希望他赶快离开我的视线。

而他偏偏还哪壶不开提哪壶："淳于光，你爸爸是个很出名的腹语师，你也一定会腹语术吧！我也很想学，你能不能教教我？"

我冷冷地白他一眼："你在说什么我根本不明白！"

接下来的时间，不管蓝耀再怎么跟我说话，我就是对他不理不睬。

而等我晚上回到家的时候，又发现了一件令我抓狂的事情。

"妈妈！为什么这个人会在我们家？！"我惊讶地指着面前嬉皮笑脸的蓝耀，忍不住大声问道。

"咦？小光，你还不知道吗？小耀是你爸爸好朋友的孩子，他来这里只是过渡一段时间，借住一阵子。我还以为你们今天在学校已经见过了。对了，小耀真是个好孩子呢，还会帮助我做家务活儿……"

"爸爸刚去世，你怎么就乱让人进我们家！"我气坏了，狠狠瞪了蓝耀一眼，转身将自己关在房间里。

"小光，小光，开开门好吗？"门外传来蓝耀的声音。

我为什么要理他？他到底是谁？

"小光，今天的事情，没有提前跟你说是我的不对！你讨厌我没关系，可是你不能这么说阿姨，阿姨真的很伤心你知道吗？她在知道我要来你家住是很高兴的，因为她很怕你因为叔叔的事情太伤心，觉得能多一个人来陪你是很好的事情，并不是……并不是像你说的那样。"

蓝耀隔着门，对我说完那番话，沉默片刻便离开了，自始至终我也没有开门，而是将自己整个人都藏在被子里。

2

蓝耀依旧是一副厚脸皮的样子，不管我再怎么冷眼相待，他还是牛皮糖一般地黏着我。

他跟我有些不大一样，虽然看上去不太靠谱，平时也总是嘻嘻哈哈的，但其实办起事情来很认真很仔细，也没有我们这些孩子身上时常会有的丢三落四、任性无理的小毛病。

不知道从什么时候开始，妈妈给我们的便当都会交给蓝耀来带，我忘带的课本总是会奇迹般地从蓝耀的书包里出现，我做不出的题目也会在他好似无意的提醒下顺利解答出来。

"明天晚上就是这个月的月圆之夜。"蓝耀托着下巴，望着窗户外，微微出神。

我不知道他又要搞什么鬼，"喊"了一声问道："那又怎样？"

"小光，我们……已经是好朋友了吗？"蓝耀小心翼翼地问我。

我转过脸来，对上他那双蓝色的眸子，不自禁地又想到了被我扔到垃圾堆里的人偶，心中一阵烦躁："当然不是，你能不能不要这么自作主张，不要以为我最近对你态度好一点就是不讨厌你了！我们永远都不可能是朋友！"

说完这话，不出意外的，我从蓝耀的眼中看到了一种叫做受伤的东西。

"我……真的只是想和小光你做朋友而已。"他沉着声音如此说道。

我愣住，张了张嘴，到了嘴边的"对不起"却怎么也说不出来。

我知道，这是我的迁怒，蓝耀其实很好，他根本没有任何错……不，他在与我见面的第一天就触了我的逆鳞，提起了我最讨厌的事情！所以，我讨厌他也没有什么不对！

我没有向蓝耀道歉，第二天起床之后，他看上去依旧有些奇怪。

我和他并肩走在去学校的路上，他转过脸来，盯着我看了一会儿："我……很高兴可以和小光认识，和小光一起上学，一起生活……虽然我们还没有成为朋友，但是……如果我离开的话，小光还是会想念我的，对吧？"

"离开？"蓝耀的话令我不自禁地皱起眉来，心中没来由地慌乱了一下，稍微停顿了一会儿，终于想到，他大概说的是不久之后要离开的事情吧。

我应付道："不是还早吗？而且我希望你早点儿离开啊！不要再来打扰我本来平静的生活。快走吧！要上课了！"

我原本只是随口这么一说，却没想到一语成谶。

隔天，蓝耀就不见了。

"妈妈，好奇怪，蓝耀……去哪里了？"虽然很不想主动提起他，但我还是忍不住问出口。

"蓝耀？小光，你在说谁啊？"妈妈用很奇怪的眼神望向我。

我知道，她不是在开玩笑！

这到底是怎么回事？妈妈竟然不记得关于蓝耀的事情了！

我立马转身，冲进客房，想方设法也没能找到一丁点儿关于蓝耀的踪迹。

他是真的消失了！

我勉强让自己看上去冷静一些，来到学校之后，故意提及蓝耀，结果不管是老师还是同学，他们的反应都和妈妈一样，好像根本不曾认识蓝耀这个人。

消失的不仅仅是大家关于蓝耀的记忆，还有他在我们身边存在过的蛛丝马迹。

学校里，蓝耀的课桌椅，蓝耀的试卷，蓝耀的作业，统统不见了。

我甚至开始怀疑，是我自己出了问题，蓝耀这个人真的根本不曾存在过。

不！绝对不是这样的！

我回忆起蓝耀和我在一起的最后一天他说的那些奇怪的话，现如今终于和他的消失可以联系得上了。他已经知道他要离开我，所以才会说出那样的话！

这会不会是我和蓝耀最后一次见面呢？

——"但是……如果我离开的话，小光还是会想念我的，对吧？"

他的话莫名地又在我的脑中响起，如果这个世界上有后悔药，如果这个世界上还能选择重新来过一次的话，我一定会对蓝耀说：我会想念你，是真的，真的很想念你。

蓝耀出现得很离奇，消失得也同样离奇。

这令我再次想起与蓝耀同名，并且长相非常相似的那只人偶——我父亲亲手制作的那个娃娃。

或许蓝耀就是他。那么我是不是还有再将他找回来的可能？

大概是关于蓝耀的事情想得太多了，

我的精神显得有些萎靡，妈妈和老师都担心起来。

我想，蓝耀离开，大概是因为我那些话太伤他的心了吧。如果再有机会见面，我一定会跟他好好道歉，然后问他："难道我们不是已经成为最好的朋友了吗？"

在我失去了父亲，最难过、最需要人帮助的时候，是蓝耀陪在了我的身边，不管我是如何地抗拒、拒绝他的示好，他都不曾放弃帮助我。

我终于明白，他是怕我难过，所以才这样黏在我身边，不停和我说话，逗我开心。而我也真的被他的真诚打动了。

5

就在我以为自己再也见不到蓝耀的时候，他竟然又出现在我面前。目光如水，温柔却又显得冰凉凉的。

"小光，小光。"蓝耀的声音在我的耳畔响起。

我猛地睁开双眼，从床上坐起来，看到的是坐在窗台上，笑得玩世不恭的蓝耀。

"蓝耀！你回来了？我……我还有，好多话想跟你说。"我上前一步，下意识地拉住他的衣角，不知是怕他从窗台上掉下去，还是怕他再一次消失不见了。

"嗯，小光，我这次回来，也是有很多话要跟你说。其实我……"蓝耀长长的睫毛微微扇动两下，垂下了眼眸，"你已经猜出了我的身份了吧？"

"你……真的是那个人偶？"我小心翼翼地问着，虽然早已有了心理准备，但在看到他点头承认的那一瞬间，心中还是惊愕无比。

然而将所有的事情联系起来，我才发现，其实蓝耀就是人偶的事情，也是可以追溯的。

蓝耀是在我将他扔到垃圾堆之后才出现的。第一次见面时蓝耀脸上的伤是因为那场车祸造成的。他对我们家的事情也了如指掌，很快就融入了我和妈妈中间，就像是一个一直生活在我们身边的人一样。

"那，你是怎么变成人的？为什么你要出现，又突然消失，而且大家都忘了你？"

"你将我丢弃的那天，我遇到了一个黑法师，我很怕见不到你，就和他做了交易，求他将我变成人。因为我想，一直以来都是主人操纵我，帮助我说出我无法开口说的话，而这一次，主人再也无法开口说话，我就来代替他说出他心中的话。我想告诉你，其实主人真的很爱你。小光，你的爸爸是真的真的很爱你，你知道他为什么只将我作为搭档吗？因为我是你最喜欢的一只人偶。他努力工作，只是希望让你得到最好的生活，给你带来最好的荣耀。"

爸爸，爸爸是个笨蛋！他是个能说会道的腹语师，甚至不用开口就能发出声音，为什么这些从来都不告诉我呢？我……也是个笨蛋。我怎么会怀疑爸爸对我的爱呢？我怎么能讨厌他呢？还有蓝耀，他是如此单纯，只为了我们着想，我还那么对他。

"对不起蓝耀，对不起。"我哽咽了一下，拉住蓝耀的手，"我之前说了好过分的话，你能原谅我吗？留下来好不好？不要生气了，留下来，我们一直做好朋友。"

"小光，别哭，我不是在生你的气，真的。能做你的好朋友我真的很高兴，只是……我不能再……"

"为什么？我不要你走！"我知道，我又开始任性了，但我知道自己的这次任性绝对没有错。即便是不讲理也好，我也要把蓝耀给留下来！

"那可不行哦，可爱的孩子，蓝耀现在已经是我的了。"一个低沉的男声忽然传来，随着一道刺眼的光线，我的屋子里又多了另一个人。

6

那个男人穿着一身黑色的袍子，手里拿着一根精致的魔棒，脸上挂着戏谑的笑容，我知道，他就是刚刚蓝耀提到的那个黑法师。

"你刚刚也听到了，我和蓝耀有约定在先，黑法师的魔法，讲究的就是等价交换原则，所以我们说好了，我帮助他变成

人，而他需要在月圆夜之前让你承认他是你的朋友，如果他办不到的话，我就会成为他的新主人！"

原来……是这样！难怪那晚，蓝耀提到月圆夜，还莫名其妙问我那么奇怪的问题。只是我不知道，我一时的口是心非，造成了这样的后果。

"你没有承认他是你的朋友哦，所以我们的交易开始生效，我即将成为他的新主人。只是让我想不到的是，我所施的法术，是让蓝耀曾经存在过这世上的信息都消失，但你对蓝耀的记忆竟然无法抹去，真的是奇怪啊……"黑法师笑着耸耸肩。

那是当然，我才不会轻易就否定蓝耀的存在！他是那么努力地活着，那么努力地为我们着想！

"那我们也来做个交易！"我冲着黑法师大声叫道。

"小光，不要！你在说什么！"蓝耀紧张地拉住我，但这次，我却很坚定。

是的，我不怕他！蓝耀为了我、为了爸爸能做到的，我也可以。这次，换我来为他们做些什么。

"有意思。"黑法师用魔法棒在空中划出一个魔法阵，蓝耀突然不动了，"嘭"的一声，变回了人偶的样子。

我慌忙上前接住他，瞪着黑法师："你，你这是干什么？为什么将他变回去？"

"现在，我们的交易开始了。"黑法师微笑着说道，"你的父亲是个很出名的腹

语师哦，嗯……不用开口便能说话，这种事发生在普通人类的身上，还是很有趣的。你如果也能用蓝耀来表演一下的话……"

"就这么简单？"我心中暗暗松了一口气，忍不住笑出声来。

看来他以为我讨厌自己的父亲，所以根本不会腹语术。那他可就错了，我可是在8岁的时候就能熟练掌握这项技巧了。

"当然不仅仅是这么简单。"黑法师继续说道，"只要你能用腹语术说出和你手中的人偶此刻心中所想的一样的话语，那么他就会变成人类，时效是永远，并且……他拥有属于他自己的自由，不再受任何人的限制。但如果不能，他就再也无法以人类的姿态出现了。"

这是一个很可怕，也很重要的赌注，容不得丝毫的犹豫。我熟练地拿起蓝耀，跟我曾经见过爸爸所做过的几百几千遍的动作一样。

我手中的蓝耀嘴巴上下开合，像是活着一般。

"不管结局如何，不管还能不能以人类的姿态出现在你们面前，我都很爱你们，爸爸、妈妈，还有……我最重要的小光。"

用腹语术说完这些话之后，我放下蓝耀，忍不住抽泣起来。我多想告诉蓝耀，我的心里也是这样想的。

安静了片刻，奇迹终于发生了，我看到了蓝耀，看到了蓝耀眼睛中时常闪烁着的蓝色光芒，这光芒是那么美丽无瑕。

"小光，别哭了。"蓝耀伸手，擦去我的眼泪。

我破涕为笑，大叫一声，紧紧抱住蓝耀说道："欢迎，欢迎回来！"

【萌心会客厅】　　主人：张小倩　客人：戚悦

戚悦：自由奔放的射手座，萌井闷骚着的无厘头女孩儿，性格诡异，至今无法究权考证其内涵。基本处于欢乐状态行文，偶尔假扮深沉，伪装成忧郁少女行走在文字之间。

倩：悦悦，咱俩都这么熟了，也没什么需要问的了吧？
悦：喂！不要剥夺我出镜的权利啊！
倩：那凑合着问一题好了。你平常除了写稿都喜欢做些什么？
悦：能不能认真一点，这种问题太俗套了。
倩：那你想聊什么？新稿子什么时候能交？
悦：我除了写稿，最爱的就是看动漫、看小说、看八卦、刷微博。
倩：我终于知道你为什么拖稿了。（瞪眼睛）
悦：不是我不想写稿，只是我没有灵感啊。
倩：那你以前的稿子灵感都是从哪儿来的？
悦：随缘吧，看到一片漂亮的树叶，或者一只高冷的喵星人，一只萌萌哒汪星人，都能激发灵感。

潇王爷： 我最怕的是，随着年龄的增长，心中的良善会越来越少。就像顾瑶渐渐长大，竟然无法看到松鼠，这是件多么让人难过的事啊。看到这篇文章时，我的心情很复杂，不断思考我是否也变了，那只属于我的"松鼠君"，是否还在我身边，只是我看不见它了呢？

狐狸之窗

文◎浅璎

1

顾瑶觉得自己今晚真是迷糊透了，晚上九点多，她从朋友家出来，坐错了地铁。原本该乘坐一号线却错上了八号线，再倒换回一号线后又坐过了站。

于是她愤愤地发短信给朋友说今天简直撞邪了，不久她就收到回复，被提醒今天不能说撞邪。

顾瑶这才后知后觉地想起来，今天是农历七月十五，传说中的鬼节。原本心中坦荡荡地独自走在僻静的街区，因为突然想起这个特殊的日子，她不由得背脊发凉，甚至不安心地回头看了看。

眼见着快要走到自家楼下了，顾瑶松了一口气，正准备一鼓作气快步冲过去，却在这时突然想起前几日在微博上流传的"狐狸之窗"游戏。

"狐狸之窗"是双手交叠，手指相互交错搭接形成中间有洞的手势，据说只要从这个手势中窥视，就可以看到魔物的真面目。

顾瑶当时因为觉得好玩所以对照图示学着做了很多遍，她现在还能记得那个手势，要不要趁着这个百鬼夜行之夜试一试呢？

这样大胆的念头仅仅是想一想就觉得浑身毛骨悚然。顾瑶听见自己的心脏"扑通扑通"跳得很激烈，说不定当真会从指缝间看见不该看见的恐怖景象呢！

脑子里哗啦啦闪过各种森然画面，但顾瑶仍然没有禁受住好奇心的诱惑，她缓缓地抬起双手做出"狐狸之窗"的手势，小心翼翼地睁着右眼从"狐狸之窗"中窥视……

顾瑶眨了几下眼睛，除了熟悉的黑暗寂静街区，她什么都没看到。

原本是好奇敬畏的，现在却只剩下失望，好像自己刚才的确非常期盼着看到魔物似的——顾瑶皱皱眉，飞快地跑进了楼道，按下了电梯。

当天晚上顾瑶做了一个梦，她梦见从

窗子外跳进来一只会说话的大松鼠。

松鼠很萌很傲娇,在跟她说话的时候那条蓬松松的大尾巴一直晃来晃去,却打死也不肯让她摸一下。

她梦见松鼠跟她说,它一直在找能够帮助它的人类。至少,在她被闹钟吵到彻底清醒之前,她曾以为这只是个梦。

第二天一早,顾瑶坐在床上怔怔地看着那只蜷在自己枕头边的浑身火红的大松鼠,目瞪口呆。松鼠睁开眼,懒懒地对她说"早安",然后用两只小爪子去捣腾自己的大尾巴。

顾瑶再三确定自己已经睡醒之后,迅速做了个"狐狸之窗"的手势,可是无论怎么从"狐狸之窗"中去看那只松鼠,它都好端端地蹲在她的枕头边梳理尾巴。

"那个叫'狐狸之窗'的东西是假的,是你们人类自己编出来骗自己的。"松鼠君瞥了她一眼,不屑一顾地说。

随后它蹦跳着下了床,跑出了她的卧室。

尚且穿着睡衣的顾瑶赶紧追出去,只见松鼠君已经跳到了客厅的冰箱上,正用圆溜溜的小黑眼珠看着她,它摇着尾巴说:"你们人类的冷箱子里有牛奶。"

不巧的是,顾瑶家的冰箱里没有牛奶,只有纯果汁。

她给松鼠君倒了一杯鲜果汁,松鼠君尝了尝表示也很喜欢,于是她坐在餐桌前,问蹲在餐桌上喝果汁的松鼠:"你是妖怪吗?"

"是啊!我是不是很英俊潇洒风流倜傥!"嘴边的毛都被果汁弄湿的松鼠君仍然很臭屁。

"不好意思,我看不出一只松鼠是不是英俊潇洒……"

顾瑶如实坦白的这句话却让松鼠君大吃一惊,它再三确认过自己在她眼里不过是一只松鼠后,露出了极其失望的样子——昨夜在夜色中匆匆一见,它本以为她灵性足够,没想到竟然还是只能听见它的声音,看不到它的真身。

"罢了……这年头至善至纯之人越来越少了。"松鼠君遗憾地感慨着,"据说只有至善至纯之人,才可以看到妖怪。"没想到话音刚落,眼前的人类小姑娘就已经飞快地奔回卧室又奔回来,把手机塞到了松鼠君嘴巴下面,双目放光,要求它再重复一遍。

松鼠君满头黑线地看着这个人类小姑娘,掩面而泣:"没想到这世上终于有人承认我纯洁又正直了。"忍不住再三辩解:"喂,我没有说过后一个形容词啊!再说你录音别人也是听不到的!"

并不是所有的人类,都能够听见妖怪的声音。

2

松鼠君要顾瑶帮它寻找一只麋鹿,所

以顾瑶把它带到了动物园去看长颈鹿，在被指出"长颈鹿不是麋鹿"这个关键性错误后，她一脸真诚地提出建议："要不去野生动物园找找？"

"我要找的麋鹿是妖怪啦！怎么可能在动物园里！"松鼠君气急大吼起来。

据松鼠君说，那只麋鹿是它的好兄弟，两人相约五十年前在某处相见，可它等了许久也没见到麋鹿，因此才寻了过来。

"那只蠢鹿喜欢人类，不管我怎么劝，它都一直喜欢着人类。"松鼠君以恨铁不成钢的语气愤愤地说。

"五十年前的约定？那你怎么现在才来找它？"顾瑶惊诧。

松鼠君不好意思地挠挠脑袋："在等它的时候，我不小心喝醉了，那地方静悄悄的，也没人吵我睡觉……"

敢情这货足足睡了五十年之久！顾瑶在心里翻了个白眼，问它："那你要我怎么帮你？"

"我要你带着我溜达溜达，这附近有它的气味。"

"如果只是这么简单的话，你自己就可以找它。难道你担心迷路？"

松鼠君摇摇头，两只爪子搭在鼻子上，小鼻子已经皱作一团，说道："我讨厌人类，所以待在你身上，用你的气味挡掉其他人类的气味，太多人类的气味会熏死我的！"

"哦。"虽然隐隐还是觉得有些逻辑不通的地方，但顾瑶没时间揪出那丝不对劲的地方了，因为那只贪得无厌的贪吃鼠又在叫唤了："喂喂小瑶瑶，我还想吃那天的芒果冰淇淋蛋糕！"

"这个月的零用钱已经被你吃光了，什么好吃的都没有了！"她恶狠狠地瞪它，扭过头不去看它装乖卖萌的样子。

顾瑶开始和松鼠君形影不离，白天上课时它就趴在她的桌子上晒太阳，放学后她带着它在周围闲逛，希望能够帮它寻觅到那只麋鹿的气息。

"为什么麋鹿不来找你呢？"顾瑶问。

"也许是还在生我的气吧……不不不！它不会那么小心眼的！"松鼠君立刻摇脑袋反驳自己的话，"它一定是被讨厌的人类困住了，才不能来找我的！"

顾瑶迟疑着，却还是忍不住问它："你……你们吵架了？"

松鼠君点点头，然后将往事娓娓道来。

它和麋鹿最后一次吵架，是因为麋鹿好了伤疤忘了疼地再次袒护人类。

麋鹿是上等妖怪，喜欢亲近人类，甚至会幻化成人类的模样去跟他们交朋友，但是它总是被人类欺骗，每次只能呆呆地看着曾经击掌宣誓过要永远相互陪伴的朋友面无表情地从自己面前走过，对自己熟视无睹。

即使这样被伤透了心，麋鹿还是忍不住再次屁颠屁颠地去寻找新朋友，甚至不允许松鼠君说人类是很自私的生物。

有一次松鼠君骂人类为了一己私欲破

坏生态平衡，让无数物种失去家园甚至丢掉性命时，麋鹿反驳说那只是一小部分暂时被蒙蔽心灵的人类所作所为时，松鼠君受不了地跟它大吵了一架。

松鼠君念叨着人类的因为长大终会失去善良纯洁之心，它说到这里停下来看了看顾瑶，说："你也一样。虽然你现在可以看到我，但不知哪天你突然长大，变得不再善良纯洁，就再也看不见我了。"

"不会的，在帮你找到麋鹿前，我不会长大的。"顾瑶微笑。

松鼠君像是被噎住了似的，好半天才愤愤地说："看吧看吧！人类就是这样，明明做不到的事情却还要乱保证！"

作为一只天底下最智慧的松鼠，它才不会轻信人类小姑娘这种轻飘飘的许诺呢！

哪怕她的笑容真挚温暖如春日的一缕阳光也不行！要知道麋鹿就是因为一次又一次相信了这种谎言，才会在那些人类变得看不见它后一次又一次地被抛弃，作为最聪明的松鼠，它才不要重蹈那只蠢鹿的覆辙！

在顾瑶的印象里，松鼠君一直都是坦荡率真又没心没肺的小萌物，所以当她突然看见它垂下尾巴耷拉着耳朵的样子时，她的心里"咯噔"了一下，心想，它反常

成这样难道是2012提前了？

经过小心翼翼旁敲侧击的打探，她终于从郁郁寡欢的松鼠君嘴巴里撬出了八个字："我找到那只蠢鹿了。"

这八个字像小石头一样钝钝地砸进了顾瑶心里，她知道它就是为了寻找麋鹿不得已才跑进了她的世界，一旦它找到了麋鹿，肯定会毫不犹豫地立刻躲开这个让它讨厌的人类世界……

可是她……已经习惯了每天跟这家伙闹来闹去，她舍不得它。所以她暗自猜想，找到麋鹿本该欢天喜地的它现在如此情绪低落，大概也是因为想到要跟自己分开有些舍不得吧……

得出这一结论后，顾瑶吸了吸鼻子，决定勇敢地大度一回，拍拍它的脑袋，微笑着说："你滚吧！"

可是还没来得及摸到它那火红的皮毛，就被它突如其来的咆哮震麻了双耳："枉我担心了那只蠢鹿那么久，它居然只顾着跟人类寻欢作乐，乐不思蜀，压根忘记了我们的约会！它它它它……那个混蛋居然迟到了五十年！我再也不要原谅它了！我要等着它跪在我面前给我道歉！"

顾瑶愣了半天，然后"噗"地笑了出来，紧接着她就被那只张牙舞爪的小萌物迁怒了，可是看着它气愤地冲自己挥着利爪咆哮，她还是很开心，因为现在看来……小萌物还没打算离开！

尽管松鼠君没有甩甩尾巴潇洒地离

去，不意味着明天它不会抖抖耳朵说"老子走了。"

为了让它能在决定跟麋鹿"私奔"前产生那么一点点的犹豫动摇之心，在接下来的几天里，顾瑶一直不惜血本好吃好喝地讨好它，完全不在意越来越瘪的可怜钱包。

直到她的钱包里再也倒不出一枚硬币，松鼠君才舔着爪子上的奶油开了尊口："行了，你不必用这些小恩小惠挽留我，暂时我还没打算走呢。"

"你……你怎么知道！"顾瑶吃惊地睁大眼，不明白为什么它会知道自己的小心思。

"好歹我也是活了几百年的妖怪，难道还看不透你这么个小丫头？"

"既然你早就知道，为什么骗吃骗喝这么久才说出来！你赔我的零用钱！"

"喂喂喂，明明是你自己心甘情愿送给我吃的啊！"松鼠君轻敏地跳开，避过她砸过来的空钱包，然后以一副吃了大亏的口吻说："顶多我答应你，一直陪着你，直到你看不见我的时候，行了吧！"

得到了松鼠君的承诺，顾瑶终于踏踏实实地睡了一宿觉，没有担心睁眼就再也看不到它。

顾瑶开始怀疑，松鼠君是吃人嘴短一时头脑发热才许下陪她一生的口头诺言的，然后它现在后悔了，想要反悔但又拉不下脸面，于是想要通过种种卑劣手段诱导着她先说出绝交。

顾瑶经过很久的推理分析，终于推导出了这样一套合情合理的结论。

如果不是这个原因，为什么松鼠君现在对她横挑鼻子竖挑眼，整天憋足了劲地找她的茬儿？就连她跟好朋友私下里偷偷八卦一下，它都会跳到她的肩膀上狠狠地咬她的耳朵，义正词严地告诫她做人要坦荡荡，不要背后嚼舌根！

曾经随性而为的小萌物，现如今变成了严格苛刻的教导主任，这样的落差让顾瑶憋闷得心肺都要炸了！

偏偏她还敢怒不敢言，生怕因为自己逞一时口舌之快辩驳了松鼠君，会成为它借题发挥跟自己吵架继而挥袖而去的导火索。

而且松鼠君似乎已经逐渐习惯了人类世界的气味，不再像刚开始那样才稍稍离开顾瑶，就匆匆捂着鼻子奔回来。有时候它也会独自跑得无影无踪，直到几天之后才回来，即使被顾瑶问起也不肯说自己去了哪里。

综合种种迹象，顾瑶决定开诚布公地跟松鼠君谈一次，可惜她还没来得及措辞开头，反倒被松鼠君抢了先。它摆出一副很严肃的样子对她说："那件事情，你可以不再和夏璐争了吗？"

顾瑶一怔，她知道它指的是哪件事情。

最近她一直在跟夏璐冷战，原本她俩是很要好的死党，因为她前一阵跟其他女生走得亲近，夏璐有些吃醋嫉妒，找了点鸡毛蒜皮的小事就跟她吵了起来，最后竟然闹到了绝交的地步。

她本以为夏璐就是暂时闹点儿小脾气，没几天就会跟以前一样跑过来跟她重修于好，没想到这次夏璐竟然玩狠的，将她所有的小秘密全部抖出来公之于众，竭尽所能为她扣上了一顶"伪善刻薄"的帽子。

莫名其妙遭遇了这样的背叛，顾瑶自然不甘心被肆意揉捏搓贬，被激怒的她立刻绝地反击，以牙还牙以眼还眼地跟夏璐斗了下去，明里冷战，暗中较劲。

本来想起这件事顾瑶就觉得窝火，现在见松鼠君还一副十足的指责口吻提起这件事，她当即就不管不顾发作了："我凭什么不跟她争？明明是她先挑衅先落井下石的，要想我原谅她除非她先来给我道歉谢罪！"

"瑶瑶，你……"

"她添油加醋歪曲事实说我伪善刻薄，如果我不反击岂不是等于默认了？这让别人怎么看我！"顾瑶迅速地打断松鼠君，不想听它说些训斥教育的话。

"你只要做好自己不就行了吗，何必去在意别人眼中的你是什么样子的？"

"你不懂！"顾瑶脱口而出。话音刚落，她突然意识到自己似乎说错了话，因为松鼠君原本翘起来的蓬松大尾巴已经没精神地垂到了地上，一双圆圆的小黑眼珠也黯淡下来。

她刚想打个岔打破这尴尬的气氛，松鼠君幽幽地叹了口气："是啊，我不懂，我永远也不懂你们人类为什么只肯为了别人眼中的自己活着，而不能去做最轻松自得的自己。"

"不是，其实我……"

"瑶瑶，以前你撒谎吵架嫉妒别人，我视而不见是因为你变得怎样都跟我没有关系，但是现在……我只是想尽力阻止你长大。"

松鼠君说完就"噌噌噌"地顺着窗口跑掉了，留下顾瑶愣愣地发着呆。

她不明白松鼠君的话，说什么要阻止自己长大？

可是隐隐地，她却觉得自己似乎应该能明白它的意思，那个答案好像就近在咫尺，但任凭自己伸长了胳膊也无法碰到。

那个来自记忆中的已经模糊听不清的声音，究竟在说着什么？

5

自从那次失败的"开诚布公"之后，顾瑶和松鼠君的关系好似又回到了最初的时光。

松鼠君又像以前一样骗吃骗喝傲娇卖

萌，从教导主任瞬间还原回招人喜爱的小萌物。

一切像是被按下了重播键，所有的摩擦和不愉快全部被抹杀。

只是渐渐地，松鼠君不再跟着顾瑶去学校了。它白天跟她告别，下午乖乖等她回家。

顾瑶虽然不明白松鼠君此举有何用意，但这着实让顾瑶松了口气，学校嘛……难免会有争执，会有嫉妒，会有虚伪善意的谎言。

没有了那双尾随着自己的黑色小眼睛，也就没有了犹如心理暗示般的负罪感。

嗯，是的，并不是一切还原如初！只是顾瑶刻意忽略掉那些不对劲的错觉，假装自己和松鼠君还是亲密无间的，假装没心没肺地笑着跟它嬉戏。

直到有一天，她拎着慕斯布丁回到空荡荡的家里，没有看见飞扑上来抢袋子的红色小身影。

从那天起，松鼠君再也没有回来过。

一个月后，依旧是农历七月十五的夜里，顾瑶半梦半醒间，再次见到了蹲在自己枕头旁边的松鼠君。

"你去哪里了！"她揉揉眼睛看清的确是那只红松鼠后，一下子惊坐起来。

松鼠君摇摆着尾巴，似乎很高兴的样子，它说麋鹿终于同意陪它回森林了，今天它是来跟她告别的。

"你不是说会一直陪着我，直到我看不到你的时候吗？结果还不是被麋鹿一勾就跑，你这个小骗子！"

"这次就当是我骗了你吧，抱歉，我实在是没办法履行诺言了。"

听见松鼠君这么老实地道歉，顾瑶反倒有些局促不安，她说："我……我舍不得你走，我会想你的。虽然我没办法去找你，但是如果你想我了，随时可以回来看望我啊！"

"别傻了，我才不会回来看你呢！你忘了我最讨厌人类吗！"松鼠凶巴巴地说着这样的话，可是蓬松的大尾巴却一下一下地扫过她的膝盖，像是在安慰她。

其实她并不知道，这一个多月里松鼠君哪里都没有去，它一直陪在她身边，只是她再也无法看见它，所以它只好趁着百鬼夜行之夜这天，在它妖力最强，她阳气最弱的这一天，编了个谎话跟她告别。

直到顾瑶迷迷糊糊地又睡了过去，松鼠君用爪子替她掖好被角，才顺着窗子跑了出去，消失在浸染了月色的黑暗中。

欺骗、背叛、嫉妒、谣言、争斗……只关注着别人以及别人眼中的自己，直到失去原本存在于自己身上的重要的东西，松鼠君一直讨厌着的，就是这样的人类。

——虽然你现在可以看到我，但不知哪天你突然长大，变得不再善良纯洁，就再也看不见我了。

有些东西，一旦长大，就再也不见了。

戚 悦： 这篇文章的灵感，来自于一部美丽的日本动画《虫师》，其中有一集，说的是关于虹虫的故事。虹虫是一种很像彩虹的灵体，它们有着与彩虹相同的颜色，很是吸引人。而我当时就在想，或许五光十色的彩虹是真的拥有自己的意识的，如果是这样的话，那岂不是更美？

彩虹少年与梦

文◎戚悦

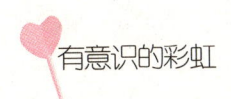

有意识的彩虹

栀子花的香味弥漫在空气中，八月是酷暑的天气，好在已经放暑假，让我们一直以来紧张学习的神经放松了。

每个人过暑假的方式都不同，有的人外出避暑，有的人宅在家里，而我则选择在开放空调的图书馆里泡上一整天。

我与往常一样，走进图书馆，与早已熟悉的图书馆阿姨打过招呼，走到我最喜欢的位置。但今天，那个位置上已经坐了一个人——温又希。

他是上个学期刚刚转到我们班的转学生，性格温柔，与我们相处得也很融洽，但不知为什么，他总让我有种他其实并没有真正融入班级的错觉。

这么想着，我准备走过去与他打个招呼时，却看见他起身离开。

他大概是没有看到我，只是紧紧抓着怀里的包往外走，神色紧张却又兴奋。奇怪的是，他并非往图书馆的正门移动，而是朝着后门的方向走去。

胸口胀得满满的都是好奇，不知是对温又希这个人的注意，还是对他这些奇怪行为的不解，我忍不住偷偷地跟了上去，想瞧个究竟。

图书馆的后门并不通往外面，只与一个人烟稀少、杂草丛生的后花园和一个放着书的大仓库相连。

我想不出那里有什么吸引人的，会使温又希露出那般的神色。

"来，快点，我给你带了个漂亮的玻璃瓶，你快进来吧。"温又希从他的包里掏出一只透明的玻璃瓶，上面缠着粉色的丝带。他打开玻璃瓶的瓶口，对准天空。

他在对谁说话？！

顺着他的目光望去，我不禁惊愕地睁大了双眼，因为我看到了在天空上悬浮着一道绝美的彩虹，颜色清晰鲜艳。

很漂亮的彩虹，却也很奇怪。我默默地回忆了一下彩虹的形成原理，简单来说就是空气中的小水珠起到了三棱镜的作用，而形成了光的色散。

但在这样一个多星期没有下雨的大热天里，空气中根本不会存在太多的水分，难以形成这样一抹绚丽完整的彩虹，而现在天空中突然出现一抹彩虹，实在是叫人捉摸不透。

温又希的话难道是对彩虹说的？

这个莫名的想法在我心中挥之不去，然而接下来发生的事情，更令我震惊。

"来吧，快来吧，这个瓶子很漂亮哦。"温又希又重复了一遍之前的话，空中的彩虹竟开始慢慢流动起来，似乎听得懂他的话一般，一点点钻入了他手中的罐子里。

我压住怦怦乱跳的心，捂住自己的嘴巴，尽量不发出惊讶的声音，可脑子早就乱成了一团。

这究竟是怎么回事？是这抹彩虹有奇特的魔力，还是温又希不是普通人？

我看着他将瓶子的盖子盖上，收好彩虹罐子，接着转身离开。

遭遇这番离奇的事情，我庆幸自己尚存一些理智，没有马上跳出去戳穿温又希，而是躲在一旁，悄悄地望着他离去。

它能使你梦想成真

暑假剩下的十多天里，我几乎每天都在想那道彩虹和温又希的事。我依旧整天去图书馆，却再也没有见到温又希。

时间过得飞快，又到了开学的日子，或许是缘分，在老师重新安排座位的时候，温又希竟换到了我的身边。

温又希在图书馆的事情成了我心中的一个疙瘩，我几次试着鼓起勇气想与他提起，却始终不知该如何开口。

"你是不是有什么话想对我说？"在我犹豫不决的时候，温又希竟然主动跟我说话，并且一语击中我一直以来的困惑，"那天在图书馆，看到我的人就是你吧？"

他竟然已经知道了！事情被戳穿，我也没有再隐瞒下去的理由。我点点头，说："是的，你的事情我都看到了。"

"你也能看到彩虹？"温又希的表情并不像是被窥探了秘密显出不高兴，相反他甚至有些开心，好像找到了可以分享快乐的人一般。

"嗯，我可以看到，所以，你能把事情的原委都告诉我吗？"

"当然！放学后你来我家，我带你看彩虹，把关于它的所有事情，都告诉你！"

放学后，我便跟着温又希一起到了他的家里，没有遇到他父母。我小心翼翼地问起，他只是无所谓地笑了笑。

"他们啊，都忙着呢。我爸爸在外地出差，妈妈也整天在单位，今天大概又是夜班……所以在来这边的学校之前，我与爷爷住在一起。"说着温又希转身跑到自己的房间，拿出那天的玻璃瓶。

七种颜色的彩虹在透明的罐子里流动，美丽得无法言喻，却又让人觉得诡异。

"这还是彩虹吗？"它已经不是一种

光学原理，而是像有生命的生物一般。

"这可不是一般的彩虹，也并不是所有人都能看到的。"温又希微笑着将玻璃瓶递到我的面前，"你要摸摸看吗？这可是会令人梦想成真的彩虹。"

有意识并且会流动的彩虹，这已经是一件不可思议的事情，但温又希又告诉我，这样的彩虹可以将梦变为现实，我自然不会轻易相信。

"知道为什么老师将你我变成同桌吗？那可不是什么缘分，都是因为我在开学前一晚做的梦，我梦到我们变成了同桌。只要将这个装有彩虹的瓶子压在枕头下，一觉醒来，梦就会成真。"

温又希说话的样子很诚恳，我却怎么都不敢相信，如果这样就可以梦想成真的话，那梦想岂不是显得太没价值了！

对于我的反应，他只是笑笑："能有人跟我分享这件事就很好了，不过我会努力让你相信的！"

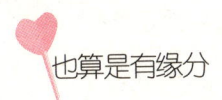

也算是有缘分

"郭颖，今天会有数学测验。"温又希一大早就凑过来，神秘兮兮地对我说道。

我回想了一下，印象中老师似乎并未提及考试的事情。

温又希大概猜出了我的心思，没等我说话，他就接着说："是突击测验哦！我昨晚的梦。"

听到他后面这句，我明白过来，原来他这是想向我证明他之前的话是正确的。

第一节课就是数学课，出乎所有人的预料，数学老师竟然拿着一叠白花花的卷子满面笑容地走进了教室，她说："只是普通的一个小测验而已，大家不必太担心。"

同学们听到老师这句话，不禁纷纷发出哀号声，只有我关注的对象不是老师，而是身边的温又希。

温又希一脸得意，抿唇笑着，无声地向我表达"你该相信我了"的讯息。

"说不定是个巧合，你可别太得意。"数学课结束之后，我依旧不太相信。

他无奈地朝我翻了翻白眼："这样你都不信我啊！为了让你完全相信我的话，我决定将我的瓶子借给你一天，放在枕头下面睡上一晚，等它实现了你的梦，你就知道这件事究竟是真是假了！"

我惊讶地睁大眼睛，一是没有想到温又希会将这么宝贝的东西交给我，二是没有想到他会在公开场合说这件事。

我赶忙捂住他的嘴巴，做出一个噤声的手势："小声点儿，别让其他人听到了。"

这怎么看都不是一件可以大肆宣扬的事情，如果让更多的人知道奇怪的彩虹，一定会惹出更大的风波来。

就在温又希与我说这话的时候，我隐约感觉到不善的目光朝我们这边射来，但转过头再去寻找的时候，却一切如常。

我摸摸后脑勺，不禁觉得跟温又希接触多了后，自己也变得神经兮兮起来。应该是我想太多了吧。

温又希摇摇头，硬是把装着彩虹的瓶子塞到了我的书包里："不用害怕啦，这个彩虹，可不是每个人都能见到的。既然被你意外撞破这件事，那么你们也算有缘分。我很愿意把它借给你！"

彩虹瓶子，应验了

温又希的好意我领了，同时也出于自己的私心，我很想看一看他说的这件事情，究竟是不是真的。

那天晚上回到家里，我将玻璃瓶子压在枕头下面，或许是有心事的缘故，我久久都无法入睡。到了下半夜，才终于进入梦乡。在梦里，老妈送了我一条心仪已久的裙子。

第二天早晨醒来，我想，如果温又希的话没错，那么我在梦里的愿望，应该就可以实现了吧。

平静的一天快要过去了，梦里的事情一直没有发生，就在我快要对温又希的话产生怀疑的时候，惊喜却突然从天而降。

妈妈拿着包装精美的礼物盒，说老爸这个月因为工作突出，拿了双份奖金，因此给我买了一份礼物，让我猜猜是什么。

我很容易就猜出了礼物盒里的东西，没错，就是那条我遥想了很久的连衣裙。

几次三番的证明，使我已经没有理由再怀疑温又希的话了。我对待瓶子中的彩虹更加小心翼翼，最后决定将它还给温又希。

"你终于相信我的话了？！"温又希兴奋地问我。

我点点头，那种不安的感觉又开始作祟："你快把瓶子收好，藏在家里，不要再拿出来了。"

如果更多的人知道这条彩虹的魔力，一定都会想方设法得到它，况且这条彩虹可以实现人们梦境中的某些事情，但我们却无法保证梦境的好坏。实现的若是美梦也罢，万一是噩梦……那简直不可想象。

"我不相信会有不劳而获的东西。"我压住温又希放在书包上的手，对他认真地说道，"即便它让你现在得了点好处，也不代表它会一直给予你，而不索取，万一哪天……"

"郭颖，你真不可爱。"温又希又做出他习惯性的嘟嘴动作，"老是这么一副老气横秋的样子，这话比我爷爷说的都要成熟！"

我不过说些好心提醒的话，竟然就嫌弃我老气横秋，或许真的是我顾虑太多。

好吧，不管那些了。我轻哼一声，催促他将东西收拾好，快去操场上体育课。

你们说的我不明白

只是接下来发生的事情令我们两个都

措手不及了起来，我和温又希上完体育课回到教室，看到的便是他的书包拉链大开，而原本在他书包里的彩虹瓶子不翼而飞。

我与他无声地对视一眼，都明白彼此的心情：糟糕，彩虹瓶子被人给偷了！

究竟是谁偷了温又希的瓶子？他一定知道了什么，而且以我的判断，说不定这件事，是他早就计划好的。

这么巧合的时间。在体育课的时候，教室里基本没有什么人在，也很容易让他的"犯罪"手段实施。

"怎么办？！"这可不是一件简单的小事，我有些紧张地问道。

温又希则摇摇头，示意我不要太激动："既然是偷的，他就不敢太放肆，以后肯定会露出马脚，等几天，我相信他一定就会'不打自招'了！"

温又希说得胸有成竹，我没有更好的办法，只能沉默着赞同他的话。

事情的发展竟然正如温又希所料，几日过去之后，那个小偷渐渐地显露在我们面前，我们已经很明确地知道"犯罪嫌疑人"是谁。

那个人出乎我们意料，竟是班上最为品学兼优的班长赵晨。

我和温又希将目标锁定在赵晨身上，也是因为他最近的表现比较反常。

赵晨平时很低调，与班里同学的人缘关系很好，办事能力也很强。

但自从温又希那个能够让人梦想成真的彩虹瓶子丢了之后，他就开始变得不一样了。

家庭条件并不殷实的他，最近总在大家的面前炫耀自己的新衣服、新鞋子，甚至新手机。

他一向考试成绩都只能屈居二三位，但最近频频以高分位居榜首，甚至还能考出满分这样令人诧异的成绩。

种种奇怪的迹象，无不在说明温又希的瓶子就是赵晨拿走的。

这晚放学，我和温又希去找赵晨。

"我们的玻璃瓶是不是你拿走的？如果是的话，请你还回来，它不属于你！"温又希挡在他面前质问。

"你在说什么？什么玻璃瓶？我根本不明白。"赵晨装傻。但是我们也没有更确凿的证据，我和温又希只能眼睁睁地看着他转身离开。

学校要失火了

那次之后，我和温又希又找过赵晨几次，而他的态度依旧，每一次我们找他，他都是那副不冷不热的样子，不会对我们表现得很抗拒，只是冷处理我们，我们也没有办法。

好在他也并没有利用彩虹做些什么坏事，我们就一直如此静观其变。

终于在事情僵持了近一个月的时候，有了一丝转机。

赵晨大概是病了，整整一天都没来学校，我跟温又希都觉得这是一个绝好的机会，向老师主动请缨，借着送作业的机会，去赵晨的家里一探究竟。

我们来到赵晨家里，向赵晨妈妈礼貌地打过招呼，便去了他的房间，伸手敲了敲门，没有人应声，最终还是赵晨的妈妈给我们开的门。

他病得很严重吗？竟然连开门的力气也没有了？我和温又希都觉得很奇怪。

走进房间之后，才发现赵晨确实躺在床上，一个人缩在被子里，瑟瑟发抖。

"赵晨，你怎么了？你是不是很难受？"

我担心地走上前，不料他在听到我的声音后，忽地翻身起床，动作迅猛得根本不像一个有病的人。

"郭颖，温又希，你们来了！"

赵晨一副看到救星的模样，他立刻打开办公桌锁着的抽屉，从里面小心翼翼地拿出一样东西。

我们眼前一亮，那正是温又希丢失许久的彩虹玻璃瓶。

"真的是你偷的！赵晨，你身为班长，怎么能做那样的事情，你……"被偷了东西的温又希又气又急。

"对不起，对不起！其实……我那天不小心听到了你们的话，我一开始也不太相信会有这样的事情，但是那时候我妈妈刚好生了很重的病，我就管不了那么多了。

我当时想着，如果这是真的，等妈妈病好，我就把这个再还给你们，只是……"

"只是你很快就发现，利用它的力量，不费吹灰之力就可以轻易获得自己想要的东西，所以即便是你的妈妈已经病愈，你也再舍不得将瓶子还给温又希！"

赵晨没有出声，抿了抿唇，默认了我的话，随后他很快又抬起头来，脸上的表情带着一丝惊恐："对了，我刚刚想跟你们说……快，你们快回学校，待会儿，学校会发生很大的火灾！就在，就在我们班……"

"什么？火灾？为什么？你这么肯定，难道……"

"你把瓶子放在枕头下的时候，梦到学校发生了火灾？"温又希失声大叫，接着转身就跑了出去。

我愣了一下，也惊恐地跟了出去。

我们终于明白赵晨今天为什么会吓得待在家里不敢出门，原来是害怕火灾成真。

这个胆小鬼，不想办法去解决，反而这样逃避现实！

那绚烂的美景

等我们跑到学校，天已经很晚了，好在看门的大叔还没有离开。

在我们两个人的轮番轰炸下，他终于答应我们，愿意帮我们打开班级的门。

因为发现得及时，把窗帘烧了一半的

火很快被扑灭，学校看门的大叔一个劲儿地夸奖我和温又希，再反应过来问我们怎么会知道这件事，我和他也只能装傻糊弄过去。

原来……只要在事情发展之前制止，也并不一定就会发生。

我和温又希都长长地舒了一口气。

我想到赵晨因为害怕被人知晓这件事与自己有关，就藏着不说，险些造成了一场完全不必要的伤害，就忍不住唾弃他。

"对了，瓶子你拿回来了吗？"我这时候才有心情关心别的。

转过脸来望向温又希的时候，才发现他的衣服上沾满了灰尘。

温又希微笑着从怀里拿出玻璃瓶，只是玻璃瓶裂开了一个口子，流动的彩虹一点点透过口子向外流出。

我这才想到，恐怕是他刚刚跑得太急，跌倒在地上的时候摔坏的。

"快想办法，先用其他的东西捉住，别让它跑了！"我一下子又慌乱起来，生怕彩虹全从罐子里跑出来。

温又希摇摇头，拉住我的手，望着重新回到空中的彩虹说："这种彩虹叫做'梦虹'，很少有人知道关于它的故事，而告诉我这些的，是我的爷爷……"

"你爷爷……"

"我爷爷已经去世了。"温又希揉了揉脸，露出平日里常常带着的微笑，"因为是爷爷告诉我的，因此我想只要一次也好，只要一次，可以见一见这样神奇的彩虹，就足够了。"

所以温又希在乎的，根本不是彩虹是否能让他实现更多的梦想。

他想要的，不过是看一看爷爷曾经给自己提过的美景。

"只有心中不存恶念的人才能看到'梦虹'，我想……赵晨虽然偷走了彩虹玻璃瓶，但他应该见不到这样美丽的东西。"

我抬头，顺着温又希的目光望去，看着绚烂的梦虹越飞越高，越飞越远，直至再也看不见。

如果可以成为朋友

关于那些神秘的事情，只有我和温又希清楚真相，而知晓其中缘由的还有赵晨，但是他是破坏了一切的罪魁祸首！

从那以后，我就再也没有给过他好脸色，而他再也没有了之前不可一世的态度，甚至看见我和温又希，还会表现出怯懦的样子。

不过我与温又希因为那件事感情越来越好，放学喜欢一起走，偶尔也会去图书馆一起看书，时不时一起回忆一下那绝美的梦虹，毕竟那是只属于我们的美丽风景，尽管已是曾经。

那天我正与温又希走在放学的路上，隐约听到后头有细碎的脚步声。

我望向温又希，他和我对视的眸子里

闪烁出一抹异样的光彩，显然他也察觉到了不对劲。

"谁？"温又希突然转身，大声喊道。

幸好这时候街道上的人不多，不然我们肯定成了焦点。

不过温又希就是这样，他向来无视旁人怎么看他，只一心一意地做自己。

这时候，从街道转角的暗影处悄悄走出一个人来。

是赵晨！我虽然有点吃惊，却也在意料之中。

"你跟着我们做什么？"我对他的态度当然不可能好，"我们现在已经没有什么值得你再觊觎的东西了，温又希的瓶子已经碎了，再也不能帮助你完成任何心愿……"

"不是这样的。"赵晨急切地想要解释，"我只是……想对你们说一句'对不起'。真的对不起，所有的错都是我一个人的，所以，要怎么才能弥补呢？只要……只要你们可以原谅我……"

"又希……"我下意识地拉了拉温又希的衣角，赵晨这个人心机很重，如今拉下脸来主动跟我们低声下气，肯定有不可告人的目的。

大概是看出了我对他的警惕，赵晨憋着的那股劲松懈了一些。

他轻咬嘴唇说道："郭颖，我确实是有目的，所以今天才会跟着你们的。"

"我就知道他是这样一个不值得同情的人！"原本我想到了赵晨起初偷梦虹的原因，还有些心软，可听了他这话，不免又气愤起来。

竟然如此大胆地揭示自己的目的！于是我对温又希说了一句，示意他快走。

"我故意示好，确实有目的。我很羡慕你们关系这么好，在想能不能和你们成为朋友！我不想总这么孤单一个人，我虽然是班长，但面对同学都是假笑，从来也没有人愿意向我付出真心。虽然我知道你们很讨厌我，但至少，你们向我表现出的，都是自己真正的心情。"赵晨语速飞快。

我和温又希都不自禁地停下了脚步，我看了一眼温又希，等待着他的答案，毕竟是赵晨令他失去梦虹的，该不该原谅他，只有温又希自己说了算。

温又希严肃地沉默片刻，就在我以为他会拒绝赵晨这个无理要求的时候，他竟耸耸肩说："如果可以成为朋友，似乎也不错。"

我看到赵晨激动地涨红着脸朝我们走过来，又望向温又希，发觉他正浅浅微笑，显然已经接受了赵晨，于是我只能暗自轻叹着摇头。

算了，这样的温又希，才是真正的他，那么温柔，包容。

而我相信拥有这样美好心灵的温又希，在未来的某一天一定还可以与梦虹再次相遇。

爆料人：蘑小葵

哈喽，大家好，我是潜伏在《萌小姐》编辑团队的爆料君——蘑小葵。在这个人人爱爆料、爆料为人人的全民爆料年代，我要爆的第一个人是她！

是她！是她！就是她，我们的朋友，潇王爷。

吼吼，就让我把潇王爷的老底揪出来给大家看看吧。

王爷有颗少女心

潇王爷：
玉树临风潇洒倜傥的少女心手工小超人

潇王爷虽然名字叫做"王爷"，但私以为这就跟缺什么补什么一样，纯属自欺欺人。晴朗的午后，只见潇王爷随手捡了几个妹妹丢掉的小玩意儿，就做了一系列的森系小饰品。

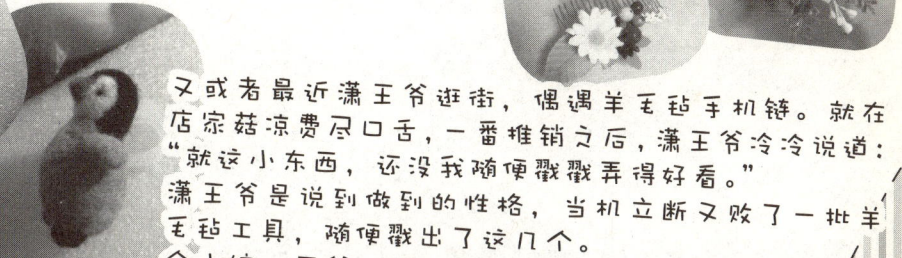

又或者最近潇王爷逛街，偶遇羊毛毡手机链。就在店家菇凉费尽口舌，一番推销之后，潇王爷冷冷说道："就这小东西，还没我随便戳戳弄得好看。"潇王爷是说到做到的性格，当机立断又败了一批羊毛毡工具，随便戳出了这几个。

众小编：王爷，偶们给你跪了，你真的是没看教程，凭直觉第一次戳羊毛毡吗？ＴＴ—ＴＴ

就在蘑小葵感叹人与人所做的手工有很大差距的时候，不小心又瞥见了王爷头上戴的发簪。小葵作死地询问："这簪子挺好看的，应该不是你做的了吧。"

只见潇王爷哈哈大笑，说道："图样图森破。这么精美的簪子，当然是我亲手设计制作的啊！"

就爆料到这里吧！小葵我已经重伤倒地了，原来王爷才是真正的"少女手工帝"啊。

【PART07 萌动奇趣屋】
　　多年后，小孩童长大，成了英俊潇洒的青年。
　　青年人在市中心开了一家"萌动奇趣屋"，设计新颖、样貌奇特的建筑外形吸引了许多人的目光。
　　开业当天，青年人说："萌动奇趣屋欢迎所有想要知道自己是谁的人，这里提供梦想，相信奇迹，愿意帮助每一个孩童再次成为天使。"
　　不着边际的话语，让围观者一头雾水。但青年人知道，有些人听得懂。
　　看，那些眼神清澈的孩子们已经聚集过来了。
　　瞧，那个长得和米迦勒一模一样的男子已经在店里参观游览了。

　　如果我不能成为天使，那就帮助那些天使们回家吧。
　　用正确的、稳健的步伐，一步步重新回到天使界，大家相约再聚天使街……

绘／夏夜

蛋挞： 每一抹成长都不是独角戏，那里融入了很多温暖的陪伴。给予你温暖的可能是你身边熟悉的人，也可能是远方的陌生人。就像苏菲，她总会收到一个神秘人的来信，一直很好奇这个关心她的人到底是谁……不过似乎这些并不重要，重要的是她从中得到了安慰与鼓励，并逐渐成为更好的自己。

明日歌·苏菲的来信

文◎有狐其潇

1

"你在做什么？苏菲，你近来快乐吗？"

我在给苏菲写信，第一封还不知道写什么好，咨询了心理医生的意见后，我想，我应当问问她现在在做什么。她的状况，是我所关心的。

大大的牛皮纸信封静静地卧在花园中的红色邮箱里，打开的刹那，苏菲有点吃惊。

牛皮纸信封上没有邮票，没有寄信人地址，更没有寄信人姓名，只有收信人的地址、名字和一个奇怪的邮戳。

四开纸大小的信封里却只装着一张明信片，正面是法国埃菲尔铁塔，背面只有那么一行字，同样的，也没有落款。

苏菲躺在床上，戴着耳机听英文歌曲，将这张奇怪的明信片翻来覆去地看。会是谁？谁会给她寄这样奇怪的信？

苏菲眉头浅浅地皱了起来，她朋友很少，茉莉和安琪大概不会心血来潮弄这样恶作剧的、神秘的、怪异的、让人好奇心大起的事情，她们是和自己一样安分内向的朋友，做不出来这种事。

你在做什么，苏菲？

"我在听音乐呢……近来生活很平静，不算快乐也不算不快乐。"苏菲躺在床上这样想。

"你是谁呢？"没有邮票，只有一个印着今天日期的邮戳。苏菲想，那封信一定是被寄信人直接放进她家邮箱的。

第二天，苏菲到了学校，不自觉地开始悄悄打量起周围的同学来。会是他们中的一个吗？

苏菲认识的人太少了。

2

苏菲撑着脑袋观察了一天，觉得那些同学都那么陌生，谁会心血来潮给她写信呢？谁会关心她快乐与否呢？

回家的时候，苏菲不禁瞄向小花园里的邮箱，不知不觉就打开了它。又一封信安安静静地待在邮箱里等着她。

"嗨，苏菲，我又给你写信了。

才时隔一天，你又收到一封信，会有点意外吧？我昨天的问题，如果你可以给我回信回答的话，就把写好的信放在那个红色邮箱里，我会收到的。苏菲，我想成为你最亲密的朋友，你有什么想知道的问题也可以问我。

"今天，我想问，你最喜欢做什么？你有过觉得很遗憾的事情吗？"

苏菲想，这个人到底是谁？为什么要问这些问题，玩这样神秘的游戏？是故意捉弄我吗？

"苏菲，你站在邮箱那儿做什么呢？是爸爸订的杂志到了吗？"屋内做家务的妈妈抬头看了她一眼。

"噢，不是，是……是我的信。"最后一句，苏菲的声音不自然地低了下去。

苏菲跑回阁楼，像做了什么见不得人的事情一样，把明信片放在桌上，认认真真地又看了一遍，试图从笔迹里寻找出蛛丝马迹。

明信片的正面是英国白金汉宫，信封上的邮戳是今天的日期。

也就是说，那个神秘人在她放学回家之前就把信塞进她的邮箱里了。

"妈妈，今天有什么客人来家里吗？或者进了花园？"

"没有啊。"

苏菲犹豫良久，最终还是抽出一张粉色的信纸。

"你是谁？"停顿了一下，苏菲继续落笔，"我的生活很平淡，不觉得快乐，也不会感到不开心。我喜欢看动漫，喜欢听音乐，最喜欢肖邦的夜曲。遗憾的事情，大概是六年级的时候在市里的钢琴比赛初赛中落败。

我练习了六年的钢琴，希望自己能成为钢琴家，所以觉得没能进入决赛很遗憾，很可惜。还有，钢琴六级我也没有过。对了，你是我的同龄人吗？"

苏菲把信装好，放在邮箱里，然后跑回阁楼上暗暗观察花园的动静，可是花园一晚上都静悄悄的。

第二天，放学回家的苏菲急忙打开了邮箱。第三封信如期而至，信里装着印有大本钟的明信片。

"亲爱的苏菲，第一个问题暂时保密，我要过一段时间才能回答你；第二个问题，很遗憾我不是你的同龄人，我已经工作了，但这一点也不妨碍我们成为朋友。

"苏菲，你有思考过比赛落败的原因吗？是因为对手太强，还是别的什么原因？你曾经梦想成为一名钢琴家，那么现在呢？你的理想是什么？"

苏菲愣住了，这些问题一时半刻之间她不知道该如何回答。

为什么会落败？因为技不如人！为什么技不如人？因为天赋，还是因为后天不够勤奋呢？

对手太强，这样的理由不是很牵强吗？

妈妈说，凡事要从自己身上找原因。书上说，失败者总是把失败归咎到胜利者身上，有着一套"不是我太弱而是对手太强"的理论，然后转进一个小角落里孤芳自赏。

苏菲已经十四岁了，对事情有了判断的能力，对世界有了不是很深的了解。但是十四年来，她好像从未真正地思考过关于理想的问题。

上课时，老师好几次要求每个人说出自己的理想时，她一直说的都是希望成为一名钢琴家。可事实上呢？

苏菲倒在床上，把明信片紧紧按在心口，手掌隔着胸腔感受着心脏一下一下地跳动。

苏菲，你的理想是什么？

第二天是周六。

妈妈外出了，苏菲在楼上练习钢琴，那次比赛失败后，她已经很久不碰琴键了。手指变得僵硬，技法也已经生疏。

苏菲烦躁起来，黑白琴键蹦出一串重重的噪音。

她回到窗前写信。

"我觉得，我真正的理想不是成为一名钢琴家。"因为没有钢琴家会那么不爱惜自己的钢琴，真正的理想能让人为之不懈奋斗，但钢琴不能激起她的热情。

从一年级初学钢琴开始，她就一直在偷懒，没有妈妈监督，就不想练习。会觉得遗憾，大概是觉得自己已经付出了很多，却没有得到回报，可那些进入决赛的人付出的绝对不会比她少。

"苏菲，你天赋很不错。"钢琴老师曾这样夸奖她。

那时候苏菲是怎么想的呢？天赋不错，指法学得很快，用功比别人少，成绩却比别人优秀，她为此很是自得。

所以，偷偷懒并不算什么。她不用每天耗费两个小时在钢琴上，偷出一个小时的时间，她可以上网看想看的漫画，一边描摹着喜欢的角色，一边听肖邦的夜曲。

轻松又愉快。

"可我也不知道自己的理想是什么？大概这个问题需要想很久……你的理想是什么呢？你十四岁的时候理想是什么呢？

"对了，我想比赛落败的原因是我不够努力。我以前练琴经常偷懒，现在我知道错了。我浪费了六年学琴的时间，没有得到一点回报，于是我现在更加后悔，而我似乎有点讨厌钢琴了。

"我想起来觉得很难过，你有过类似的体验吗？"

苏菲把信放到邮箱里，一整天待在阁楼上望着花园发呆，依旧没有人来取。

真是太奇怪了，那个人难道是每天半夜悄悄来到花园收信送信的吗？周日的早晨，苏菲收到新的信件时，纳闷地想。这次信件很重，里面有一本书。

"人总是在某一阶段认为自己做的是对的，过了那一阶段后又追悔莫及。我曾恨不得毁灭过去的自己，让生命再来一场。我生命最初的十五年里错过的已然足够多，其后渐渐明白，无论做什么事情，重要的是不要让自己后悔。

"十四岁的我尚未有理想。

"懊悔最是折磨人心的毒药。"

苏菲打开那本书，前苏联的名著——《钢铁是怎样炼成的》。

这本书她曾经看过一半，后来没再看下去。现在她有了兴趣，重新看起，十一点钟妈妈来熄灯了，她就在床上用手电筒继续看。

翻页时，一张便笺掉落下来，上面是寄信人端正的字体："每个人都应该珍惜他的童年以及青春，因为这些都是一去不回的东西。"

苏菲看着那一页，那一页保尔·柯察金在做心理独白："……人最宝贵的是生命。当一个人回首往事的时候，他不因虚度年华而悔恨，也不因碌碌无为而羞愧。这样在他临死的时候，他就能够说：我已经把我的整个生命和全部精力，都献给了这个世界上最壮丽的事业——为了人类的解放而斗争。"

这段话语文老师曾要求背诵过，苏菲背了那么多遍，都不如此刻看一遍来得触动人心。

明信片上是日光覆盖的雪山、苏菲回信时，写上了她想去瑞士看雪山，搭森林火车的愿望。

"我想去很多地方。"苏菲想了一下，补充道。

最后，她问："我该怎样找到自己的理想？"

9

第一节下课，苏菲就借口身体不舒服回家了。

她打开信箱，里面空荡荡的，自己的回信已经被取走，而新的信件还没有到来。

此时家中空无一人，苏菲马上跑回了阁楼的窗前，一边看书，一边留意着窗外的花园。她实在太好奇了，那个神秘的寄信人到底是谁？

什么是理想？怎样找到它？

苏菲在沉思，一个上午过去了，直到听见开门声，趴在窗前的苏菲仍然一无所获。没有明确的答案，没有看到寄信人。

"苏菲，你今天回来得很早，是提前离校了？"妈妈的声音传来。

"早上有点儿头疼。"她闷闷地撒了个

谎。

　　下午去上课前，苏菲经过花园时还是习惯性地打开了邮箱，牛皮纸信封却意外地出现了。

　　是自己看书时或者午餐时一不小心错过了花园的动静吗？苏菲皱眉。

　　这次明信片被替换成了一组照片，照片里是瑞士雪山和森林火车。

　　"这是我在瑞士旅行时拍下的旧照，实景比照片要更漂亮些。想去很多地方游玩的话，如果没有父母的支持，那么苏菲需要一份收入不错的工作。

　　"我也很喜欢旅行，此刻正在北爱尔兰，这里的羊群像绵软的云朵漂移在绿茵上一样。

　　"苏菲，你现在有什么愿望吗？我或许可以帮你实现。

　　"至于理想，我认为每个人都应该从他感兴趣的事情中寻找。理想能让人乐此不疲，无论付出多大的代价，都是值得的，不会后悔惋惜，因为你真心喜爱着它。

　　"我的理想是成为一名优秀翻译，所以一直在为此努力，目前已经小有所成。"

　　苏菲的第一反应是旅行家是一个可以努力的目标，但是仔细一想，便觉得不切合实际。

　　旅行家首先需要很多钱，而苏菲出身于普通家庭，一边工作一边旅行才是比较切实可行的。

　　嗯……当一名自由工作者？有充足的时间。

　　翻译？苏菲觉得这也是个不错的选择，给了她一个新的思考的方向，但是现在想这些会不会太早呢？她才十四岁，都还没参加中考呢。

　　如果……如果不想这些，那么她此刻应该想些什么呢？随着时间的推移，下学期会开始准备中考，大概想的是怎么取得好成绩，考上一所较为不错的中学？

　　苏菲成绩平平，有特别优秀的科目，比如外语，也有特别差劲的科目，比如数学。

　　妈妈似乎没有对她寄予厚望，但家长总是鼓励孩子向上的，成绩自然是越高越好。以她目前的情况，大概只能考上一般的学校。

　　这些她都觉得没什么，潜意识里好像生来就应该这样：离开小学步入初中、高中、大学，找一份工作、谈恋爱、结婚、养一个小苏菲，像妈妈一样，度过中年，再度过……晚年，然后是生命的终结。

　　生命像一个流程，每一阶段盖一个印章，表示通过了。

　　宁静的午后，三月的阳光洒进教室的玻璃窗。苏菲觉得，这样的生命看上去再完整不过，可又总觉得缺少了些什么。是缺少理想热烈的光辉吗？

5

　　苏菲对寄信人问出自己的疑惑。然后

她又继续落笔："你现在做什么呢？翻译工作辛苦吗？会不会像我妈妈一样，每天九点钟就要上班？"

"我想我有一个愿望，我想遇见你，你到底是谁？"

三天后，苏菲收到的信件里有一大堆照片，有挪威海岸的森林和雪，还有夜色中的海和挂着极光的星空。

苏菲心中有着小小的怀疑：会不会这些只是神秘人在网上搜集来的图片呢？如果那个人真的在挪威，是怎么做到在三天内将照片寄到她家中来的？

能这么快取信回信，那个人一定就在她家附近！

"爬山的时候，我们总要望一望山顶，选择攀登的路径，估算攀登的时间。山顶是目的地，如果不知道目的地，你在丛林中该往哪个方向前行？

"我十七岁的时候，想成为一名出色的翻译，但已经很迟了。由于偏科，我不能上最好的外语学院，尽管我后来付出了很大的努力来弥补，也不能挽回多少。

"很多事情都需要足够长的时间来准备，包括知识储备，有一个前行的方向是十分重要的。

"苏菲，当你以为自己还有很长时间的时候，其实时间已经剩不了多少了。"

这么了解自己所思所想的人到底是谁？苏菲的拖延心理被一语道破，心情复杂得难以言说。

为什么没有回答她问的其他问题？是寄信人不愿意再透露自己的生活状态吗？苏菲有点儿头疼。

神秘的寄信人像忽然闯入她世界的彼得潘，向苏菲打开了通往他的世界的大门，她开始思考起从前未曾留意过的问题，清醒又头疼。

他一个人踏上异国的土地，绵绵雪山，弯弯海岸，给苏菲寄来遥远的风光，说要成为她的朋友，说要满足苏菲的愿望。这些通信如梦如幻，处处有疑惑。

楼下门锁旋转的声音响起，苏菲猛然想起一个人——妈妈。一向不太关注她学习和内心的妈妈，会是她吗？

连着数日，苏菲看妈妈的眼神都很怪异。

"你最近怎么了？"妈妈问道。

苏菲没有回信，也没有收到新的来信。

光阴似水流过，春芽初萌。

苏菲的日子又如往常一样，过得平淡又平静。

自然而然地入睡、醒来、上课、考试、写作业、看电视、上网、听音乐，说不上快乐，也说不上不快乐。

这一日的课间，传达室说有苏菲的信件。

熟悉的牛皮纸信封，苏菲认出明信片上是蒙彼利埃第三大学，这次有两个邮戳，一个邮戳印着投递到学校的时间和苏菲的城市名字，是常见的样式；另一个邮戳带

着一串奇怪的数字，还有一串排列起来的英文字母。

"A day is a miniature of eternity. Sophie"（一天是永恒的缩影。苏菲）

十四岁的苏菲心情沉重。那人竟然如此了解她，如此了解她此刻浪掷光阴的生活。

苏菲想见他的愿望愈发迫切，哪怕到天涯海角，苏菲也希望能见他一面。

"你在哪里？到底是谁呢？为什么你会如此关心和了解我的生活？

"我明白你和我说的了，谢谢。

"再过一个月，就是我的生日，你说过你可以满足我的愿望，我的愿望是与你相见，可以吗？"

这天夜里，苏菲梦见了她一个人坐在瑞士的森林火车上，车窗外是缓慢掠过的洁白雪山。

6

一连数十日，寄信人毫无音讯。

苏菲想，会不会是她的要求过分了，寄信人不愿再理会她？

在这数十日里，她开始用心学习每一门科目，在没找到方向之前，唯有如此，学生的光阴才不算虚度。

妈妈去蛋糕店订了一个抹茶蛋糕，准备为她庆祝即将到来的十五岁生日。茉莉和安琪已经商量好了，生日那天三人要在哪里度过。

信箱依旧是空的。

十五支蜡烛依次点亮，又在顷刻间熄灭，欢声笑语聚集又消散。

午夜十二点钟声响起的时候，苏菲穿着睡裙偷偷来到了花园。

月色下，牛皮纸信封静静地躺在红色邮箱里。

"很抱歉，亲爱的，上次我没有回答你询问的关于我的工作、生活的问题，这次我依旧不想透露太多。

"苏菲，要给未来留下一点神秘。

"第八封信，也是最后一封写给你的信了。很幸运，由于科学技术的发展，我有几次机会能与另一时空的自己交流，于是我怀着私心想让你的生命少一点遗憾，多一点圆满。

"我就是未来的你，提前来到这个时空与你相遇。

"我在明日等你，请一定要努力，成为更优秀的自己，来遇见我。

"今天是我们的生日，生日快乐！苏菲！"

四月天气微凉，万物在北方的春夜里开始苏醒。苏菲在心底听见了花开的声音，那是她的梦，提前来与之相遇。

绯帘夜：曾经看过一本很棒的外国小说《时间旅行者的妻子》，不禁让我想入非非：如果有一个平凡的女孩子，突然发现自己拥有了穿越时空的能力，那会怎样呢？时间匆匆逝去，空间时常转移，然而总有一些东西能够禁得住时空的变换，永远保持不变。那就是我想给你们看的东西……

时光缭乱

文◎绯帘夜

1

顾惜睁开眼的同时，感觉有人在旁边推了她一把，低声而急促地说："别睡了，老师点你名了。"

她下意识地站起来，却愣住了，自己明明还在家里许生日心愿，怎么现在人就到了教室里？

然而现在的形势容不得她多想，老师正面色不悦地看向她，重复了一遍刚刚的问题："'三人行，必有我师焉'下面一句？"

顾惜松了口气，利落地背道："择其善者而从之，其不善者而改之。"

"逝者如斯夫？"

"不舍昼夜。"

"学而不思则罔？"

"思而不学则殆。"

老师这才缓和了脸色，示意她坐下，对同学们说道："大家看见没有，就要像顾惜同学这样，不仅预习了课文，还提前背诵下来。"

顾惜心里嘀咕，看来语文老师真的老糊涂了，《论语》十则分明是昨天刚学的，怎么今天又重新讲了呢？大概又把讲课进度跟隔壁班弄混了。

没想到，别的同学都没有提出异议。

她只好悄悄问同桌："这课文不是昨天学过了吗？"

同桌正在急急忙忙地抄板书，闻言反而奇怪地看了她一眼："你做梦学的吧？"

难道是午觉没睡醒？顾惜自己都稀里糊涂了，听着老师把《论语》十则又讲了一遍，跟记忆里的分毫不差，连板书时一连断了两根粉笔的细节都一模一样。

下课铃响了，老师意犹未尽地合上课本，布置下"抄写两遍并背诵全文"的作业。

下一节是体育课，顾惜拉着同桌，边往操场走边说："奇怪了，我不仅梦到今天的语文课，还梦到体育课被球砸了一下……"她摸摸自己的额头，突然僵住了，右边眉毛上方有个小小的肿块，正是记忆里被砸到的位置，按上去还有点儿疼。难道并不是做梦？

"怎么了？"同桌见她突然停下脚步，疑惑地看向她。

顾惜还没来得及回答，就看见一个排球呼啸着向自己砸来。

有人在旁边大喊着"当心"，而她被一股难以抗拒的大力拖向一边，眼前瞬间一黑……

2

烛光中映照出坐在对面的妈妈的脸，她神情木然，不知道在想什么。"妈妈！"顾惜不安地喊了一声。

妈妈仿佛刚刚惊醒，掩饰般地说："阿惜，快吹蜡烛吧。"

可是……顾惜将视线移上蛋糕，生日蜡烛已经燃烧到了底部，火苗在凝结的烛泪上忽闪了几下，便熄灭了。

她又摸了摸额头，被球砸中的地方还有点肿，自己怎么又突然从学校回到了家里。"我刚刚……"

"你刚刚在许愿呢。"妈妈飞快地岔开她的话，"今年许了什么生日愿望啊？想要新电脑还是新手机？"

顾惜低下头，小声说："我什么都不要，我只想要爸爸回来。"

和以前一样，妈妈立刻沉下脸严肃地说："别提你爸爸，他不会回来了。"

"不是这样的，我们去找他……"

"不要说了！"妈妈突然重重拍了下桌子，"你现在就给我回房间写作业去！"

顾惜含着眼泪跑回房间，她知道妈妈为什么发起火来。

"其实我什么都知道……是你把爸爸赶出家的。"她喃喃自语，眼泪一颗颗滴在本子上。

她清楚地记得，小时候爸爸经常出差，自己很少能见到他。

有一次她躲在门后听爸爸妈妈吵架，最后妈妈大喊道："你走吧，走了就永远不要回来！"从那一天起，她就真的再也没有见过爸爸了。

她所不知道的是，一墙之隔的房间里，妈妈僵立在餐桌前，颤抖的手许久才平稳下来。

五年前的一次争吵，她按捺不住自己的情绪说了那句气话，顾惜的爸爸却从此消失。而今天，她发现自己最害怕的事情，还是发生了。

"对不起，阿惜。"她黯然看向顾惜紧闭的房门，低声说，"我只是不希望你像你爸爸一样而已。"

3

顾惜一夜都没睡好，一会儿梦见妈妈和爸爸吵架，一会儿又梦到语文老师点自己背书。

午休时，她便顶着两个大大的黑眼圈去了医务室。宋医生一见她，便指着额头笑问："这儿还疼不疼了，嗯？"

宋医生毕业后就分来了顾惜所在的学

校，他年轻斯文，个性又温和，跟其他冷冰冰的校医有天壤之别，因此大家有什么头疼脑热都爱找他看看，他尤其受女生欢迎。

"唉。"顾惜早跟他混熟了，叹口气说，"我好像遇上大麻烦了。"

宋医生想，现在的孩子，年纪不大，口气倒不小。

宋医生忍不住打趣她："怎么了，看上哪个小男生了？"

"才不是呢！"顾惜趴在桌上，随口说，"你说，我昨天被砸的那个包什么时候能消下去啊？"

"就为这个烦心？真是个臭美的小丫头。"宋医生哑然失笑，"不过，你不是前天被砸到的吗？连日子都记错了，看来真要送你去医院做个脑部CT检查一下。"

"哎呀！"顾惜跳了起来，"我也觉得我要检查下脑子了，有件事很不对劲。"

她详细地描述了自己昨天怎么突然从学校回到了家里，怎么重新上了一遍前天上过的课。

看着宋医生越来越严肃的表情，顾惜越发唉声叹气道："我一定是脑袋被砸坏了，怎么办？怎么办？"

"不，你说的这个……现象很有意思。"宋医生飞快地在笔记本上记着些什么，然后像想到了什么似的微微皱眉，"我需要多查些资料，你过两天再来找我吧。"

"好吧。"顾惜走到门口，又不放心地问，"我真的不用去医院检查下？"

宋医生被她愁眉苦脸的样子弄得哭笑不得，他看了看表，连忙催促道："你还不赶紧去上课，小心迟到了挨批。"

听见顾惜的脚步消失在门外，他才表情凝重地走到窗前，轻声说道："这会跟那件事……有关吗……"可惜没有人能解答他的疑问。

顾惜出现在他的视野里，小小的背影看起来居然有一种悲伤的意味。

这个女孩子，好像有很多心事啊。

宋医生隔着窗玻璃凝视着她，突然瞳孔猛地收缩起来，双手不由得紧紧抓住窗帘，对着眼前不可思议的一幕张大了嘴。

正往教学楼走着的顾惜，竟然瞬间消失在路上！

94

连顾惜自己都不知道发生了什么事，只感觉到被一种熟悉的莫名力量拉扯着，眼前的场景又变换了。

"我真的受不了了。阿惜病得这么厉害，你又跑到哪里去了？"妈妈带着哭腔的声音模糊地传来。

顾惜环顾四周，自己正躺在雪白的病床上，空气中满是冷冰冰的消毒水味道，右手还在挂点滴。她咬牙拔下手上的针，悄悄爬下床，顺着话传来的方向找去。

爸爸妈妈正站在病房走廊的尽头，尽管极力克制，但妈妈的话还是一句一句地飘进了顾惜的耳朵。

"阿惜才三岁,可你有多少时间能真正陪在她身边?她发烧时拼命喊着要爸爸要爸爸,我只好骗她说你在出差……"

三岁?顾惜愣了一下,这才发现现在的这个身体小了好几号,还没有门把手高。

"我知道这几年为了阿惜你很辛苦……但你又不是不知道,我这个情况,自己是没法控制的。"爸爸的声音显得非常疲惫。

"我不管!"妈妈伸手抓住爸爸的领带,情绪激动地说,"你每次一穿越就消失几小时或者几天,你说,我要去什么地方找你,是五年前,还是二十年后?"

顾惜还没来得及消化妈妈话中的意思,只见爸爸眼中闪过一丝痛苦,突然拉着妈妈拐进另一间病房。

一个近乎荒谬的想法出现在顾惜的脑海中,难道爸爸……她急急忙忙追过去,隔着门就听见了妈妈再也抑制不住的哭声。

脑中忽然"轰"的一声,顾惜终于知道这是怎么一回事了。

她悄悄将门推开一条缝,果然如她所想,空旷的病房里,只剩妈妈还徒劳地抓着虚无的空气,哭得浑身颤抖。

和最近的自己一样,爸爸也穿越了。

5

在课上频频走神的顾惜被同桌用胳膊捣了好几下,连语文老师也看着她说:"有些同学不要被老师表扬了就骄傲啊,课还是要认真听的。"

她脑中一片混乱,忍了又忍,还是举手报告:"老师我不太舒服,想去医务室。"

她用自己最快的速度往医务室跑去,迫切想找一个人来否定自己的想法。穿越?这怎么可能呢,又不是科幻小说。

"出什么事了,顾惜?"正凝神思考的宋医生被冒冒失失推门进来的她吓了一大跳,赶紧把笔记本合上放进抽屉。

"那个,我爸爸,穿越,我……"她跑得上气不接下气,断断续续地蹦出几个词来。

宋医生倒了杯热茶给她,又从她前言不接后语的话里听了个大概,这才温和地安慰道:"别紧张,你听我说。"

其实国外早有研究过类似案例,顾惜口中的所谓"穿越",学名叫做"时空旅行症"。

目前有记载的,全球患有这一症状的不超过十个人。而顾惜是遗传自父亲,症状的表现形式和程度都会有些区别。

"身体上并没有什么损害,只是自己控制不了穿越的时间和地点,可能对日常生活有点儿困扰。"宋医生摊开手,无奈道,"最关键的是,现在也没有什么针对'时空旅行症'的治疗办法。"

"我爸爸和妈妈吵了一架后就再也没有回来了……"顾惜埋着头,小声说,"我不能原谅爸爸，他为什么要离开妈妈、离开我呢？"

"再也没有回来吗……"宋医生若有所思，"顾惜，我觉得你应该去问问你的妈妈，你爸爸到底发生了什么事情。"

顾惜回到家，连书包都来不及放下，便冲到厨房问道："妈妈！爸爸的事情我都知道了，你不要再隐瞒我了！"

如同一片被秋风吹动的树叶，背对着她的妈妈身子颤抖了下，才艰难地说道："阿惜……你爸爸，已经不在了。"

6

"我认识你爸爸的时候，只比你现在大几岁。"妈妈陷入回忆里，眼神有些飘忽，唇边却微微带着笑意，"他突然出现在学校操场上，然后问我现在是哪一年。"

差点儿被人当做疯子的爸爸，在某次穿越时空时机缘巧合认识了妈妈，出于好玩，他们常常通信，后来相爱、结婚，有了顾惜。

而爸爸时常没有预兆地突然消失，让妈妈感到非常担心和痛苦，争吵也越来越多。直到最后一次……

"我知道你爸爸是不会离开我们的，他只是……又穿越了……"妈妈的眼中依稀有泪光闪烁，"而且那次穿越，将他永远留在了那里。"

二十年前，A市某栋教师公寓曾经发生大火，万幸的是大部分人都逃出来了，前段时间还在公寓的遗址上举行了小小的纪念仪式。

"这张关于遇难者遗物的图片是我最近在新闻上看到的。"妈妈翻出一张纸递给顾惜，指着其中一个小小的戒指说，"我一眼就认出来了，这是我们的结婚戒指。你爸爸，正好穿越到了火场……"

顾惜咬住唇，一头扑进妈妈怀里，紧紧地，紧紧地抱住了她。

"我最担心的，还是你啊。"妈妈搂紧顾惜，泪如雨下，"如果你也抛下我一个人离开……"

"不会的，不会的。"顾惜一遍又一遍在妈妈耳边保证，"我绝对不会像爸爸那样离开你的。"

顾惜到医务室的时候，宋医生并不在办公室。她看见桌上的笔记本里夹着一张有些眼熟的照片，便好奇地伸手拿出来看。

背后响起宋医生的脚步声，他有些高兴地说："顾惜，我托人在美国查了些资料。像你这样的遗传性时空旅行症患者，症状会随年龄增大而减弱，也许几年后你就会跟正常人一样了。"

顾惜转身面对他，举起手中的东西，疑惑地问："你怎么会有我爸爸妈妈的照片？"

宋医生的神情十分震惊，问道："他就是你爸爸？"

原来二十年前，宋医生还只是个七岁

的小男孩，睡得迷迷糊糊之时，听见有人挨家挨户地敲门大喊："不好了，着火了，大家快跑啊！"

他当时一个人在家，看见火光怕得要死，也不知道跑，只顾着大声哭。最后是那人冲进来将他背了出去，又塞了张照片在他手心，微微一笑说："帮我保管一下。"接着又义无反顾地冲向火场……

"后来我拿着照片问了很多人，没有人知道他是谁，来自哪里。但是我知道，如果不是他敲门喊醒大家，那场大火会夺取很多人的生命。是你爸爸救了我，也救了大家，他是个英雄。"

"原来我爸爸，真的不在了……"听完宋医生的故事，攥着照片的顾惜早已泪流满面。

"本来我也这么认为。"宋医生轻轻地揉了揉她的头，"但是，你爸爸是时空旅行症患者啊，死去的可能只是某一个时空里的他。"

"你是说……"

"也许在未来的某一天，你还能遇见他。"

两年后的一天，顾惜在上学途中被人喊住："小妹妹，请问文澜路怎么走？"

对方是个20岁上下的大男生，穿着式样过时的衣服，尽管眉眼年轻，五官却有种强烈的熟悉感。

她按捺住怦怦直跳的心，微笑地指完路，然后才对着渐渐远去的背影轻轻喊了一声："爸爸。"

宋医生的话仿佛又回响在她耳边："也许在未来的某一天，你还能遇见他。

"但是你们的时空永远交错，你遇见的那一个人，不会再是你熟悉的那个时空的他。"那又有什么关系呢？顾惜按住心口，抬头看了看亘古不变的天空。

我爱你，爸爸。

不论时光如何缭乱，也不论相遇的你我能否认出彼此，在每一个过去或未来的时空里，我都永远爱你。

【萌心会客厅】　主人：张小倩　客人：绯帘夜

倩：小夜酱是我的，所以必须一起出镜！
夜：走开，你刚刚还说戚悦酱是你的，你这个朝三暮四的负心汉。
倩：天地可鉴，我不是负心汉，因为我身份证上印的是个"女"字。
夜：警察叔叔，就是这个人，她的性别印错了。
倩：OK，废话不要多说，我只问一个最重要的问题。小夜酱，你写的稿子这么梦幻，这么少女，本身是个美女吗？
夜：虽然已经到了被喊"阿姨"的年纪，但感觉自己内心永远住着一个少女，平时也会有许许多多的幻想。（羞。）
倩：请正视这个问题，你究竟是不是个美女？
夜：如果我说不是呢？
倩：再见！

浅璎： 之前听过谎言、嫉妒、仇恨……这类负能量长期聚集起来，会孕育成贪婪的妖魔，像学校这种小秘密小谎言极多的场所，常常藏着伺机而动的小妖怪。但并不是所有小妖怪都是坏蛋，就像故事里那只傻傻的食言妖，冷漠却善良，固执又单纯，是最最值得珍惜的朋友。

吃谎言的小妖怪

文◎浅璎

1

六月的第一场雷雨过后，学校发放了春游安排通知。班主任刚刚公布的这个消息，就像投入水面的小石子，瞬间在教室里激起了层层涟漪。

"老师，这次春游我不参加。"沙静从容不迫地站起来说，丝毫不在意周围已经进入春游预热期的氛围。

班主任一副"我懂"的样子点点头，示意沙静坐下，紧接着摊开讲义进入了主课程。

顾瑶回头看了沙静一眼。在她的印象里，性格孤僻的沙静从来没参加过集体活动，平时在班里也是谁都不理，总是安静地坐在座位上不知在做些什么。

她看见沙静的视线扫过自己，赶忙转过身子来坐正，暗自嘀咕了一句"怪人"。

没想到这声嘀咕被同桌苏纪听到了，她凑过来小声说："听说沙静身体不好，好像是先天性的差体质，不能多运动，所以她才连体育课都不上。"

"你怎么知道？"顾瑶诧异地看着苏纪，不明白为什么她从来没跟沙静接触过，却了解得这么清楚。

"我帮老师整理体检表格的时候，看到了她的表格。"

顾瑶这才恍然大悟：难怪沙静整天闷闷的，原来是因为身体原因，从小就不能和大家一起疯玩，所以才不擅长交朋友的吧？毕竟友谊什么的都是通过小团体活动建立起来的。

但是五个小时之后，顾瑶就目睹了足以推翻这种"体质差论"的现实。

顾瑶吃过晚饭后发现忘记了带物理卷子回家，横想竖想她都觉得凶巴巴的物理老师是不会接受这种理由原谅自己不交作业的，所以思想斗争了半天她还是决定回学校去取。

好在学校离家很近，骑车只需要十五分钟就到，赶到学校的时候天色还没完全暗下去。

这时早已过了静校时间，她在值班室老师处做了登记后进入学校。教室的门锁一直都是坏的，即使没有钥匙只要拿小卡片一扒拉就开了，在她顺利弄开教室门后，眼前的一幕让她僵住了……

昏沉暮色的教室中央，沙静跷着腿坐在课桌上，抬手抚摸着蹲坐在她身旁的高大怪物。像是突然察觉到有人闯进来，怪物用它那双铜铃大的橙黄色眼睛瞪视门口的顾瑶，发出低沉的咆哮声。

顾瑶很想尖叫呼救，但是声音憋在嗓子里发不出来，所以她只能呆愣愣地看着怪物，动弹不得……

"这个时间，你不该出现在这里。"沙静从课桌上跳下来。在她落地的瞬间，怪物化成烟雾消失了。

顾瑶眼睁睁地看着沙静从自己身旁走出去，等她想起回头的时候，走廊里已经空荡荡得再无一人。

②

顾瑶一直在偷偷瞄沙静，前几天撞见的那个场景已经让她连续做了几夜的噩梦了，当时沙静直接丢下她扬长而去，连个解释都没有。

沙静走后她在教室里捡到被撕成两片的白纸，拼在一起可以看出是一个类似魔法阵或炼成阵的图案。她留着那两片纸本想去找沙静问个明白，但始终没有勇气。

就在某次她和沙静擦肩而过的瞬间，沙静抓住了她的手腕："跟我来。"在僻静无人的角落，沙静告诉顾瑶自己是除魔师，因为充斥在学校里的谎言和嫉妒恰好是妖魔最喜欢的饵食，所以会引来妖魔寄居，她每天放学就会将寄居在学校里的妖魔赶出人类的地盘，让它们回到它们该去的地方。

"妖魔吃谎言和嫉妒？不是该吃人吗？""并非所有的妖魔都伤人，但是妖魔聚集多了终归对人类有影响。"沙静靠着墙壁，微微扬起头，"人类经常说谎，也经常嫉妒比自己优秀的人，所以人类的世界天生就是孕育妖魔的温床。"

"那天我看到的怪物就是你消灭的妖魔吗？"顾瑶小心翼翼地问，虽然自己明明看见她很温柔地抚摸那只怪物……

"不是。"沙静摇头，"那是我的使魔，是我召唤出来辅助我的。"

经过大量二次元漫画的熏陶，顾瑶很顺利地就接受了这个说法，并且对现实生活中也能见到活生生的除魔师表现出很兴奋的样子。

"上次我以为周围没人，没控制外泄的魔力，所以你才能看见那些东西。"沙静的语气始终懒洋洋的，像是在说太阳东升西落这般平常的事情，"以后我会小心控制，你也记得别告诉其他人。"

在顾瑶保证会替她保守秘密后，沙静终于笑了下："就连苏纪也不可以告诉哦。"说完她就径自离开了，然后顾瑶转身看到了不远处满脸狐疑的苏纪。

果然，苏纪对她为什么会和沙静混到一起表现出了极大的好奇，反复追问她们刚才在说什么。

顾瑶笑眯眯地挽住她的胳膊，为了守住沙静的秘密撒了个小小的谎糊弄苏纪。看着苏纪点头相信了自己，顾瑶才猛地僵住了笑容——她发觉自己就在刚刚又不知不觉为妖魔提供了饵食……

秘密总是拉近距离的良方，自从知道沙静的秘密后，顾瑶就感觉和沙静亲密了很多。她对除魔师的事情很好奇，所以总是有意无意地接近沙静，幸运的是一向缺少朋友的沙静很顺利地接纳了她。

好朋友就像是只有两端的天平，如果强行塞进去第三个人，天平就会倾斜。

顾瑶跟沙静的频繁亲近引起了苏纪的不满。尽管顾瑶知道苏纪很不高兴自己撇下她和沙静在一起，但她还是忍不住被沙静的除魔故事吸引，一次次地去亲近她。

每当这个时候，她都能听见苏纪在不远处重重的呼气声，但是因为沙静的秘密不能分享，所以"三人行"是根本不可能的事情。

沙静警告过顾瑶，女生很容易产生"好朋友被夺走"的危机感，所以她要小心别让苏纪起了嫉妒心招惹来妖魔。当时顾瑶斩钉截铁地反驳说苏纪才不是那么小心眼的女生！

所以当苏纪开始酸溜溜地对她冷嘲热讽时，顾瑶心底瞬间就升起一股火气，她觉得苏纪辜负了自己的信任。两个人在校门口大吵了一架，然后分道扬镳，顾瑶怒气冲冲地闷头快走，结果撞到了人，那是一个穿着外校校服的男生，男生一直站在路中央目不转睛地盯着教学楼看，所以顾瑶忍不住多看了他几眼。

第二天沙静一见顾瑶就皱起眉，绕着她转了两圈然后厉声问她遇见谁了。顾瑶茫然地摇摇头，自己并没有遇见特别的人啊。

整整一个上午，顾瑶都觉得沙静处于极度不安中，她试探着去问，但得到的永远是沉默。吃过午饭后，顾瑶去小卖部买饮料，竟然在回来的路上又看见了昨天在马路上盯着教学楼出神的那个男生，这次他穿了本校校服正在学校里来回溜达。

在她诧异的时候，男生朝着她走了过来："同学，我是柳澄，如果你遇到麻烦……比如被袭击什么的，摇摇这个铃铛就可以了。"说着，他递过来一只小铃铛。

神经病！顾瑶被吓了一跳，后退两步，然后转身跑开了。她气喘吁吁地跑回班里，将绿茶递给沙静，自己拧开红茶"咕咚咕咚"喝了好几口才压下惊，刚才那个男生脑子有毛病吧！

"你刚才见过谁了？"沙静又皱起眉，满脸的紧张和戒备，"你身上有股……味道。"

味道？顾瑶闻了闻袖子，什么味道都没有啊！但看沙静一副如临大敌的样子，她老老实实交代了自己刚才遇到怪异男生的经过。她发现自己每说一句话，沙静的脸色就难看一分。

"果然还是闻着味道找来了……"沙静喃喃自语着。

顾瑶突然恍然大悟，压低声音问她："难道他是被饵食引来的妖魔？可是我能看到他啊，还是人形呢……"

沙静的脸色已经惨白到没有半点儿血色："高级妖魔是可以化成人形的。既然他白天来探路了，晚上就一定会找来……"

尽管沙静千叮咛万嘱咐让顾瑶放学后早儿点回家，但因为太过担心沙静，顾瑶还是偷偷藏在了图书馆，准备到时候帮她一把。

她缩在最后一排书架后面，等着等着就不小心睡着了，等她睡醒时才发现天已经黑了。她急忙跑出图书馆，在走廊的尽头看到了柳澄的背影……

糟了！他没事岂不就意味着沙静输了！顾瑶慌了，顺着楼层一层层地寻找沙静，终于在五层开水房找到了靠坐在墙角的人。

"沙静！你没事吧？"她奔过去，蹲在沙静面前，试图查看她的伤势。

沙静抬起头，直愣愣地越过顾瑶的肩膀看向她身后，素白的小脸上露出惊恐的表情。还没等顾瑶再次开口，沙静就闪电般地跳起来，纵身跃出了窗子……

这里是……五楼啊！从震惊中反应过来的顾瑶急忙奔向窗口，却被拽住了手腕，她扭头去看，那个如鬼魅般出现在她身后的人竟然是柳澄！

"她跳出去能活，你跳出去就没命了。"他沉缓的声音似这夜般冰凉如水。

"放开我！妖怪！"顾瑶没命地挣扎，但所有的挣扎被柳澄轻轻一句话轻松瓦解。

她怔怔地看着他，刚刚他说了什么？他说他是除魔师，他还说沙静才是专以谎言为食的食言妖？他竟然说，沙静才是妖魔……

顾瑶困惑了，她是相信沙静的——即使她看上去冷漠了一点，性格古怪了一点，但好歹也算心地善良，怎么可能是妖魔呢？可是那个叫柳澄的男生浑身正气，那双深邃凌厉没有半分犹豫的眼睛让她没有办法怀疑他的所言。

沙静和柳澄，谁是除魔师谁是食言妖？这个疑惑在顾瑶心头足足盘踞了一个星期。一周后，沙静重新回来上课的时候，整个人消瘦了许多，看上去病恹恹的，像是缺乏生命力的木偶。

顾瑶犹豫了一个上午，终于下定决心走到沙静面前，叫她陪自己出去一趟。

顾瑶将沙静带到鲜有人经过的器材室侧廊上，拿出一直保留着的从中间被撕开的画着魔法阵的纸片："他说这个东西是用来分离本体和灵体的，高级的妖魔都有本体和灵体，高级妖魔的本体可以化成人形，但灵体却不能。"沙静看着她，没有说话。

顾瑶继续说："所以那天我在教室看到的，其实根本不是使魔，而是你的灵体吧？"

"我不是……"沙静还没反驳完，就自觉闭了嘴，她扭头看向自己身后，丑陋的妖魔灵体正不受控制地从她身体里分离出来。

顾瑶捏着柳澄给她的咒符，惊恐地一步步后退。当时他告诉她，这个咒符可以逼妖魔现出原形，所以只要拿这个咒符去试探沙静，就可以知道他和她孰真孰假了。

"快撕了它！"沙静疾声厉色，如果再不将咒符撕掉，她的灵体就要完全挣脱出本体，光天化日下让灵体出现在校园里……可能导致的后果她根本不敢想象。

已经丧失了思考能力的顾瑶下意识地听从沙静的指示，撕掉了咒符，然后沙静的灵体一寸寸地退回到她的身体里。危机解除后沙静松了口气，但她抬眼看见顾瑶惨白的脸色时，才明白原来最大的危机仍然还在……

"顾瑶，你害怕我？"沙静问，"我是食言妖，但是我从不伤人。"

"不……不怕……"

"撒谎。"沙静一步步走近顾瑶，"我能够闻到谎言的味道，你骗不了我的。"

说着她想伸手去安抚顾瑶，没想到却被她打开了手。

"别碰我！是，我是害怕你！我为什么不害怕？你是妖怪！"顾瑶也不知道自己哪里来的勇气，一股脑把这几天憋在心里的念头全倒了出来，"说不定你就是因为想要吃掉更多的嫉妒和谎言，才故意离间我和苏纪的！原本我们是形影不离的最好的朋友！"

沉寂了很久之后，久到顾瑶几乎以为时间静止了，沙静嘲讽地苦笑："人类制造的嫉妒和谎言我根本吃不完，哪儿用得着费力气去挑拨离间。""我发誓永远不会再说谎供你食用了！"顾瑶喊。

沙静摇摇头，轻轻丢下一句"人类不可能做到不说谎"，然后从她身侧擦肩而过。

5

顾瑶和苏纪恢复了邦交，她把沙静当作空气般无视，既没有戳穿她是妖怪的事实，也不再跟她有任何接触。苏纪很大方地原谅了她，也没有询问关于她和沙静的任何事情，这让顾瑶松了口气。

只是顾瑶发现自己的誓言完全打了水漂，她仍然会下意识地说着不轻不重善意的谎言，每当谎言出口之后，她都好像听见了沙静的轻笑，但扭过头去只能看见沙静安静地坐在窗边托着腮发呆。

沙静愈发地安静了，而且一日比一日

憔悴，最后整个人都瘦脱了形，课间操时甚至晕倒在操场上。当时，顾瑶远远地看着她摔在地上，两个男生跑过去抱起她去了医务室，她想都没想就跟了过去。

睡在白色床单上的沙静看上去纯良无害，一点儿也不像妖魔。顾瑶忍不住伸出手去帮她撩起滑下来挡住眼睛的头发，却一瞬间就被抓住了手腕，沙静那可怕的握力差点儿捏碎了她的骨头！

"哦，原来是你……对不起。"沙静看清了眼前的人，迅速松开手。她一骨碌坐起来，双手按压着太阳穴，说："最近除魔师追得太紧，搞得我都有点儿神经质了……"

"我才没有担心你，我只是……"

"我说过我闻得到谎言的味道。"沙静平静地打断顾瑶。

顾瑶咬住下唇，半晌才又低声开口："为什么不离开学校？遇到除魔师又打不过人家，还傻乎乎留在原处不躲起来，哪有那么白痴的妖怪啊！"

"谁说我打不过他！"沙静立刻反驳，"这里是我的地盘，作为一只有骨气的食言妖，怎么能轻易逃走！"

当时沙静的表情很正经，正经到让顾瑶以为这就是食言妖的傲气，她以为妖怪都是这个样子的，不会轻易丢下自己的阵地，遇到敌人就要迎战。后来她知道这只是个谎言的时候，已经再没有可以臭骂那只傻妖怪的机会了。

沙静昏倒的第二天没有来上学，顾瑶以为她在休养，但是她第三天也没有来，第四天还是没有来……一直到了第七天，她没等到沙静，却等到了那个除魔师。

除魔师给了她一粒指甲盖般大小的乌黑的珠子，告诉她这是食言妖托他带给她的东西，挂在脖子上可以驱除所有不净之物。

"那她呢？"顾瑶拿着珠子，追问转身要走的除魔师。

他回过头看着她："我觉得你还是不知道的好。不过我可以告诉你一件事情，我能够有机会净化她，多亏了你拖住她……"

他滔滔不绝说了很多，顾瑶只觉得那些声音撞击得自己耳膜刺痛刺痛的。他说食言妖是世上最胆小的妖怪，敏感又多疑，只要稍微嗅到除魔师的味道就会远远逃开，所以很难被抓住净化。

可是有一只食言妖没有逃，勇敢地尝试打败除魔师，因为她想要留在自己刚找到的安身之所，这个地方有让她牵挂的人，那个人让她第一次体会到了有朋友的感觉，所以她宁愿孤注一掷赌一把也不愿像以前那样舍弃一切闻风而逃。

冷漠的除魔师走了，顾瑶攥着那颗珠子，蹲在地上哭了很久。

如果时间可以倒流，她宁愿从来没有靠近过沙静，这样那只傻妖怪就可以平安地逃到其他地方去，继续安静而低调地吞噬掉本不该存在于世上的谎言。

蛋挞：来自家人的保护是一把双刃剑，保护不周就会让人缺乏安全感，保护太周全，又让人失去了抵抗外界困难的勇气。就像米粒和雪莉一样，雪莉把米粒保护的太好，以至于让她失去了成长中最重要的坚强。亲爱的萌小姐们，你们坚强吗？是否也被保护得太好呢？

余音

文◎洛卡

我们终将学会独自长大。

米粒

今天一整天我都心神不宁，总觉得会有不好的事情发生。

昨晚雪莉问我："米粒，如果有一天我离开，你有信心自己抵挡流言蜚语吗？"

雪莉不是第一次这样问我。从前我总是撒娇着让她承诺不会离开，可是这一次，我却突然说不出口。

雪莉陪在我身边整整五年，这五年她的生活始终以我为中心。也许她开始疲于应付我的流言蜚语，想要回到属于她的世界去了。

我很害怕雪莉会成为第二个离开这个家的妈妈。

放学铃声一响，我就迫不及待地背起书包冲出了教室。

"雪莉，雪莉……"一进家门，我就大声喊雪莉，可是她并没有像往常那样答应我。

书房没有，厨房没有，洗手间没有……

当我发现洗手间的洗漱用品不见了，衣柜里的衣服也不见了的时候，我的心不由自主地沉到了谷底……

雪莉真的丢下我离开了，这样的念头盘旋在脑海里挥之不去。

也许我真的是所谓的"天煞孤星"。所有我爱的人，都会离开我，到最后我依旧只有我自己而已。

急切的敲门声打断了我的忧伤，我伸手擦了擦眼角的泪，小跑着去开门，看到抱着一大堆衣服站在门口的雪莉。

我呆愣了半秒才想起来，今天是雪莉定的每月大扫除的日子。

刚刚的委屈让我猛地扑到雪莉怀里，想要寻找点安全感。一头雾水的雪莉茫然地问："我们小米粒这是怎么了呀？"

我抽了抽鼻子，伤心地说："我……以为……你也不要……我了。"

雪莉抽出一只手，轻拍着我的后背说："傻瓜，我怎么会不要你呢？"

雪莉

我没有想到,昨晚那句试探性的话语,会让米粒有这么大的反应。

米粒翘着嘴巴埋怨我,怎么偏偏要选今天大扫除,害她白白掉了几颗金豆子。

我明白米粒心底的不安,她始终没能从被妈妈抛弃的阴影中走出来。

我清楚地记得,第一次遇到米粒的场景。

那一天我失去了我心爱的孩子,精神恍惚地从精灵世界来到了人类世界,在一条破旧的小巷,我遇到了蜷缩在角落哭泣的米粒。

当我看到米粒左脸颊上有和我孩子一样的紫青色胎记时,我沉睡的心苏醒了。

冥冥之中,似乎有一条无形的线,牵引着我和她相遇。

当我从米粒口中得知,她妈妈留下一封信和一张银行卡不告而别的时候,我决定留下来守护这个可怜的孩子。

脸上的紫青色胎记,让她遭受到了同学们的嘲笑;父亲意外车祸的死亡,让她背负上了克父的骂名;母亲改嫁他人,让她失去了亲情的温暖……

米粒不过就是一个十岁的孩子,她不该承受这么多痛楚。

我想让米粒和普通的人类小孩一样快乐地活着,所以我擅自吃掉了围绕在米粒身边那些诋毁和谩骂的声音。

从前我理所当然地认为只要吃掉那些声音,米粒听不见了就能够幸福。现在我却开始疑惑,这样做到底是对还是错。

米粒

从我遇上雪莉的第一天,我就知道雪莉和我是不同的。

当我焦躁不安的时候,只要想到雪莉我就会觉得特别安心。那一刻仿佛周遭所有嘈杂的声音都消失不见了。

后来我才知道,那是雪莉偷偷帮我吃掉那些我不愿听到的声音。

那之后我对雪莉的依赖越来越深。说我逃避也好,说我懦弱也好,我总是央求着雪莉帮忙吃掉难听的话语。

仿佛听不到,我的生活就能变得很幸福。

从上一次雪莉问我,如果有一天她离开,我要如何抵挡流言蜚语开始,我身边的流言蜚语渐渐多了起来。

今天同桌陈钰拉着班上的女生,指指点点了我的胎记不下三次。

她假装和她们说着悄悄话,却时不时地拿手指着我,让我无法假装没有察觉。她们那些嘲讽的话语,让我恨不得能把头低到桌子底下去。

我想了雪莉好多遍,可是那些我不想听到的声音,今天都没能消失掉。也许雪莉开始厌烦我了,所以她不愿意再帮我的忙了。

回家路过杂货铺,大老远就听到老板娘的嚷嚷声。

"哟呵,米家的丧门星女儿放学了啊!"我加快了脚下的步伐,试图甩掉老板娘的冷嘲热讽,却还是听到了不少。

雪莉

米粒冲进家门的时候,我刚刚吐掉了肚子里没能消化掉的声音。

她带着哭腔告诉我,今天又听到了同学们对她的嘲讽,说她是丑八怪,说她将来会变成嫁不出去的老姑婆。

她指责我,为什么不在她想我的时候,帮忙吃掉那些声音,她怀疑我也开始嫌弃她了。

我很想好好安慰米粒,可是身体上的疼痛让我没有力气做些什么。

米粒还在边上细数她的委屈,我听着心烦地冲她喊了一声:"够了。"

这是我第一次这么大声地对米粒说话,她大概吓坏了。

呆愣了几秒之后,米粒突然号啕大哭起来。嘴里还念叨着,雪莉,连你也开始讨厌我了吗?

倘若换在平时,我一定会哄着她,要她不要想太多。可是身体不适的我,今天只觉得疲惫。

我拉过米粒的手,看着她的眼睛,问她:"米粒,你到底什么时候才会长大?"

米粒甩掉了我的手,恨恨地说:"你果然开始和他们一样嫌弃我了,认为我是你的包袱,是你的累赘了,对吗?"

"如果我说是,你愿意学着去长大吗?"

米粒

我发现雪莉变得很奇怪,她不愿意再和我睡一张床,她背着我偷偷出门,她不再亲昵地摸我的头……

上次争吵之后,虽然我耳边那些难听的声音又不见了,但是我不知道这算不算是她对我的妥协。

雪莉又借口出门采购日用品,我假装若无其事地写作业,等到雪莉从我的窗口经过,我才匆忙换好鞋子紧随其后。我想跟着雪莉,看看她最近葫芦里到底卖的什么药。

雪莉并没有走太远,她进了一家咖啡馆,点了两杯咖啡坐在窗口等人。

虽然雪莉在这个世界生活了五年,但是她的生活始终以我为中心,我实在想不出来她在这里还有什么朋友。

她等的人没过多久就出现了,当我看到那张熟悉又陌生的脸,我的心开始狂跳不已。

我紧张地在原地不知所措地来回踱

步，我挣扎着，不知该冲进去揭露雪莉采购日用品的谎言，还是该回家继续写作业，假装什么都不知道。

最后，我颓然地选择了后者，因为我没有勇气出现在那个人面前。

雪莉

我知道米粒一定察觉到了我对她的疏远，只是她没有气势汹汹地跑来质问我，而是选择了沉默。

我想她大概真的很怕会失去我。

我瞒着她，偷偷去见了几次她妈妈。我想着，倘若有一天，我离开了米粒，总该有个人照顾她。

谢天谢地，米粒的妈妈也很想把她接回到身边，以弥补这些年的亏欠。但是我知道倔脾气的米粒一定不喜欢我替她做决定。

那天我借口出门采购去见米粒的妈妈，米粒终于按捺不住好奇心跟在我的身后。

我原以为米粒见到那个人的时候，会从暗处冲进咖啡馆，好好地责骂那人一番。

然而米粒从始至终都没有出现，这反倒让我摸不准她心里的想法了。

我身上疼痛的地方越来越多，我想距离我离开的日子已经不远了。就算我不忍心米粒面对这个不怎么美好的世界，我也到了该放手让她面对的时刻。

米粒

雪莉终于还是带我去见了那个人，她为那个人说了太多的好话。

她说："你妈妈当年离开你，也是迫不得已。离开你之后，她就后悔了。你是她身上掉下来的一块肉，就算她不在你身边，也时刻惦记着你。"

呵，这样虚伪的话语，自然都被我逐一反驳了回去。可是我还是架不住雪莉的威胁，如果我不去见那个人，雪莉就打算离开我。

饭桌上，我强忍着对那个人的厌恶。假装她不过就是个陌生人，我乖乖吃掉了她替我夹的菜，还时不时回答一句她的问话。

雪莉和那个人都喜笑颜开，仿佛我已经接受了那个人一样。

可我知道，我并没有打算原谅那个抛弃我整整五年的人。

我不知道那个人给雪莉灌了什么迷魂汤，让她这样费尽心思地拉拢我和那个人。

直到回来的路上，我才明白，不是那个人给雪莉灌了迷魂汤，而是雪莉给那个人灌了迷魂汤。

自始至终，所有的一切，都不过是雪莉为了丢下我而做的准备。

雪莉其实和那个人一样，都是自私鬼。

雪莉

我剩余的时间不多了，所以才决定速战速决，逼着米粒和我一起去见了她妈妈。

饭桌上，米粒虽然话不多，但是她并没有排斥那个人给她夹菜，也有在乖乖回答那个人的问话。

我认为米粒心里，其实还是很渴望母爱，很想回到那个人身边。我想，我终于可以安心地离开了。

回来的路上，因为太高兴，我脱口而出了一句："米粒，等你跟你妈妈回家，我也该离开这里回到我的世界去了。"

米粒听到这句话后，不可置信地看着我。她的情绪有些失控。她朝我怒吼："雪莉，原来你做这些，都是为了丢下我。我又不是玩偶，你们说要就要，说不要就不要。你们到底有没有考虑过我的感受，到底把我当什么！"

我想要告诉她，如果可以，我也想陪她一起长大，陪她到老。可是我等不到那一天了，我的身体开始排斥这个世界。

可是我知道，现在不管我说什么，她都听不进去。所以我选择了沉默，沉默着听她发泄不情绪。

我在想，倘若当初我不是一味地吃掉那些糟糕的话语，而是耐心地教导她学会面对，如今的她是否会变得阳光一点？而我也不必在这不得不离开的时刻，不放心留下她一人。

米粒

我又做噩梦了，梦到雪莉在我眼前一点点地消失不见。我伸手想要抓住，却徒劳无功……

我踮着脚尖，轻轻走到雪莉的房间外，想要偷偷钻进她的被窝。

可我才刚到门外，就听到玻璃杯掉落到地上的声音。我打开房门，发现雪莉蜷缩着身体躺在床上，嘴里还时不时地痛苦，呻吟着。

木质地板上，有一摊白色的牛奶状液体。我知道，那是雪莉的呕吐物。雪莉生病了，而且病得很严重。

雪莉不是人类，我手足无措，不知该摸摸她的额头还是打120救护电话。

我急得哭了出来，雪莉抬起手臂示意我坐到她的身边。她轻拍着我的后背，安抚我的情绪。告诉我："别怕，没事的。"

可是，看着雪莉愈加惨白的脸色，我知道，事情很严重。

我急得像热锅上的蚂蚁，却不知道该找谁帮忙。

雪莉

我的不适，终于还是被米粒撞见了。天知道，我有多害怕她为我担心。

我没有想到，米粒会为了我打电话给那个人寻求帮助，她大概真的是急疯了。

我不知道那个人是如何安抚了米粒不安的情绪，但当她对着我微笑的时候，我不安的心得到了些许抚慰。

也许血浓于水，只要米粒愿意敞开心扉接受那个人，她和那个人会比和我相处得更愉快吧。

这样想，还真有些小吃醋呢。

看着不再哭泣的米粒，想着我和米粒在一起曾经的美好，我竟忘记了疼痛，迷迷糊糊地睡了过去。

米粒

我请了假，留在家里照顾雪莉。

那个人告诉我，雪莉的身体半年前就开始排斥人类世界，但是因为不放心我，所以才强硬撑到了今天。

雪莉的身体早就消化不了声音，可我却粗心地没有察觉到她的异样，还自私地要她帮我吃声音。

我还责怪她，怎么不帮我把那些难听的声音通通吃掉。

原来不知不觉间，我也成为了自己所讨厌的自私的人。

我想我该尝试着去接受那个人，就算只是表面上的接受。我不能再让雪莉替我担心。

我喊了那个人来家里做客，我欢欣地和那个人分享这些年我和雪莉的趣事。我乖巧地帮那个人一起收拾家里，我强迫自己喊了那个人"妈妈"。

看到我和那个人相处得那么融洽，雪莉看上去似乎很高兴。唯一让她难受的，大概是时不时就发作的疼痛。

雪莉

米粒把那个人带回了家，我原本以为，米粒和那个人能够愉快地相处，我就能放心地离开了。

可是当我看到她们愉快地交谈、默契地合作的时候，我却突然觉得我变成了一个多余的人。

和我亲近了五年的孩子，突然和别人亲近，虽然那个别人是她的妈妈，但是还是架不住满心的失落感袭来。

雪莉不再要求我帮她吃声音，她说她要自己学着去面对这个世界。

虽然我知道那是她心疼我，不愿我受更多的折磨，但是突然变得毫无用处，我愈发觉得自己多余。

米粒的种种行为，让我觉得，这五年是我错误的宠溺方式，阻碍了她的成长。

那个人教她，别人诋毁你的时候，你要学会辩驳。别人嘲笑你的时候，你要指出别人的低素质。

昂首挺胸地活着，这是我从来没有教

过米粒的道理。也许我早该离开，让那个人来取代我的位置。

米粒

最近我真的很努力地在逼迫自己成长，我试着去倾听这个世界所有的声音。原来那些不动听的声音，只要你不去在意，就不会觉得痛。

陈钰还在乐此不疲地嘲讽着我的紫青色胎记，我终于学会了和她辩驳。我对她说，容貌是天生的，嘲讽别人无力改变的弱点，不是一个强者该有的姿态。

父亲的死，我一直耿耿于怀。要不是为了帮我捡掉在马路中央的发卡，也许父亲就不会发生意外。

这些年，我不敢听到的，也许不是别人难听的话语，而是不敢面对父亲因为爱我而离开的事实。

这么多年过去，我该尝试着向别人解释真相。我不是克父的丧门星，父亲爱我才愿意为我做那些。就算他不在了，他的爱也会一直陪伴着我。

……

我知道，雪莉一直在隐忍她的疼痛。我想是时候该放她离开，让她回到属于她的世界去了。

因为身体不适，雪莉懒得动弹。又或者是因为雪莉心疼我，知道她没有能力再帮我抵挡流言蜚语，所以索性不愿意让我出门。

可是我想在雪莉走之前，带她看看这座城市，为她留点记忆，或者是为我留点回忆。

我带着雪莉去看了这座城市的护城河，吃了这座城市的风味小食，听了一场盛大的演唱会……

我和她一起，拍了好多好多的照片。我努力让自己微笑，努力让自己习惯这座城市的喧嚣。

雪莉是在游乐园的摩天轮上消失不见的。

我还没来得及在摩天轮到达最高点的时候许愿，雪莉的身体就开始变得透明。我伸手想要抓住她，不让她离开，可是却像噩梦里那般，怎么也抓不住。

雪莉微笑着挥手和我道别，她似乎在和我说些什么。可外面的声音嘈杂，我没能听到她最后的告别。

雪莉离开后，一同消失的还有照片上的她。她原本就不属于这个世界的，在她消失的那一刻，所有关于她的痕迹，都会被抹去。

有些人陪伴我们走过一段路，然后消失不见，再也找寻不到。但是我知道，雪莉会留在我心里一辈子。因为是她，教会了我成长，让我懂得了成长的意义。

所谓的成长，就是有一天，你急切地想要让自己变好变强大，让你所爱的人安心。

后来的某一天，我才恍然明了那天的告别。

雪莉在无声地对我说，米粒，忘了我，你要幸福。

……

雪莉

从前米粒不爱出门，因为她害怕别人看她的异样的眼光。可是这几天，她变着法地带我出门。

哪里热闹，她就把我带去哪里，仿佛在向我宣告：嗨，雪莉，你看，我现在不害怕别人对我的看法了，我真的可以面对这个世界，你可以放心了。

米粒从前最讨厌拍照，因为她觉得自己不漂亮。可是我离开前的那些日子，她拉着我拍了许多合照。我离开的时候，狠了狠心抹掉了合照上的我。我想时间总能帮她抚平她的悲伤。而她需要昂首阔步地向前走，该和她妈妈过好今后的日子，不该守着有关我和她的回忆度日。

看不见了，头脑里残留的模样也会渐渐变得模糊，这样她就不会再记起我了……

如果时光倒回到五年前，我想我依旧会抱住那个哭泣的小女孩，替她吃下那些糟糕的声音。只是我还会耐心地教她慢慢面对这个世界，而不是如今这般强迫她成长……

【萌心会客厅】　　主人：蘑小葵　客人：洛卡

洛卡：90后写手。属性萌。爱好神游。只要给我时间，我就能让思维游荡到宇宙之外。梦想着有一天能够过上理想中的慢生活，不为柴米油盐奔波，专心写自己想写的小故事，过自己想过的小生活。

蘑：第一次跟洛卡接触，想问一下洛卡酱有什么昵称吗？
洛：亲友团都叫我"肉肉"。
蘑：真是个可爱的昵称，是喜欢吃肉，无肉不欢吗？
洛：呃呃，你就假装我爱吃肉好了！我确实挺爱吃肉的！
蘑：肉食系洛卡酱的《余音》写得非常温馨，是擅长写这种风格的吗？还是什么风格的都有涉及？
洛：好像是写这类的多一点儿，年纪大了，写不出来撕心裂肺的言情文，反倒对亲情和友情这一块比较有触动，所以这一类的写得比较多。
蘑：《余音》是个充满幻想、充满想象力的现代童话一样的故事。洛卡现在还相信童话、相信奇迹吗？
洛：相信。人活着，总要给自己多点儿希冀，这样才能有机会和美好的未来相遇。
蘑：那洛卡现在还经常写稿子吗？你觉得写作对你来说意味着什么？
洛：不经常写了。写作对我来说像是一个宣泄口，可以将自己心中所要表达的人生感悟，借由故事里的人物展现给别人，或者说是这个时期的自己。写作更像是记录某个时刻自己心里的那个状态。

编读会：猜不到的小编属性大揭秘

主持人：薇薇曼

为了筹备这本合集，小编们可谓是煞费苦心。找作者、找画手、找灵感、找借口（大误）……个个忙得是黑眼圈与满嘴疱齐飞，眼血丝共打瞌睡一色。具体有多凄惨，请看这次"编读会"！

张小倩：编辑大人我知错了

小倩是小透明写手出身，加上本身是个拖延症晚期加上懒鬼的性格，因此没少做过拖稿的事儿。当时的想法是"反正我就是个小透明，编辑大人肯定不会缺了我的稿子，所以拖稿也无所谓"。

然而，但是，当小倩成为一名编辑，手下拥有一箩筐拖稿的作者之后，只觉得悲从中来不可断绝，无时无刻都在编辑部号叫："啊！我要疯了，他们都霸王我。明明说好陪我鏖战写稿到天亮的，结果天还没黑，他们就都潜水消失不见啦！"

每当这时，蘑小葵和薇薇曼都会温柔地安抚我，诉惨况比伤口，用她们更加悲壮的境遇让我觉得自己并没有这么惨。唯独一个人，那个可恶的潇王爷，总是在我号叫的时候毫不留情地插刀补上一句："谁让你当初拖别人的稿子来着？这就叫现世报。哈哈哈哈！"说罢，大笑着跑开了。

总是被作者拖稿终究不是个事儿啊，就在我苦思冥想解决之道的时候，潇王爷又凑过来了。她神秘兮兮地对我说："告诉你一个超有效的解决方法吧。"我这会儿也顾不上生气了，泪眼婆娑地说道："求王爷支招。"只见潇王爷打开纸扇，神秘叨叨地扇了几下，摇头晃脑道："有道是出来混早晚都要还的，你拖了这么多编辑的稿子，不去逐一道歉请求他们的原谅，你的作者就会替他们报仇，绝对不会交稿。"当时我真是晕了，一脸认真地问潇王爷："你说的这种方法真的有用吗？"
潇王爷点头，我脑子一抽就照办了，把QQ列表上编辑一栏里的编辑全都喊了一遍。也不管人家现在正在干吗，直接发了个号啕痛哭的表情大吼一句"编辑大人我知错了"。挨个道歉求原谅的第二天，作者们……还是没有交稿。我现在正在思考潇王爷是清蒸了比较好吃，还是红烧了比较好吃。

薇薇曼：萌妹子也有冬天

约莫薇薇曼这个名字太过温柔，就总让众小编们以为我是个好欺负任搡捏的萌软妹子。鉴于我还挺享受被人当萌妹子照顾的感觉，就对她们的误解听之任之。然而欢脱神蘑小葵最近不知道抽了什么风，势必要让我现出女蛇精病的原形。拜托，我又不是白素贞，现什么蛇形？

就像是忽然跟人杠上了一样，我尽职尽责地当好一个萌妹子。亮晶晶头饰每天不重样，四季裙飘飘那更是标准配备。我本来说话声音就小，再特意去掉隐形眼镜，看人模糊不清焦距不明的，嘿，还别说，真有种迷迷糊糊的天然呆萌妹子感觉。

在这个人生如戏全靠演技，演萌妹子演得我自己都要信以为真的大冬天，蘑小葵那厮在我睡午觉的时候忽然叫醒我，没等我反应过来，直接喂我吃了一口芥末油拌哈根达斯。

对，我吃海鲜的时候喜欢蘸一点点芥末油。嗯，哈根达斯也是我的最爱。但把这两个拌在一起，就和用板蓝根泡方便面一样，绝对是个黑暗料理啊！

那一瞬间，哈根达斯的味道被浓浓的芥末油味所取代，直冲到我鼻腔里，我只觉得这辈子都不想再感受哈根达斯的味道了。我挣扎，我怒吼，我气火攻心直接操起脚边的雪地靴砸向蘑小葵。那厮面门正中我一鞋，但她就跟不知道疼一样看着我哈哈大笑说："看吧，萌妹子也有冬天，萌妹子终于现原形了。"好吧，我现在终于明白了，蘑小葵就是我最大的克星，没有之一。

潇王爷：除了不会缝纫之外我无所不能

本王爷有个玉石雕刻师老妈，因此各种手工技能不用学，基本上只用瞄一眼，再经过我这颗超级大脑随意一分析，就知道怎么弄了。像轻黏土手工、做簪子、制作胸花外加烹饪美食，基本上只要我想做，就手到擒来。没办法，本王就是这么帅（甩头~）

什么？小倩说本王不会缝纫？开玩笑，缝纫用不用手？只要是用手能完成的事儿，那对本王来说就根本不是事儿。这不，本王一激动，站起来用力过猛，椅子把手

风衣扣子扯掉了。本王才不怕，只是掉了一颗扣子而已，本王这就去找薇薇曼借针线。

薇薇曼是编辑部出了名的小保姆，心灵手巧，长得也水灵。她看到本王掉落的扣子，估计是想要展示一下自己的手艺，轻声细语地兴致勃勃地说："哎呀，你的扣子掉了，把风衣脱下来放我这里，我帮你缝吧。"

"不用！"本王非常酷炫地大手一挥，然后抖腿说道："把你的针线盒交出来，本王自己缝给你们看。"

本王左手拿扣子，右手拿针线，穿着风衣，站着就把扣子给缝上了。就在本王哈哈大笑，在编辑部跑了一圈逢人就嘚瑟说"看，这是本王缝的扣子，还在边缘绣了一朵小花。这可是本王第一次缝扣子，颤抖吧，人类"的时候，小倩飘了过来，冷冷说道："呵呵，你把扣子缝上去了，有本事把风衣脱下来啊！"

本王非常豪迈地回答说"好"。然而、但是、可但是……风衣居然脱不下来了。在一片响彻云霄的嘲笑声中，本王默默退了。本王坚信，我除了不会缝纫之外，绝对是无所不能的。哼~

蘑小葵：好好工作吧，少女

最近蘑小葵很苦恼，因为我思前想后，纠缠了我爸妈好几个晚上，也没问出来我有什么特殊的技能。望着手工达人潇王爷，编辑部小保姆薇薇曼，我只觉得各种心塞。这不，我刚刚又给我家母上大人打了电话，哭泣着询问她小时候为什么不给我报一些兴趣班，把我培养成十项全能的小超人。

母上大人也被我纠缠烦躁了，她大吼一声："当初是谁上个奥数班回来就装癫痫手脚一起抽抽的？"我沉默两秒，揉了揉被刺得生疼的耳朵，摆出严肃脸问道："妈，你是不是更年期提前了？"没等我说完"需不需要帮你买静心口服液"，母上大人那边已经粗暴地挂断电话。

薇薇曼全程目击了我跟母上大人的日常，她扶着额角，一脸恨铁不成钢地说："你能平安健康长到这么大，就证明你是你爸妈亲生的。"我挥了挥手，笑道："别闹，我妈都跟我说过了，我是从垃圾场里捡回来的。"薇薇曼嘴角抽搐，问我："你不会到现在还相信这种话吧？"

"信，为什么不信？我妈还能骗我？"我就是这么一个纯真善良的好孩子，母上大人说的话我都坚信不疑。我看薇薇曼已经转过头不想继续跟我聊天了，于是赶紧按住她问道："薇薇曼，你说我适合学个什么技能让自己变得高大上起来呢？"

薇薇曼可怜兮兮地看着我，抬手像抚摸我家二哈一样抚摸我的头说："少女，就你这脑子，能把工作做好了就挺不容易的了，千万别为难自己哈，乖！"